Æschines

Traduction de Guillaume du Vair

Traduction de Guillaume du Vair

Æschines

Traduction de Guillaume du Vair

L'ARGVMENT DES

ORAISONS D'ESCHINES

& Demosthene.

NTRE autres loix, il y en auoit trois à *Athenes*, dont l'vne deffendoit de donner la Couronne à celuy qui estoit subiect de rendre compte, auant qu'il y eust satisfait: l'autre ordonnoit que le couronnement de ceux à qui le peuple ordonnoit la couronne, se fist en l'assemblee du peuple & non au theatre: la troisiesme deffendoit de rien exposer de faux par les decrets que l'on proposoit au peuple. Ceux d'*Athenes* craignant la descente de *Philippe*, voulurent fortifier leur ville: ils deputerent *Demosthene* pour faire releuer les murailles, les reparer & remparer, & luy ordonnerent vne somme de deniers pour y employer. Mais ceste somme-là n'estant pas à beaucoup pres suffisante, *Demosthene* y despensa vne grande somme d'argent du sien, dont il fit don à la ville. Les fortifications estant acheuees, auant que *Demosthene* eust rendu compte de sa charge, *Ctesiphon* proposa vn decret au peuple, par lequel il estoit porté que le peuple d'*Athenes* faisoit present à *Demosthene* d'vne couronne d'or, & que le present seroit publié & proclamé en plein theatre, lors que le peuple seroit assemblé aux jeux de *Bacchus* quand les nouueaux Tragediens commenceroient à iouër: & ce en recompense des grands seruices que *Demosthene* auoit faict à la Republique, & singuliere affection qu'il auoit tousiours monstré auoir au bien & salut du pays. *Eschines* qui auoit esté accusé par *Demosthene*, d'auoir trahy le peuple en l'Ambassade qu'il auoit faict vers *Philippe*, cherchant occasion de s'en venger, accusa *Ctesiphon* d'auoir violé les loix par ce decret. Premierement pour auoir ordonné vne couronne à vn Magistrat, auant qu'il eust rendu compte: secondement pour auoir ordonné que la proclamation de la couronne seroit faicte au theatre: tiercement pour auoir faussement exposé que *Demosthene* estoit homme vertueux, & qui auoit bien seruy le public. Or le dernier poinct estoit celuy qu'il affectoit d'auantage, comme le subiect de pouuoir esplucher & blasmer les actions de *Demosthene*, & deschirer

toute fa vie. Il accufa Ctefiphon enuiron quatre ans auant la mort de
Philippe, & neantmoins la caufe ne fut plaidee que du regne d'Alexandre, qui monftre combien de temps ces Orateurs-cy auoient efté à
fe preparer à ce combat, auquel tous les coings de la Grece accouru-
rent, comme à la plus grande & celebre action qui euft efté faicte en
ce fiecle. Ie prie ceux qui liront cette traduction de m'excufer en deux
chofes, l'vne s'ils ne trouuent pas toufiours les mots tournez en leur
propre fignification : car tournant des Orateurs, & voulant reprefenter
quelque chofe de leur elegance, il m'a fallu quelquefois vn peu difpen-
fer, pour rendre les claufes pleines & nombreufes. L'autre, fi en la
verfion de noms propres, ie n'ay pas toufiours fuiuy vne mefme reigle,
retenant en quelques-vns la terminaifon Grecque, & en quelques autres la Françoife, I'ay plus creu en cela mon oreille que tout autre raifon. Ce que i'ay faict plus hardiment, pour la grande diuerfité que i'ay
trouué en nos traducteurs François en ce faict là.

LE S

LES DEVX ORAISONS

D'ESCHINES ET DEMOSTHENE
pour & contre Cteſiphon.

Ous voyez, Meſſieurs, les preparatifs & les menees que l'on dreſſe, vous voyez les brigues que quelques vns font en plaine plaoe, afin qu'il ne ſe face plus rien en ceſte ville de ce que la raiſon veut, & de ce qui eſt accouſtumé. Mais quand à moy, ie me preſente à vous fondant mon aſſeurance, premierement ſur les Dieux, ſecondement ſur les loix & ſur voſtre prudence, eſtimant que nul artifice ne pourra d'auantage ſur vous, que le droit & la iuſtice. C'a touſiours eſté mon ſouhait, que le conſeil des cinq cens fiſt ce qu'il doit, que les aſſemblees de ville fuſſent bien reglees par ceux qui en ont la charge, & que les ordonnances que Solon a publiees pour maintenir les orateurs en leur deuoir, fuſſent bien obſeruees, afin qu'il fuſt permis ſelon que les loix le veulent, au plus ancien Citoyen de monter le premier en chaire, & auec modeſtie, ſans trouble n'y tumulte, conſeiller au peuple ce que l'experience luy a appris eſtre plus ſalutaire, & qu'apres luy chacun peuſt en ſon rang, & ſelon ſon aage, dire ſon aduis de chaſque choſe qui ſe preſente. Il me ſemble que ce faiſant, les affaires s'en porteroient beaucoup mieux, & que l'on ne verroit point tant d'accuſations. Mais tant s'en faut, il ne s'obſerue rien de tout ce qui a eſté ſi ſagement ordonné, tout va en confuſion, & ſe trouue des gens qui a chaque bout de champ propoſent des aduis tout contraires aux loix, & d'autres qui ſans eſtre appellez par le ſort pour preſider, ſelon qu'il ſeroit raiſonnable, ains s'y eſtans introduits par menees, les authoriſent par decrets & ordonnances publicques. Que ſi quelqu'vn des conſeillers vient a eſtre legitimement choiſi pour preſider, & qu'il vueille recueillir fidellement vos voix, ceux-cy qui font eſtat que le commandement n'appartient plus au peuple, ains à eux en particulier, & ſe ſont aſſuiettis quelques-vns d'en-

E

tre vous, & rendus comme Princes souuerains ? les menacent incontinent de les accuser. Ainsi ils peruertissent ce qui depend des
loix, & quand à ce qui depend de vos suffrages, ils le font seruir
à leurs passions particulieres : cependant on n'entend plus en nostre ville ceste voix pleine d'honneur & de modestie, *Qui est-ce de
ceux qui ont passé cinquante ans qui veut parler,* Et puis apres, *Qui est ce
des autres Atheniens.* Ny les loix ni les conseillers, ni les Presidens,
ni la lignee qui est en tour de commander, & qui fait la dixiesme
partie de la ville, ne sçauroient plus contenir l'irreuerence des o-
rateurs. Les choses estant en cet estat, & la saison telle que vous
la voyez, il ne reste plus, ou ie me trompe, qu'vn seul moyen de
conseruer l'authorité publique, qui est en accusant ceux qui con-
treuiennent aux ordonnances. Que si vous aneantissez les accusations, ou fauorisez ceux qui les veulent abolir, asseurez vous
& vous souuenez que ie vous en aduertis, que vous laisserez en
peu de temps tomber vostre estat entre les mains de quelques particuliers. Vous sçauez, Messieurs, qu'il y a trois sortes de gouuernement entre les hommes. La Monarchie, l'Oligarchie, & la Democratie: la Monarchie & l'Oligarchie se gouuernent à la guise
de ceux qui y commandent, la Democratie & les Estats populaires, par les loix qui y sont establies. Ie vous dis doncques clairement, afin que personne ne l'ignore, que le iour que vous venez
en iugement, pour cognoistre des contrauentiós qui se font aux
ordonnances, vous venez iuger la cause de vostre propre liberté.
Et pour ce le premier sermēt que le legislateur ordonne estre presté par les Iuges, c'est, *Ie promets iuger selon les loix.* Preuoyant bien
que tant que les loix seroient gardees en la ville, l'estat populaire
se conseruroit. Ce que vous remettant deuant les yeux, vous
deuez grandement hayr ceux qui publient des decrets contraires
aux ordonnances, & penser que les fautes qui se commettent en
cela ne peuuent estre petites, ains sont de tres-grande importance,
voire plus que l'on ne sçauroit dire. Vous ne deuez en telles causes pour consideration d'homme du monde rien rabattre de la ri-
gueur de la iustice, ni pour les recommandations des capitaines,
lesquels depuis quelque temps se rangent auec les orateurs, & les
aident à peruertir tout l'ordre de la chose publique, ny pour les
prieres des estangers, par lesquelles beaucoup de gens apres auoir
violé les loix, & corrompu le gouuernement, se sont garantis de la
punition qui leur estoit deuë. Mais comme chacun de vous auroit

honte à la guerre, de quitter le rang ou il auroit esté posé, pensez
que ce vous seroit vne grande vergongne, de quitter le rang ou
les loix vous appellent auiourd'huy. Le rang dis-ie, de gardes
& conseruateurs de l'estat. Il faut que vous ayez tousiours en memoire, que tous vos concitoyens ont deposé ceste ville en vos
mains vous en confiant le gouuernement. Les vns d'eux sont
presens à ce iugement, & entendent ce qui se dit, les autres
sont absens & empeschez à leurs affaires particulieres. Le respect
que vous leur deuez, la memoire du serment que vous auez presté, & l'obligation que vous auez aux ordonnances vous admo-
nestent que si Ctesiphon est conuaincu par moy, d'auoir fait vn
decret contte les loix, plein de fausseté, & dommageable au public, vous cassiez cest iniuste iugement, vous asseuriez l'estat populaire, & punissiez ceux qui introduisent au gouuernement des
choses contre le droit, contre vostre ville, & contre vostre salut.
Que si auec ceste consideration, vous prestez l'oreille à ce que
i'ay à dire, ie m'asseure que vous rendrez vn iugement tel, que la
Iustice, le serment que vons auez presté, & vostre propre bien la
desirent. Cela vous ay-ie dit pour le general de la cause, le plus so-
brement qu'il m'a esté possible. Ie viendray maintenant aux loix
& ordonnances, qui ont esté publiees touchant ceux qui sont subi-
iects à rendre compte, ausquelles Ctesiphon a contreuenu par
son decret. Ie vous les rapporteray le plus briefuement que ie
pourray. Il s'est trouué par cy deuant des hommes qui apres auoir
bien desrobé, en l'administration des affaires, & maniemét des finances, s'estant r'alliez de quelques orateurs qui estoient du conseil, & de quelques-vns du peuple, se faisoient loüer & recommander publiquement auparauant que de rendre compte, telle-
mét que quand se venoit au iugement, ceux qui les poursuiuoient
se trouuoient bien empeschez, & les Iuges encores plus, de sorte
que plusieurs pris sur le fait & conuaincus d'auoir mal-versé aux
finances, & desrobé les deniers publics, sont eschappez d'entre les
mains des Iuges: Nõ sans raison: Car les Iuges auoient honte que
l'on vist en leur ville quelques fois en vne mesme annee vn hóme
qui eust esté proclamé en plein theatre, & recópensé par le peuple
pour sa vertu & iustice, d'vne Couronne d'or, sortir peu apres du
iugement, condamné pour auoir desrobé le public. De sorte qu'ils
estoient cõtraints d'auoir plus d'esgard par leur sentence, à sauuer
l'hóneur du peuple, qu'a punir le crime de l'accusé. Ce que consi-

derant vn de nos legiſlateurs, fit vne loy certainement tresbelle, par laquelle il deffendit expreſſement, que ceux qui eſtoient ſubiets a rendre cõpte ne fuſſent plus couronnez. Or cõbien quepar le legiſlateur euſt eſté ſagement pourueu au mal, toutesfois il s'eſt trouué de belles paroles auec leſquelles l'on a euerué la loy. Et dõt vous pourriez eſtre trõpez, ſi vous n'ẽ eſtiez aduertis. Car quelques vns de ceux qui ont voulu faire couronner les comptables contre la deffence de la loy, ſe ſont monſtrez d'vn naturel aucunement modeſte, ſi l'on peut dire qu'il y ait quelque modeſtie à violer les loix. Au moins ont ils voulu aucunement couurir leur honte, car ils ont eſcrit en leurs decrets, que tels ſeroient couronnez quand ils auroient rendu compte de leur adminiſtration. Le public ne laiſſe pas d'en eſtre autant offenſé. Car c'eſt preuenir la reddition de compte auec des loüanges publiques, & vn couronnement ſolēnel. Or celuy qui publie vn tel decret, confeſſe qu'il contreuiẽt à la loy, & aucunement à la honte de la faute. Mais Cteſiphon, meſſieurs, contreuenant à la loy faite pour les comptables, negligeant meſmes la couleur dont les autres ſe ſont ſeruis, & que ie vous ay fait entendre preſentement, a ordonné que Demoſthene eſtant encore en charge, auant qu'auoir rendu aucun compte ſeroit couronné. Ie ſçay, meſſieurs, qu'ils vous allegueront encore vne autre deffence, laquelle eſt cõtraire à celle-là. C'eſt que quand quelqu'vn eſt eſleu par les voix à quelque charge, cela ne s'appelle point magiſtrat, mais ſeulement commiſſion & adminiſtration, & dirõt que les magiſtrats ſont ceux que les Teſmothetes qui ont la garde des loix, dõnent au ſort au tẽple de Theſee, & leſquels le peuple à de couſtume de cõfirmer aux grandes eſlectiõs, cõme les charges de generaux d'armees, de Colõnels de la caualerie, & autres qui ſont au deſſous de ceux-là. Et quand aux autres ils diſent que ce ne ſont que cõmiſſions, qui ſe donnent par ordonnance du peuple. Contre tous ces diſcours la, ie ne veux que voſtre loy, laquelle vous auez expreſſemẽt publiee, en intentiõ d'oſter tous ces pretextes-la. Elle eſt eſcrite en termes fort diſerts, en voicy les propres mots. *Tous ceux qui ont charges cõfirmees par le peuple, & autre ſorte de magiſtrat.* Le legiſlateur cõprẽd par la en vn mot toutes ſortes de Magiſtrats, & declare que toutes les charges qui ſõt confirfirmees par le peuple ſont Magiſtrats? *Et ceux qui ſont prepoſez aux œuures publiques,* or Demoſthene a eſté prepoſé à la refectiõ des murailles de la ville, qui eſt vn grãd œuure. *Et tous ceux qui vaquent à ce qui eſt du public par plus de trente iours, & tous ceux qui ont authorité*

de iuger. Or ceux qui ont la charge des murs ont ceste puissance
là, Que feront-ils ? La loy ne dit pas qu'ils administreront, mais
Ils commanderont apres qu'ils auront esté examinez & receus en iugement.
Car les Magistrats mesmes qui se tirent au sort n'exercent pas a-
uant que d'estre examinez, mais apres auoir esté approuuez ils
commandent : & presentent leur compte au Greffe & aux Mai-
stres des Comptes, comme les autres Magistrats. Et afin que vous
cognoissiez que ie dis vray, l'on vous lira la Loy. Quand donc
ceux-cy voudront appeller commission ce que le Legislateur a appellé Magistrat, ce sera à vous d'opposer la loy à leur impudence,
& leur remonstrer que vous ne pouuez trouuer bon qu'vn malicieux sophiste corrompe ainsi vos loix par ses paroles. Et que d'autant plus qu'il se rend Eloquent à renuerser les loix, d'autant plus
vous rend-il indignez contre luy. Car Messieurs, la parole de l'O-
rateur doit estre la voix de la loy. Que si la loy dit d'vn, & l'Orateur d'autre, il faut que vous conformiez vos iugemens à la iustice de la loy, & non pas à l'impudence de l'Orateur. Demosthene
vous alleguera vne excuse dont il fera grand estat, comme s'il n'y
auoit point de response. Ie vous y veux respondre en deux mots.
Il vous dira, i'ay eu la charge des murailles, ie le confesse, mais
i'ay donné six mil escus à la ville, & ay acheué l'œuure à mes despens. Comment serois-ie donc comptable, sinon qu'on soit tenù
de rendre compte de ma liberalité ? A ceste couleur oyez ce que
ie luy respond, & vous le trouuerez plein de raison & d'vtilité
pour vous. En ceste grande & ancienne ville-cy, il n'y a personne
de ceux qui se meslent des affaires publiques qui soit exempt de
rendre compte. Et cela ie vous le monstreray par les choses qui
pourroient sembler plus estranges. Par exemple, la loy ordonne
que les Prestres & Prestresses rendront compte, tant en general
qu'en particulier, chacun pour soy, mesmes ceux qui reçoiuent
les offrandes, & ceux qui font les prieres aux dieux pour vous. Et
non seulement en particulier, mais aussi en general les Eumolpi-
des, les heraux & tous autres. Outre ceux là la loy commande que
les Capitaines des galeres rendēt compte, ores qu'ils ne manient
point vos finances, & ne facent point comme ceux-cy qui tirent
beaucoup de deniers de vous, & en employans bien peu, disent
neantmoins qu'ils vous donnent du leur, & despendent leur bien
à vous faire seruice, toutesfois ils ne font en cela que vous rendre
ce qui est desia à vous. Bien faut il confesser qu'ils despendent les

biens que leurs peres leur ont laissé par vn honneste desir de vous
seruir & honorer. Or les Capitaines des Galeres ne sont pas seuls
obligez à cela, mais aussi les plus grandes compagnies de toute
la ville doiuent subir ce iugement. Car la Loy commence par les
Areopages mesmes. Elle veut qu'ils se presentent deuant ceux des
Comptes, qu'ils rendent raison de leurs charges, & que les plus
grands & les plus seueres d'entr'eux passent soubz vostre censu-
re. Mais quoy? l'on ne couronne point les Areopages. Non, car
ils ne l'ont pas accoustumé. Quoy doncques, ne reçoiuent-ils
point d'honneur? Beaucoup. Mais pour eux ils ne se contentent
pas d'estre innocens en leur particulier. S'il se trouue quelqu'vn
d'entr'eux qui faille, ils le chastient fort seuerement: ou au contraire vos Orateurs se moquent quand ils ont failly. Venons au
conseil des cinq cens, le Legislateur la rendu comptable aussi bien
que les autres. Et c'est celuy qui a faict la Loy si fort defié de ceux
qui doiuent rendre compte, qu'il a dict, *Et quant au Magistrat qui
doit rendre compte, ie luy defends de s'absenter.* Bon Dieu, dira quelqu'vn, pour ce que i'ay exercé vn estat, ie n'oserois donc sortir du
pays. Non, de peur que vous estant saisi des deniers publics, vous
ne vous enfuyez. Outre cela, il ne permet point que celuy qui est
subiect à compter puisse consacrer ses biens, ny rien donner au
Temple, ny se faire adopter, ny disposer de ce qui luy appartient,
ny beaucoup d'autres choses. En vn mot, il tient comme en gage
les biens des comptables iusques à ce qu'ils ayent satisfait à la ville. Voyla qui est bon. Mais quoy? voyla vn homme qui n'a rien
receu des deniers publics, il n'a rien despendu: Et encores la Loy
veut-elle qu'il se presente deuant ceux des Comptes & qu'il rende
compte. Mais comme fera-il s'il n'a rien receu? La loy mesmes
vous dict ce qu'il faut qu'il face. Elle ordonne qu'il baillera cela
par estat qu'il n'a rien receu de la ville, & qu'il n'a rien despencé.
En fin, il n'y a charge aucune en la ville qui se puisse pretendre ex-
empte de rendre compte; de laquelle il ne faille enquerir & informer. Et afin que vous cognoissiez que ie dis vray, Ie vous prie
oyez-les propres paroles de la Loy. Quand doncques Demosthene se glorifiera, disant qu'il n'est point tenu de rendre cõpte, pour
ce qu'il a employé du sien à la charge qu'il a euë, respondez-luy.
Quoy donc Demosthene, ne deuiez-vous pas laisser faire à
l'Huissier des comptes ceste ancienne & legitime proclamation?
Y a il quelqu'vn qui vueille accuser? Que ne permettiez-vous à celuy

En l'orai-
son de De-
mosthene
les Loix &
les decrets
sont inse-
rez, ils de-
faillent en
ceste-cy.

des Citoyens qui l’euſt voulu faire, de conteſter contre vous, &
ſouſtenir que vous n’auiez rien mis du voſtre? Au contraire, que
de beaucoup de deniers que vous auez eu pour la conſtruction
des murailles de la ville, vous n’en auez que bien peu employé?
Car vous auez receu ſix mil eſcus pour cet effet. Ne nous arrachez
pas ainſi l’honneur des poings. N’oſtez-pas aux Iuges la liberté
d’opiner: ne vous mettez pas par deſſus les Loix, mais ſuyuez-
les & faites ce qu’elles ordonnent, car par ce moyen ſe conſerue
l’eſtat populaire. Iuſques icy doncques i’ay aſſez reſpondu aux
vains pretextes dont ceux-cy ſe ſont voulu ſeruir. Or que vrayement Demoſthene fuſt comptable lors que Cteſiphon a publié le
decret, ſoit comme ayant exercé l’office de Preuoſt du Theatre,
ou comme prepoſé à la refection des murs dont il n’auoit rendu
aucun compte, ie vous le veux monſtrer par les regiſtres publics.
Et premierement, liſez-moy, du temps de quel Preuoſt,
en quel mois, en quel iour il eut la charge du Theatre, afin
que vous cognoiſſiez que ceſtuy-cy luy a decerné la couronne au milieu de ſon Magiſtrat. Liſez le regiſtre. Doncques quand
ie ne vous apporterois autre choſe, Cteſiphon eſt-il pas conuaincu? Car ce n’eſt moy: ce ſont les regiſtres publics qui l’accuſent.
Anciennement Meſſieurs, il y auoit vn controolleur eſleu par le
peuple, lequel à toutes les Printanees rendoit compte des deniers
publics. Mais vous euſtes tant de fiance en Eubulus, que vous per-
miſtes en ſa faueur, que celuy qui auoit la charge du Theatre fiſt
pareillement la charge de contreroolleur, la recepte des deniers,
euſt auſſi la charge d’entretenir les galeres, de faire reparer les baſtimens, il auoit meſme charge de dreſſer les chemins: & en fin
quaſi la charge de pouruoir à toutes les affaires publiques. Depuis
cela fut reformé par la loy de Hegemon. Ce que ie ne dis pas pour
blaſmer & reprendre les actions de ceux qui ont eu ceſte charge,
mais ſeulement pour monſtrer que le Legiſlateur n’a pas voulu,
que celuy qui exerçoit vn Magiſtrat, pour ſi petit qu’il fuſt, fuſt
couronné auparauant que d’auoir rendu compte. Et neantmoins
Cteſiphon a ordonné que Demoſthene, qui auoit quaſi toutes les
charges de la ville, dont il n’auoit rendu aucun compte, fuſt couronné. Or que Demoſthene euſt la charge des murs & manié les
affaires publiques, euſt authorité de iuger, lors que ceſtuy-cy a
publié ce decret, ie n’en veux autres teſmoins qu’eux-meſmes. Le
vingt-deuxieſme d’Auril, Charondas eſtant Preuoſt, l’aſſemblee

tenant, Demosthene fit vn decret que les lignees seroient assemblees le second & le troisiesme iour de May, & ordōna que chacun des lignees esliroit des gens pour auoir l'œil aux murailles, & fournir aux frais. Et cela certainemēt tres à propos, afin que la ville eust des gés qui fussent tenus de rendre cōpte de ce qui s'y despēdoit. Que l'ō lise les decrets. Ne voyla pas? Ie sçay biē qu'ils vous dirōt contre cela, qu'il n'a point esté tiré au sort pour exercer la charge des murailles, & qu'il ne l'a point eu non plus par les voix du peuple, & de cela Demosthene & Ctesiphon vous en feront vn grand discours. Mais pour me deuelopper de tous ces artifices-là ie ne veux que la loy, qui est en termes courts & clairs. Seulement vous diray-ie deux mots auparauant que vous la lire. Il y a Messieurs trois sortes de Magistrats. La premiere est de ceux que chacun cognoist assez qui sont tirez au sort & confirmez par le peuple. La seconde est de ceux qui manient quelque affaire publique par l'espace de plus de trente iours, & de ceux qui sont preposez aux œuures publics. La troisiesme est de ceux desquels il est escrit en la loy : *Et s'il y en a quelques-Vns qui soient esleus auec authorité de iuger, apres qu'ils auront esté examinez ils exerceront.* Ores doncques que l'on ne parle point de ceux qui sont tirez au sort & confirmez par le peuple, tousiours nous demeure-il, que ceux qui sont choisis par les lignees ou par vn tiers d'icelles, ou par les communautez pour manier les deniers publics sont Magistrats esleus. Ce qui se faict quand on enioint aux lignees, ou de faire les tranchees ou de construire des vaisseaux. Et pour vous monstrer que ie dis vray, vous le verrez par la loy, souuenez-vous de ce que ie vous ay dit cy deuant, que le Legislateur ordonne que ceux qui seront esleus par les lignees seront examinez en iugement, auparauant que d'exercer. C'a esté la lignee de Pandion qui a esleu Demosthene pour auoir la charge des murailles, lequel pour cet effect a receu six mil escus ou peu s'en faut. Souuenez-vous maintenant de l'autre Loy, qui defend de couronner le Magistrat qui n'a point rendu compte. Souuenez-vous que vous auez iuré de iuger selon les loix. Souuenez vous que Demosthene estant subiect à rendre compte, Ctesiphon a ordonné qu'il seroit couronné, sans adiouster ces mots, lors qu'il aura rendu compte, & sera deschargé. I'accuse maintenant celuy qui a violé la Loy. Ie produits pour tesmoins contre luy les loix, les decrets & mes propres parties. Comment peut-on conuaincre plus clairement vn homme? Or

ie vous

ie vous monftreray d'auantage qu'il a ordonné par fon decret que la proclamation de cefte couronne fe feroit contre la forme permife par les loix. Car la Loy enioint expreffement , que fi c'eft le confeil qui ordonne vne couronne, qu'elle foit proclamée au Confeil: fi c'eft le peuple en l'affemblee, autrement elle ne permet nullement. Lifez moy la loy. Cefte Loy meffieurs, eft merueilleufement belle. A mon aduis que le legiflateur a penfé que l'orateur ne doit pas chercher honneur enuers les eftrangers, mais fe contenter de ce qu'il en reçoit de fes concitoyens, fans faire autre profit de fon eloquence. Voila ce qu'a voulu le legiflateur. Voyons ce qu'a voulu Ctefiphon , que l'on life fon decret. Vous auez entendu meffieurs, comme le legiflateur ordonne que celuy à qui la couronne eft decernee par le peuple fera proclamé en l'affemblee du peuple qui fe fait aux Pniques, & non autre part, & Ctefiphon a ordonné que ce feroit au Theatre: ne violât pas feulement la loy pour le regard de la perfonne , mais auffi pour le lieu: faifant fa proclamation parmy les folaftreries de quelques ioüeurs de tragedies , au lieu de la faire en l'affemblee du peuple à la veuë de tous les Grecs , afin qu'ils fçeuffent à quelle forte d'hommes l'on a decerné cefte couronne. Or ayant ainfi peruerty vos loix, il penfe s'en efchapper par les artifices de Demofthene. Mais ie vous efclarciray de toutes leurs rufes, afin que vous ny foyez point trompez . Ils n'oferoient pas dire que la Loy ne deffende de proclamer hors de l'affemblee ceux à qui le peuple ordonne la couronne, mais ils vous apporteront pour leur defence la loy Dionifienne, s'en feruans d'vne partie fans vous la bien donner à entendre. Ils vous apporteront vne loy, qui ne fait nullement à propos à ce dont il s'agift, & vous diront qu'il y a deux loix concernans les proclamations : l'vne d'ont ie vous viens de parler, qui deffend de faire les proclamations hors de l'affemblee, l'autre qui eft contraire , par laquelle il eft permis de faire les proclamations au Theatre quand l'on ioüe les tragedies, pourueu que le peuple l'ordonne. Et difent que le decret de Ctefiphon eft conforme à cefte-là. Contre tous ces artifices la ie ne me veux feruir que de vos loix. A quoy ie m'eftudie le plus queic puis entoute cefte accufatió. Car fi cela eftoit vray, & nous euffions cefte couftume en cefte ville de renuerfer les loix par les loix mefmes, & qu'il s'en trouuaft deux toutes contrairespour vn mefme fait , quelle forte de gouuernemét feroit cecy: ou les loix cómáderoiët de fai-

F

re vne chofe, & puis le deffendroient ? Mais cela ne va pas ainfi, & ne fommes pas graces à Dieu tombez en vne telle confufion. Le legiflateur n'a pas laiffé cela fans y pouruoir. Il a expreffement ordonné aux gardes des loix , de mettre tous les ans les loix par ordre dans le threfor, efplucher & confiderer foigneufement s'il y a quelque loy contraire à l'autre, ou s'il y en a quelqu'vne abrogee parmy celles qui font gardees , ou s'il y en a point plufieurs touchant vne mefme chofe, s'ils trouuent quelque chofe de femblable, il leur enioint d'en faire vn eftat, le rediger par efcrit, & l'affier en la place des ftatuës , & aux Confeillers & Pritanniens d'affembler le peuple & cotter le nom des legiflateurs , & a celuy qui prefide à l'affemblee, de propofer au peuple d'en abroger les vnes & receuoir les autres, afin qu'il ne demeure qu'vne Loy, contenant chaque chofe. Et pour ce faites lire les loix. Si doncques ce qu'ils difent eftoit vray, & qu'il fe fuft trouué deux loix differentes touchant les proclamations, ie croy qu'il euft efté forcé que les gardes-loix les trouuant, & les Pritanniens les propofant a ceux qui font les loix, l'on en euft aboly l'vne ou l'autre, ou celle qui le defend. Mais puis qu'il ne fe void rien de cela, il fe cognoift clairement que ces gens ci ne difent pas feulement des chofes fauffes mais du tout impoffibles. D'ou ils ont pris toutes ces bourdes là, ie vous le monftreray tantoft, apres que ie vous auray fait entendre pour quelle raifon les loix ont defendu de faire les proclamations au Theatre. Lors qu'on ioüoit des tragedies , il s'en trouuoit qui fans en parler au peuple faifoient proclamer, que ceux de leur lignee ou ceux de leur ville leur donnoient vne couronne. D'autres faifoient proclamer qu'ils mettoient leurs feruiteurs en liberté, appellant les Grecs à tefmoings de tel affranchiffement. Et ce qui eftoit le plus indigne, c'eftoit que quelques-vns trouuans des cognoiffances aux autres villes, ils achetoient à beaux deniers comptans cefte faueur, de faire proclamer, qu'vn tel peuple, côme peut eftre celuy de Rhodes, & de Chios, ou de quelque autre ville, leur donnoit vne couronne pour recompenfe de leur vertu & vaillance. Tellement que cela ne fe faifoit pas de la façon, dont ont accouftumé ceux a qui le côfeil fait cefte grace, ou qui l'impetrent de vous , & qui la reçoiuent à grand faueur. Mais c'eftoient des gens qui l'entreprenoient d'eux mefmes , fans fcauoir fi vous le trouuez bon. Et de la il aduenoit que les fpectateurs , les ioüeurs & les lutteurs

eſtoient troublez, & que ceux qui eſtoient ainſi proclamez au
Theatre, receuoient plus d'honneur que ceux à qui le Conſeil
ou le peuple ordonnoit des couronnes. Car ceux ci auoient vn
certain lieu où il falloit faire leur couronnement, & n'euſſent oſé
faire leur proclamation autre part. Et ceux-la eſtoient proclamez
au Theatre, & loüez en preſence de tous les Grecs. Neant moins
ceux-cy auoient voſtre ordonnance, ceux-la ne l'auoient point.
Ce que conſiderant le legiſlateur, il publia vne loy qui ne concerne nullement celle qui eſt faite pour ceux qui ſont couronnez par
voſtre ordonnance, & qui n'y deroge aucunement: car elle n'eſt
pas pour reformer le trouble qui ſe faiſoit à l'aſſemblee de ville,
mais au Theatre, & n'eſt nullement contraire aux autres loix faites auparauant. Car cela n'eſt pas permis. Mais elle regarde ſeulement le fait de ceux qui ſans voſtre ordonnance ſe font donner
des couronnes par ceux de leur lignee ou de leur ville, qui donnent liberté à leurs ſeruiteurs, & qui ſont couronnez par les nations eſtrangeres, & deffend expreſſement ceſte loy de mettre en
liberté ſon ſeruiteur au Theatre, & d'y proclamer les couronnes
qui ſont donnees par les lignees, ou par les autres peuples, ou par
quelque autre que ce ſoit à peine d'eſtre le proclamateur declaré
infame. Puis doncques que la loy veut que ceux à qui le conſeil
ordonne vne couronne la reçoiuent dans le conſeil, & ceux à qui
le peuple l'ordonne la reçoiuent en l'aſſemblee de ville, & qu'elle
deffend à ceux à qui les lignees ou leur ville les ont ordonné de
les faire proclamer au theatre, de peur que ceux qui mendient les
couronnes & publications n'vſurpent l'honneur qui eſt deu aux
autres, & qu'elle deffend auſſi qu'il ne ſe face aucune proclamation en l'abſence du Conſeil du peuple, des lignees, & des habitans, Quelles couronnes peut on plus proclamer au Theatre:
horſmis celles des eſtrangers? Et que cela ſoit vray, i'en tire-
ray vn tres-certain argument de la loy meſme, laquelle veut
que la couronne d'or qui aura eſté proclamee dans le Theatre,
ſoit oſtée a celuy à qui elle a eſté donnee, & conſacree à Minerue.
Qui ſeroit ſi hardy de vouloir reprocher au peuple d'Athenes
vne telle ingratitude? Car il ne ſe trouueroit pas vne ville, non
pas meſmes vn particulier qui fuſt ſi mal honneſte, qu'il vouluſt
oſter vne choſe qu'il auoit auparauant donnee, & en faire preſent aux Dieux. Mais l'on conſacre telle couronne, pource à
mon aduis que des eſtrangers la donnoient. De peur que ceux

qui font plus de cas de la bien-veillance des eftrangers que de celle de leurs concitoyens, à la fin n'en deuiennent meschans. Mais
quant à celle qui fe donne en l'affemblee de ville, il n'y a point
de loy qui la confacre. Il eft permis de la conferuer, afin que non
feulement celuy à qui elle eft decernee, mais auffi fes defcendans
ayans en leur maifon vne telle remarque de la faueur du peuple,
n'oublient iamais l'amour & l'affection qu'ils doiuent à fon ferui-
uice. Et pour ce le legiflateur a il deffendu, que les couronnes des
eftrangers ne fuffent point proclamees au theatre, finon que le
peuple l'euft ordonné, afin que fi quelque ville a volonté de couronner quelqu'vn d'entre vous, elle enuoye des Ambaffadeurs
pour en demander la permiffion au peuple, & que celuy qui fera
couronné de cefte façon, vous ait plus d'obligation, de la permiffion que vous luy donnerez qu'a ceux mefmes qui luy auront
donné la couronne. Et pour monftrer que cela eft ainfi, oyez ce
que dict la loy. Quand doncques ils vous viendront dire, pour
vous tromper, que la loy permet de bailler la couronne au
theatre quand le peuple l'a permis, fouuenez-vous de leur refpondre, il eft vray quand c'eft vne autre ville qui la donné, mais
fi c'eft le peuple Athenien, il y a vn certain lieu defigné ou il faut
que cela fe face, & eft deffendu de la proclamer autre-part qu'en
l'affemblee de ville, car puifque les mots y font (*fi en nulle autre
part* (quand vous feriez tout auiourd'huy à parler, vous ne fcauriez
monftrer que le decret de Ctefiphon foit iufte. Ce qui me refte,
eft-ce ou ie me veux dauantage & plus foigneufement arrefter.
C'eft le pretexte qu'il a pris pour decerner cefte couftume. Car
voicy ce qu'il dit de fon decret. *Et proclamera le herault en plein theatre en prefence des Grecs, que le peuple d'Athenes luy donne cefte couronne,
en recognoiffance de fa vertu & vaillance, & principalement pour auoir
grandement profité au public par fes belles actions & par fon Eloquence.*
Ce que i'ay à dire fur ce fubiect eft fort ayfé, & ne trauailleray
gueres a le vous expliquer, ni vous à le comprendre & iuger.
Ie n'ay autre chofe à faire, finon vous monftrer, que les loüanges que l'on a voulu attribuer à Demofthene, font pleines
de menteries & impoftures, & qu'il n'a encore iamais commence à vous confeiller, & moins procurer par effect chofe qui
vous ait efté profitable: & cela fi ie le vous monftre, il faut
que Ctefiphon paffe condamnation. Car toutes les loix deffendent de ne rien mettre de faux dans les decrets publics.

Et s'il veut entrer en deffence il faut qu'il monstre le contraire. Ce
sera à vous de iuger lequel de nous deux dira vray? voyla doncques dequoy il s'agist. Quant à moy, ie n'entreprens pas d'esplucher toute la vie de Demosthene: ce seroit vne besongne où il
faudroit bien plus de temps. Qu'est-il besoin de vous conter icy
ce qui luy arriua quand il accusa au Conseil des Areopages, Demonecles Payanien son cousin, & qu'il receut ceste belle ballafre
en la teste, ou bien ce qu'il fit à Cephisodotus, estant à la guerre
auec luy, & allant en Hellespont? Demosthene estoit lors Capitaine d'vne gallere, il estoit ordinairement auec son General, beuuoit & mangeoit à sa table, se trouuoit aux sacrifices & aux festins
publics auec luy: (car il le fauorisoit, pour ce qu'il auoit aimé son
pere) & neantmoins il n'eut point de honte de l'aller accuser d'vn
crime capital. Dequoy seruiroit aussi de vous parler des soufflets
qu'il receut dans le Theatre, lors qu'il auoit charge des ieux: &
de la façon dont il en composa auec Midias; vendant pour trois
cens escus, & son iniure, & le iugement que le peuple auoit donné contre Midias aux ieux Dionisiens? Or veux-ie passer par dessus tout cela, non pas pour rien dissimuler de ce qui concerne vostre authorité, ny pour me feindre en ce combat, mais de peur
que vous ne me disiez que tout cela est bien vray, mais que c'est
chose trop vieille & trop cogneuë de tout le monde. Quoy doncques Ctesiphon, failloit-il ordonner vne couronne à celuy duquel la honte & l'infamie est si cogneuë, que quand i'en pense
parler, chacun recognoist bien que ie dis vray, mais que ie perds
le temps à dire vne chose si notoire? Faut-il vne couronne d'or à
vn tel homme, ou vn chappeau de honte & d'infamie? Faut-il
que Ctesiphon qui la luy a donnee, se mocque ainsi impudemment de la iustice, où qu'il reçoiue la peine de sa temerité, telle
que l'honneur de ceste ville desire? Quant aux crimes publics ie
m'y arresteray d'auantage, pour vous les faire clairement entendre. Car i'ay appris que Demosthene a deliberé, quand se viendra
à son tour de parler, de distribuer en quatre saisons, tout ce qu'il
a geré au gouuernement de cest estat. La premiere sera à ce que
i'entends, du temps que nous auions la guerre contre Philippe à
cause d'Amphipolis, iusques à ce que la paix & confederation
fust faite par l'entremise de Philocrates Agnusien, & de Demosthene, comme ie monstreray. La deuxiesme, il la prend de tout
le temps que la paix a duré, & iusques au iour que luy-mesme la

rompit pour nous ietter à la guerre.   La troifiefme de tout le temps que la guerre a continué, iufques au defaftre qui nous arriua en la Cheronee.   La quatriefme eft celle où nous fommes maintenant : & quand il vous aura faict ce denombrement-là, il m'interrogera laquelle de fes actions i'entends accufer, & quand ie pretens qu'il a failly à confeiller au peuple ce qui eftoit pour fon bien. Et fi ie refufe de luy refpondre & que ie me penfe retirer & m'enfuyr, il me viendra ce dit-il, chercher, me trainera au fiege, & me contraindra de refpondre. Or afin qu'il n'ait pas cefte peine, & que vous foyez bien informez de tout, ie luy refpondray en prefence des Iuges, de tant de Citoyens que ie vois icy affemblez, & de tous les Grecs qui font venus icy, & ont pris la peine de nous vouloir ouyr. Et certainement i'en voy vn fort grand nombre, & tel peut-eftre que de memoire d'homme ne s'en eft tant trouué à l'audience d'vne femblable caufe. Ie vous refponds, dis-ie Demofthene, que ie blafme entierement ce que vous auez fait en toutes ces faifons-là, que vous auez ainfi diftinguees. Et s'il plaift aux dieux & fi les Iuges nous efcoutent auec égale faueur, & que ie me puiffe fouuenir de ce que ie fçay de vos actions, ie me fais fort de monftrer clairement, que les dieux font feuls caufe de tout ce qui a heureufement fuccedé à noftre ville, par la faueur qu'ils ont porté à nos affaires, & vous feul caufe de toutes les infortunes qui nous font aduenuës.   Et pour ce faire, ie fuiuray le mefme ordre que vous eftes deliberé d'obferuer à m'interroger. Ie commenceray donc à parler de cefte premiere faifon, puis de la deuxiefme, puis de la troifiefme, puis de la quatriefme où nous fommes maintenant.   Ie viens donc à la paix que vous & Philocrates auez traitee. Car Meffieurs, fi certaines gens euffent eu patience que les Ambaffadeurs que vous auiez enuoyé en ce temps-là par la Grece pour exhorter les prouinces de fe refoudre enfemblement à ce que la Grece auoit affaire contre Philippe, vous euffiez eu moyen de rendre cefte paix-là commune à tous les Grecs, & de vous conferuer la preéminence & l'authorité que vous auiez toufiours eû auparauant. Mais Demofthene & Philocrates vous ont fait perdre cefte commodité, au moyen des dons & des prefens par lefquels ils fe font laiffé corrompre pour mettre les affaires publiques en defordre & confufion.   Si cela femble de primabord incroyable à quelques-vns d'entre vous, ayez patience d'ouyr le refte, vous prenez bien le loifir d'entendre tout au long

les comptes des deniers defpenfez, vous y appórtez bien fouuent
de fauffes opinions de vos maifons, mais tout compté & rabattu
apres que le compte eft clos, il n'y en a pas vn d'entre-vous fi fafcheux ny fi mal né, qui ne tienne pour veritable & ne s'accorde à
ce qui en eft arrefté, faites-en de mefme en ce fait-cy. S'il y a, dis-
ie, quelqu'vn d'entre vous, qui foit venu de fa maifon icy auec
cefte opinion, que iamais Demofthene ne s'eft accordé auec Philocrates pour fauorifer le Ròy Philippe, qu'il ait patience, & qu'il
ne le condamne ny ne l'abfoluë point auparauant que d'auoir
tout ouy. Car il ne feroit pas raifonnable. Mais qu'il entende vn
peu ce que ie vous remettray en memoire de ce qui s'eft paffé durant ces faifons-là, dont vous parlera Demofthene, le decret
qu'il a dreffé auec Philocrates pour la paix & confederation qui
fut faite au commencement, l'exceffiuement impudente façon
dont il flattoit Philippe, comme il ne voulut pas attendre les Ambaffadeurs que l'on auoit enuoyé par la Grece, comme il fut caufe que les Grecs ne firent pas la paix en commun, & comme il liura entre les mains de Philippe Cherfobleptes Roy de Thrace,
amy & confederé du peuple Athenien. Si ie vous monftre cela
clairement, ie vous fais vne demande fort raifonnable, ie vous
coniure par les Dieux que vous m'accordiez qu'il a tres-mal gouuerné la chofe publique durant cefte premiere faifon. Ie commenceray par vn endroit qui vous fera fort aifé à fuiure. Philocrates fit vn decret qu'il feroit permis à Philippe d'enuoyer icy des
Ambaffadeurs & des Herauts, pour traiter de la paix & confederation, ce decret fuft maintenu contraire aux loix. Quand ce
vint au iugement Lucinus fe rendit accufateur, Philocrates s'en
voulut deffendre, Demofthene fe ioignit auec luy, en fin Philocrates fut abfoubz. Il aduint que l'annee d'apres Themiftocles
fuft Preuoft, lors Demofthene fut faiĉt du Confeil fans tirer au
fort ne pres ne loin, mais y eftant entré par menees, & par argent, afin de pouuoir fouftenir & fupporter Philocrates, comme il monftra bien depuis par effeĉt. Car Philocrates obtint incontinent vn autre decret, par lequel il fut ordonné que l'on enuoyeroit dix Ambaffadeurs vers Philippe, pour le prier d'enuoyer icy des députez qui euffent tout pouuoir pour traiter la
paix. Demofthene en fut l'vn, lequel retourné commença à loüer
la paix, & faire le mefme recit qu'auoient fait fes compagnons, &
fut feul d'auis qu'il falloit conclure la paix auec les députez de

Philippe, fuiuant en cela le train de Philocrates. L'vn fut d'aduis d'enuoyer des Ambaſſadeurs, l'autre de conclure auec les dépu-tez. Ie vous prie eſcoutez diligemment qu'elle a eſté la ſuitte de cela. Depuis Philippe ne negotia plus rien auec les autres Ambaſ-ſadeurs, leſquels il commença à calomnier imprudemment, mais ſeulement auec Demoſthene & Philocrates, non ſans cauſe: car ils auoient enſemble dreſſé ceſte legation, & enſemble faict ces beaux decrets-là. Le premier, par lequel ils firent ordonner que vous n'attendriez point les Ambaſſadeurs que vous auez enuoyé vers les peuples de la Grece, vous exhortant en faueur de Philippe, de ne pas faire la paix en commun auec tous les Grecs, mais en particulier. Le ſecond par lequel il fut ordonné qu'on ne feroit pas ſeulement la paix auec Philippe, mais meſmes ligue & confederation, afin que ceux qui auroient touſiours eſté affe-ctionnez à voſtre party, fuſſent entierement deſcouragez quand ils verroient que vous qui excitiez auparauant les autres à la guer-re, ne faiſiez pas ſeulement la paix, mais vne eſtroitte confede-ration. Le troiſieſme par lequel Cherſobleptes Roy de Trace, fut exclus du traicté tant de paix que de confederation. Et neant-moins la guerre luy eſtoit des-ja denoncee. Et en cela celuy qui a-chetoit ſa commodité n'auoit pas tort. Car il n'eſtoit point enco-re obligé par ſerment ny par accord qui le peuſt empeſcher de chercher ſon aduantage : mais ceux qui luy ont liuré & mis en main les forces & deffences de l'Eſtat, meritent ſans doute voſtre courroux & indignation. Car Demoſthene qui ſe faict mainte-nant appeller ennemy d'Alexandre, qui eſtoit lors amy de Phi-lippe, & qui me reproche la familiarité d'Alexandre, a eſté celuy qui a faict ce decret, hors le temps accouſtumé, faiſant tenir l'aſ-ſemblee par les Printannes, le huictieſme de Feurier, lors que l'on ſacrifioit à Eſculape. Et propoſant vn affaire de conſequen-ce à vn iour de feſte, ce qui ne s'eſtoit iamais veu auparauant, afin diſoit-il que quand les députez de Philippe ſeroient venus, on les peuſt promptement expedier: Preuenant par ce moyen nos Ambaſſadeurs, & vous faiſant perdre les belles occaſions de bien faire, en precipitant les affaires, & vous oſtant le moyen, vos Ambaſſadeurs eſtant de retour de traicter la paix auec les autres prouinces, laquelle il vous faiſoit traicter en particulier pour vous ſeuls. Apres cela les Ambaſſadeurs de Philippe arriuerent, les voſtres eſtans encore par les prouinces, exhortant les peuples à

faire

faire la guerre à Philippe. Lors Demosthene gaigna encore ce point
de faire vn autre decret, par lequel il fust ordonné, que sans attendre vos Ambassadeurs on traicteroit vne paix & confederation
auec Philippe. Cela fut le dix-huictiesme & dix-neufiesme iour
de Feurier. Et que cela soit vray, que l'on life le decret. Apres
doncques que les ieux Dionisiens furent passez, l'on tint les assemblees : en la premiere desquelles l'on leut le decret qui auoit esté
resolu le 18. Feurier, qui comprenoit tous nos alliez. Ie vous en
rememoreray seulement les principaux poincts le plus court que
ie pourray. Premierement il portoit que vous traitteriez à part de
la paix, il ne s'y parloit point des alliez, non par oubliance : mais
pource qu'on disoit que la paix se faisoit plustost par necessité que
autrement. Tellement que l'on ne pouuoit pas y garder tout l'hóneur que l'on eust desiré. Mais au bout de là on remedioit sagement à ce que Demosthene corrompu par argent pensoit faire.
Car on adioustoit au decret, qu'il seroit permis aux autres Grecs,
si bon leur sembloit, de venir dans trois mois inscrire leur nom
dans la colomne publique, & ce faisant participer au traicté, &
estre compris en la composition. En quoy il estoit sagement pourueu à deux choses. L'vne que l'on donnoit temps de trois mois
suffisant aux Grecs pour enuoyer leurs Ambassadeurs, l'autre que
l'on nous concilioit la bien-veillance de toute la Grece, afin que si
la paix se venoit à rompre nous ne fussions point contraints d'entreprendre la guerre seuls & desarmez. Ce que nous sommes contraincts auiourd'huy de faire, par la faute de Demosthene, & cela
vous le cognoistrez clairement par la lecture de ce qui fut ordonné pour les alliez. Ie confesse que ie fus lors de cet aduis, & tous
les orateurs qui se trouuerent à ceste premiere assemblee, le peuple se retira auec ceste opinion, que l'on feroit la paix, mais
que de confederation il n'en falloit point parler, pour ce que vos
Ambassadeurs estoient par toute la Grece, qui excitoient les peuples à faire la guerre a Philippe, & que la paix qui se feroit seroit
commune à tous les Grecs. La nuict se passa & retournasmes le
lédemain à l'assemblee, ou Demosthene s'emparant de la chaire &
ne laissant parler personne, vous fit entendre, que ce que vous
auiez fait le iour de deuant ne seruoit de rien, d'autant que les députez de Philippe, ne s'y accorderoient iamais, & que la paix ne se
pouuoit entendre sans confederation. Ie me souuiens des termes
dont il vsa, & pour la rudesse du mot, & pour la mauuaise grace

G

dont il en vsa. Il ne faut point, dit-il, arracher la confederation d'auec la paix, ni s'arrester aux longueurs des Grecs, mais se resoudre à la guerre ou à la paix. Et apres auoir acheué de parler, il fit monter Antipater & l'interrogea sur ce que bon luy sembla, luy ayant dicté auparauant ce qu'il deuoit dire contre le bien de ceste ville. Et ainsi fut fait ce qu'Antipater desiroit, tant par la force de l'Eloquence de Demosthene, qu'au moyen du decret qu'auoit publié Philocrates. Ce qui leur restoit à faire, c'estoit de trahir Chersobleptes & liurer toute la contree de Thrace, & cela ils acheuerent le vingt-sixiesme iour du mois de Feurier, auant que Demosthene eust esté deputé pour receuoir le serment de Philippe. Car ce grand ennemy cy de Philippe & d'Alexandre à esté deux fois Ambassadeur en Macedoine, dont il se pouuoit bien excuser, luy qui veut maintenant que l'on denigre ainsi les Macedoniens. Ce iour là doncques il presidoit à l'assemblee qui se tint, & s'estant fait mettre là par menees, Philocrates & luy liurerent le pauure Chersobleptes. Car Philocrates fit couler ce mot dans son decret auec tout plein d'autres faussetez, que Demosthene authorisa, que les conseillers des associez presteroient ce iour-là le serment entre les mains des deputez de Philippe. Or ny auoit-il là personne pour Chersobleptes. Et par ainsi ordonnant que les conseillers des confederez qui estoient là presents presteroient le serment, c'estoit exclurre Chersobleptes qui n'auoit là personne pour luy. Et pour monstrer que ie dy vray, que l'on lise qui est celuy qui a dressé le decret, & qui est celuy qui a presidé pour l'authoriser. C'est messieurs, vne belle chose, belle certainement que la garde des registres publics : car au moins cela demeure immuable, & ne se perd point, pour la malice de ceux qui brouïllent l'estat, ains donne moyen au peuple de recognoistre quand bon luy semble ceux qui ont mal fait, & ceux qui apres auoir mal-fait, veulent estre veus gens de bien. Ce qui me reste pour ce chef, c'est de vous monstrer qu'elle a esté sa flatterie. Car de toute l'annee qu'il a presidé, il ne se trouuera qu'il ait fait monter au siege les Ambassadeurs, sinon ceste fois la qu'il leur a baillé des daiz, & fait tendre des tapis, & bien qu'il fist desia grand iour, il leur seruoit de guide pour venir au theatre, de sorte mesmes que l'on le siffla pour ceste honteuse flatterie, & quand ils allerent à Thebes, il leur loüa trois couple de mulets & les fit conduire iusques là rendant nostre ville ridicule a tout le

monde. Mais afin que ie ne m'efloigne point de mon fubiet, prenez, le decret qui fut caufe de la feance que deuoient auoir les
Ambaffadeurs. Or meffieurs, cet impudent flatteur ayant fçeu le
premier par les efpions de Caridemus que Philippe eftoit decedé,
il feignit que les dieux luy auoient enuoyé vn fonge, & celant ce
qu'il auoit appris par le moyen de Caridemus, nous vint perfuader que les dieux & Minerue qu'il plafpheme tous les iours par
fes pariures, le luy auoient reuelé, & que les nuicts ils venoient
parler à luy & predire ce qui deuoit arriuer. Et dans la huictaine
que fa fille eftoit morte, auparauant que d'auoir fait les obfeques,
couronné & veftu d'vne robe blanche, il vint facrifier, fans fe fou-
cier des loix, ny de la memoire de celle qui premiere l'auoit appellé pere. Ie ne luy dis pas pour luy reprocher fon infortune,
mais afin que vous entendiez la façon dont il s'y eft comporté.
Car iamais vn mauuais pere & qui hait fes enfans, ne fut bon gouuerneur du peuple : & celuy qui n'ayme point ce qui luy eft plus
cher, & de plus familier, ne tiendra pas d'auantage de compte de
vous, qui ne luy eftes point parens: Celuy qui eft mefchant en fon
priué, ne fera iamais homme de bien pour le public : celuy qui eft
vn trompeur en fa maifon, ne fe comportera pas en honnefte
homme quand vous l'enuoyerez Ambaffadeur en Macedoine,
Car en changeant de lieux, il ne change pas de mœurs, Commét
doncques y a-il vn grand changement en fes actions? car ie viens
à cefte feconde faifon, pour vous faire entendre qu'elle eft la caufe pour laquelle Philocrates qui a eu le mefme maniement que
Demofthene a efté banni comme criminel de leze Majefté, &
Demofthene eft demeuré qui accufe les autres, Comment ce
miferable la nous a-il plongé en tant de maux & calamitez?
C'eft ce qui eft fort digne d'eftre entendu: Auffi toft que
Philippe euft paffé les Pyles, qu'il euft ruiné les villes des Phocenfes, auant quafi qu'on euft loifir d'y penfer, & rendu les Thebains
plus puiffans qu'il n'eftoit lors expedient pour vos affaires, cóme
vous nogneuftes bien toft apres fort eftonnez, vous commença-
ftes à abandonner la campagne, & referrer vos meubles dans les
villes. On blafmoit lors grandement ceux qui auoient efté enuoyez Ambaffadeurs, pour moyenner la paix, mais beaucoup
plus que les autres, Philocrates & Demofthene, qui n'auoiét pas
feulement efté Ambaffadeurs, mais mefmes auoient dreffé les decrets. Or aduint-il en mefme temps que Demofthene & Philo-

crates furent en mauuais mefnage entr'eux, fans doute pour la
mefme occafion pour laquelle vous foupçonniez lors. Cefte dif-
fenfion furuenant, & aigriffant les autres vices qui font nez auec
Demofthene, il commence à pouruoir à fes affaires auec vne grande deffiance, & encore plus grande ialoufie de ce que Philocrates,
emportoit fi grand part de l'argent qu'on leur auoit donné. Il pen-
fa qu'en accufant fes compagnons & blafmant Philippe, il ruine-
roit fans doute Philocrates, & feroit courir grand' fortune aux
autres qui auoient efté en cet Ambaffade auec luy, qu'il acquer-
roit beaucoup de reputation, & fembleroit en trahiffant mef-
chamment fes amis, eftre fidelle au peuple Athenien. Dequoy
s'eftant apperceus les ennemis du repos public, ils commencerent
à l'inciter de monter en chaire, difant, qu'il n'y auoit plus perfonne en la ville exempt de corruption que luy. Et luy fe prefentant
commença à leur preparer des femences de guerre & de fedition.
Voila celuy, Meffieurs, qui le premier a inuenté le mur Serrien, le
Dorique, l'Ergifque, le Meurgifque, le Gan, le Ganide, places
dont nous n'auions iamais ouy parler auparauant. En fin il tourna les affaires de façon, que fi Philippe n'enuoyoit point d'Ambaffadeurs, il difoit que c'eftoit qu'il negligeoit la ville, s'il en
enuoyoit, il difoit que c'eftoient des efpions, fi Philippe offroit fe rapporter à quelques villes des differens qu'il auoit auec
nous, il difoit qu'il ne fe pouuoit trouuer de Iuge qui peuft
equitablement iuger les differens que nous auions auec luy. Philippe vouloit bailler Aloneffe, ceftui-cy difoit qu'il ne la failloit
pas receuoir s'il ne la rendoit, difputant des mots & des fyl-
labes. En fin ordonnant des couronnes à ceux qui auoyent mené des forces en Theffalie & Magnefie auec Ariftote, contre
les traictez il rompift la paix, & nous apprefta beaucoup de mi-
feres & de calamitez. Ouy, mais à ce qu'il dit, il nous a fortifié cet
eftat de murs d'airain & de Diamant, nous ayant procuré l'alliance,
& confederation des Eubeans & des Thebains. Au contraire, en
cela vous auez receu trois notables iniures, lefquelles vous ne có-
prenez nullement. Or vous veux-ie faire entendre que c'eft que
de cefte grande alliance des Thebains, de laquelle ie vous parleray
en fon ordre. Il faut premierement que ie vous ramentoiue celle
que vous auez faite auec les Eubeans. Vous auiez efté grandement offenfez par Menefarche Calcidien, & par Callias fils de
Tauroftenes, lefquels ceftui-cy à depuis bien ofé faire enrooller au nombre des bourgeois de cefte ville. Vous fuftes auffi

fort iniuriez par Themiſſion fils d'Eretrius, qui durant la paix prit ſur vous Orepus, néantmoins vous oubliaſtes volontairement tout cela : & quand les Thebains deſcendirent en Eubee pour reprendre leurs villes, vous les ſecouruſtes de forces de mer & de terre, & en vn mois vous contraigniſtes les Thebains de venir à accord, l'Eubee demeurant en voſtre puiſſance, auec vne grande Iuſtice & doctrine, où vous rendiſtes les villes & le gouuernement à ceux qui les auoient depoſé entre vos mains. Ne penſant pas qu'il fuſt raiſonnable d'exercer aucune vengeance ſur ceux qui s'eſtoient iettez entre vos bras, & mis ſur voſtre foy. Les Calcidiens ayant receu ſemblable courtoiſie de vous ne vous rendirent pas la pareille. Ils firent au commencement ſemblant de vous eſtre amis, mais ſi toſt que vous fuſtes deſcendus en l'Eubee pour ſecourir Plutarque, & que vous euſtes paſſé les Tamynes & le mont, ſurnommé Cotylee, & Callias Calcidien, que Demoſthene a defendu pour de l'argent, voyant noſtre armee enfermee dans des detroits, d'où elle ne pouuoit eſtre ſecouruë ny par mer ny par terre, aſſembla vne armee de toute l'Eubee, enuoya querir les forces de Philippe, & eſtant ioinct auec ſon frere Thoroſtenes, que vous voyez qui nous ſaluë tout maintenant & nous ſous-rit ſi doucement, lequel auoit faict deſcendre les eſtrangers de Phocee, il vint pour nous deffaire. Que ſi Dieu premierement n'euſt preſerué noſtre armee, & que vos gens de guerre, tant ceux de pied que de cheual, ne ſe fuſſent monſtré gens de bien, & qu'aupres de l'Ippodrome qui eſt vers les Tamines, ils n'euſſent gaigné la victoire en bataille rangee, & receu les ennemis à mercy, noſtre ville couroit fortune d'endurer vne grande honte. Car eſtre vaincu n'eſt pas le plus grand mal qui peut arriuer à la guerre. Mais quand le mal-heur veut que vous tombiez ſoubz la puiſſance d'vn ennemy indigne, ce vous eſt double perte. Or apres auoir eſté traictez de ceſte façon par ces gens-là, vous ne laiſſaſtes pas de vous reconcilier auec eux. Mais Callias Calcidien ayant eſté traicté ſi humainement par vous, apres auoir laiſſé couler quelque temps retourna à ſa premiere nature. Et faiſant ſemblant qu'il aſſembloit le Conſeil d'Eubee en Calcide, en effect il diſpoſa l'Eubee, pour vſurper la puiſſance à laquelle il aſpiroit, à l'acquiſition de laquelle il eſperoit que Philippe l'aideroit. Il s'en alla en Macedoine, là il eſtoit à la ſuitte de Philippe, tenu pour l'vn de ſes meilleurs amis. Depuis ayant

G iij

offenſé Philippe, il s'eſchappa, & ſe ietta entre les mains des Thebains : puis les abandonnant, & faiſant plus de tours & de retours que l'Euripe aupres duquel il habite, il demeura ennemy commun de Philippe & des Thebains. Ne ſçachant plus quel conſeil prendre, & la guerre luy eſtant des-ja denoncée, il penſa qu'il ne luy reſtoit aucune eſperance de ſalut, ſinon de ſe r'allier auec le peuple Athenien, l'auoir pour confederé, & faire en ſorte qu'il priſt ſa defence ſi quelqu'vn vouloit entreprendre ſur luy. Et cela ſans doute euſt-il obtenu, ſi vous ne vous y fuſſiez oppoſé, ce que voyant il vous enuoya derechef en Ambaſſade Glaucetis, Empedon & Diodore, qui auoient couru la longue courſe, leſquels vous donnoient de vaines eſperances, & à Demoſthene & à ceux de ſa faction de bon argent contant. Il fit par ce moyen trois choſes tout enſemble. La premiere qu'il n'eſtoit point exclus de voſtre confederation. Car ſi le peuple Athenien ſe fuſt reſſenty des iniures qu'il auoit receu de luy, il n'y auoit moyen du monde qu'il ſe peuſt ſauuer. Il falloit ou qu'il abandonnaſt la Colchide, ou que y eſtant attrapé il y mouruſt, tant Philippe & les Thebains auoient preparé de forces pour l'auoir. La ſeconde, qu'il fit apporter la recompenſe promiſe à ceux qui auoient faict ordonner que les Calcidiens ne ſeroient point tenus de ſe trouuer au Conſeil d'Athenes. La troiſieſme, qu'ils n'eſtoient point rendus tributaires : & en tout ce deſſein-là Callias ne manqua en rien. Car Demoſthene qui ſe faict ſi grand ennemy des tyrans & que Cteſiphon dict auoir touſiours ſi bien conſeillé le peuple, vous fit perdre l'occaſion de faire vos affaires, & mit dans le traicté de confederation que vous ſeriez tenus de ſecourir les Calcidiens, & quant à eux il ne les obligea point, ains changeant les mots, fit eſcrire ſeulement pour la mine & reputation, que les Calcidiens ſeroient tenus de ſecourir les Atheniens, ſi l'on les aſſailloit, ſans faire mention aucune ny du Conſeil commun, ny des contributions neceſſaires pour ſouſtenir la guerre. Tellement qu'il ruyna tout, couurant auec de belles paroles ſes laſches & honteuſes actions, & nous induiſant à croire qu'il falloit que nous donnaſſions ſecours aux Grecs qui en auoient beſoin, & que quand nous les aurions obligez, nous entrerions en confederation auec eux. Afin que vous cognoiſſiez ſi ie dis vray, prenez l'accuſation de Callias & le traicté, & puis liſez le decret. N'eſt-ce donc pas vne grande meſchanceté d'auoir ainſi vendu l'occaſion

de faire le profit de la ville, d'auoir faict vn tel preiudice au Confeil , d'auoir ainfi aboly les contributions ? Mais cela n'eft rien au
pris de ce qui me refte à dire : car l'audace & l'auarice de Callias
Calcidien , & la corruption & ordure de Demofthene, que Ctefiphon louë tant , font venus iufques à ce poinct, qu'à voftre veu,
qu'à voftre fçeu , ils ont vollé fix mil efcus , à quoy fe montoient
les tailles que vous payoient ceux d'Oree & d'Eritree, ont deftourné les confeillers qui fouloient venir icy de ces lieux-là, &
ont faict en forte qu'ils vont au Confeil de Calcide & d'Eubee.
Par quel moyen & auec quels malicieux artifices cela merite d'e-
ftre entendu.   Callias n'enuoya pas icy des Meffagers , mais il y
vint en perfonne. Et fe trouuant à l'affemblee vous fit vn difcours
que Demofthene luy auoit dreffé. Il vous dict qu'il reuenoit fref-
chement du Peloponnefe, qu'il auoit dreffé vn eftat des forces
qu'il failloit oppofer à Philippe, où il conuenoit employer foixante mille efcus.   Et vous difcourut combien chacun en deuoit
porter.   Que les Acheens & Eubeens en payeroient trente mil efcus pour leur part : & toutes les villes d'Eubee vingt-quatre mil.
Que de ces deniers-là , on entretiendroit les forces de mer
& de terre, qu'il y auoit beaucoup d'autres villes de la Grece
qui vouloient contribuer à cefte defpence, de forte que vous
n'auriez faute ny d'hommes ny d'argent : De tout cela vous vous
en fouuenez bien. Mais outre il vous dict , qu'il auoit de grandes
pratiques fourdes , & qui ne fe deuoient pas reueler , dont quelques-vns de vos citoyens vous rendoient bon tefmoignage. Et a-
cheuant fon difcours , il pria nommément Demofthene, qu'il luy
pleuft vous en dire ce qu'il en fçauoit.   Luy paffant brauement &
montant en chaire loüa grandement Callias & tefmoigna qu'il
fçauoit bien que c'eftoit de ces fecrets dont il vous faifoit fefte. Et
dit outre cela , qu'il vous vouloit faire fon rapport des Ambaffades qu'il auoit faict tant au Peloponnefe qu'en Acarnanie. Le rapport en fomme fut qu'il auoit faict eftat de ce que payeroient les
Peloponefiens , & les Acarnaniens, pour faire la guerre à Philippe , que les deniers eftoient fuffifans pour equipper cent grof-
fes nauires , dix mille homme de pied , & mille de cheual.   Que
outre cela il fe tireroit encores de grádes forces des villes , que le
Peloponnefe fourniroit aifement deux mille hommes de pied armez de rondaches.   Acarnanie autant : & que toutes vous defe-
roient le commandement de l'armee.   Que tout cela feroit preft

au feiziefme de Nouembre, & qu'il auoit dict & denoncé à toutes les villes que l'on fe rendit à Athenes, à la plaine Lune. Car
c'eft vne façon de parler qui luy eft propre, & autre que celle de
tous les autres. Les autres impofteurs quand ils veulent dire quelque menterie ne difent ny le temps, ny le lieu, de peur que l'on
ne les puiffe conuaincre, mais Demofthene quand il donne des
bourdes, premierement il le faict auec d'eftranges fermens &
des imprecations horribles de perir miferablement s'il ne dict
vray. Apres cela il vous dict des chofes qu'il fçait bien ne pouuoir
eftre en façon quelconque. Il vous conte quand ce fut, nomme
ceux qu'il ne vid ny ne cogneuft iamais. Et ainfi il vous prend par
les oreilles, en imitant ceux qui ont accouftumé de dire la verité.
En quoy il eft d'autant plus à haïr, qu'eftant fi mefchant il abufe
ainfi des marques aufquelles on cognoift les gens de bien. Apres
vous auoir entretenu de tous ces difcours, il baille au Greffier vn
decret à lire, plus long que l'Iliade d'Homere, plus vain que les
difcours qu'il faict ordinairement de vous, voire mefme que toute fa vie, qu'il eft beaucoup, plein d'efperance de chofes qui ne
doiuent iamais eftre, & des forces qui ne fe deuoient oncques affembler. Vous ayant par ce moyen deftourné de penfer aux larrecins qu'il a faicts, & vous tenans pendus par ces vaines efperan-
ces-là, il s'en va dreffer vn autre decret, par lequel il eftoit ordonné que l'on enuoyroit des députez à ceux d'Eritree pour les prier
(penfez qu'il en eftoit bien befoin) de bailler d'orefnauant à Callias les trois mille efcus qu'ils auoient accouftumé de vous en
payer, & que l'on en enuoyroit d'autres en Oree pour prier ceux
de ce pays là, de tenir pour amis & pour ennemis ceux que le
peuple Athenien tiendroit pour tels. Mais fur la fin il defcouurit
que ce decret n'eftoit que pour cacher fon larrecin. Car il y adiou-
fta que les députez priroient ceux d'Oree de payer à Callias les
trois mil efcus qu'ils vous deuoient. Or que cela foit vray, lifez le
commencement du decret, ou il faict tant de parade des nauires
qui deuoient venir, & où il magnifie tant fon decret : lifez & venez au point où fe voit le larrecin de ce mefchant & fceleré pail-
lard, que Ctefiphon dict en fon decret auoir toufiours confeillé
au peuple Athenien chofes vtiles & profitables. Or toutes ces
galleres là, tous ces gens de pied dont le rendez-vous eftoit à la
pleine Lune, n'ont efté que du vent & des paroles : mais quand
aux contributions de vos alliez, & quant aux fix mil efcus, vous
les

les aués perdus à bon efcient. Il faut maintenant que ie monftre
que Demofthene a eu 18.cens efcus pour drefler ce decret de ceſte façon. C'eſt a ſçauoir ſix cens efcus des Calcidiens que Callias
luy apporta, ſix cens des Eretriens que le Prince Clitarchus luy a
payé, & ſix cens que les Oreens luy ont donné, qui ont tout deſ-
couuert : pour ce que leur eſtat eſtant gouuerné par le peuple, &
tout ſe faiſant par ordonnance d'iceluy, ils ne peuuent rien tenir
ſecret. Eſtant eſpuiſez d'argent par la guerre qu'ils ont eu contre
Philippe, ils enuoyerent vers Demoſthene Gnofideme, fils de
Charideme l'vn des plus grands lors de la ville, pour le prier de
leur quitter ceſte partie là, & qu'ils luy dreſſeroient vne ſtatuë de
bronze au lieu. Il leur fiſt reſponce qu'il n'auoit que faire de leur
bronze, & que Callias le feroit bien payer de ſon argent. Ceux
d'Oree ſe voyant ainſi contraints, & n'ayant point d'argent, luy
obligerēt leur reuenu. Et de fait lui ont touſiours depuis payé l'intereſt de ſa côcuſſion à raiſon de douze pour cent, iuſques au iour
de l'ētier payemēt. Tout cela a eſté fait par ordónáce publique du
peuple d'Oree. Qu'ainſi ſoit que l'on liſe le decret. Voila le decret,
Meſſieurs, qui tourne à la verité fort à la honte de ceſte ville, &
quant & quant à la conuiction du mauuais gouuernement de Demoſthene, & decouure manifeſtement la faute de Cteſiphon.
Car on ne peut pas dire qu'vn homme corrompu comme cela,
ſoit homme de bien, ce que ceſtuy cy a bien oſé coucher dans
ſon decret. L'ordre m'appelle à la troiſieſme ſaiſon, que vous
trouuerez bien plus faſcheuſe que les autres. C'eſt du temps que
Demoſthene a ruiné les affaires de la Grece, violant la religion
du temple de Delphes, & contractant vne alliance auec les Thebains pleine d'iniuſtice & de conditions des-aduantageuſes pour
nous. Ie commenceray par les iniures qu'il a faict aux Dieux. Il y
a Meſſieurs, vne plaine nommee Cirrhee, & vn port qui eſt maintenant comblé & tenu pour maudit. Ceſte contree à eſté cy-deuant habitee par les Cirrheiens & Acracalides, qui eſtoient vne
meſchante race de gens, qui violerent le temple de Delphes, &
en vollerent les offrandes, ils offencerent auſſi les Amphictions,
Vos anceſtres, a ce que l'on dict, furent fort irritez de cela, &
eſtans allez auec les Amphictions à l'Oracle pour ſçauoir par quelle peine il falloit expier le crime de ceſte nation là, la Pythie leur
reſpondit qu'il falloit faire la guerre aux Cirrheens & Acracali-

H

des iours & nuicts, & ruiner leur pays de fonds en comble, rēdant tous les habitans esclaues, & les consacrant à Apollon Pythien, à Diane, à Latone, & a Minerue Prouidente pour estre perpetuellement oisifs, sans que l'on permist que iamais eux ny autres quelconques remissent ces terres-la en labeur. Ayans receu ceste response, par l'aduis de Solon a qui ils auoient donné puissance de faire les loix, & qui estoit homme fort nourry aux affaires & consommé en la Philosophie, ils firent vn decret par lequel ils publierent la guerre contre ces maudites gens la, suiuant ce que l'Oracle diuin auoit ordonné, & assemblant des forces suffisantes mesmes de celles des Amphictions, ils reduisirent les personnes en seruitude, comblerent le port, raserent la ville, & consacrerent les terres suiuant l'Oracle. Outre ce ils firent vn serment solemnel qu'ils ne laboureroient iamais ceste terre-là: ny ne permettroient iamais qu'elle fust labouree par personne: ains qu'ils combattroient pour Apollon, & ce qui luy appartenoit, & de pieds & de mains & de toute leur puissance. Ils ne se contenterent pas de ce serment, mais encore y adiousterent de grandes imprecations & maledictions. Voila les propres mots. Si quelqu'vn contreuient à cecy, soit particulier, ville, ou nation, qu'il soit deuoüé à Apollon, Diane, Latone, & Minerue Prouidente. Et prient d'auantage que leur terre ne porte iamais de fruict, ny leurs femmes d'enfans semblables à leurs peres, ains des monstres & des prodiges. Que leur bestail ne face plus de petits selon que de leur naturel ils ont accoustumé: qu'ils soient tousiours vaincus, soit en la guerre, soit en procez, qu'eux & leurs races & leurs maisons perissent miserablement, & ne soient iamais receus à sacrifier, ny a Apollon, n'y a Diane, ny a Latone, ny a Minerue Prouidente, & que leurs sacrifices ne leurs soient iamais acceptables. Or pour monstrer que ie dis vray, voyez la response de l'Oracle, oyez les maledictions, & vous souuenez du serment que vos ancestres & les Amphictions iurerent ensemble.

L'ORACLE,

Ceste ville iamais ny prise ni razée
Ne sera par vos mains, tant que l'onde amassee,
Dela mer surpassant son riuage ancien,
Vienne bagner le pied du temple Pythien.

Or apres tous ces sermens là, ces maledictions & cet Oracle qui sont encore escrits en nos registres, les Locriens & Amphissiens,

& principalement ceux qui auoient le gouuernement entr'eux,
gens meschans & scelerez, ont remis les terres en labeur, ont re-
basti le port qui estoit desert & maudit, & l'ont repeuplé, ont mis
des imposts sur les vaisseaux qui passent par là, & outre, ils ont
corrópu quelques vns des orateurs enuoyez au cóseil de Delphes
à beaux deniers contans, & entre autres Demosthene, lequel ayant
esté deputé par vous Orateur, pour aller à ce conseil, à receu cent
escus des Amphissiens, afin que l'on ne parlast point de leur faict
au cóseil des Amphictions, outre, 2. cens escus de ce maudit argét
là, qu'ils promirent de luy enuoyer tous les ans à Athenes, afin
qu'il tinst de leur party contre tout le monde, Depuis lequel téps
il luy est aduenu qu'il ne s'est meslé d'affaires quelconques soit de
grands soit de petits, soit d'estat populaire qu'il n'y ait porté mal-
heur, & ne les ay fait tomber en d'estranges miseres. Ie vous prie
voyez la fortune des Amphissiens, & quel succez a eu leur impieté. Theophraste estant Preuost, & Diognetus Anaphylustien
estant maistre des sainctes ceremonies vous deputates des Orateurs pour aller au conseil des Amphictions, Mydias qui estoit
Anagurrasien, lequel ie souhaitterois estre en vie pour beaucoup
d'occasions, Thrasicles Lesbien, & moy pour troisiesme. Il aduint que comme nous fusmes arriuez à Delphes, Diognetus tom-
ba malade d'vne fiebure, le semblable arriua à Mydias, les autres
du conseil des Amphictions s'assemblerent. Cependant quelques-vns qui desiroient faire paroistre la bonne volonté qu'ils
portoient a nostre ville, me donnerent aduis que les Amphissiens, qui estoient assubiectis & miserablement asseruis aux
Thebains, deuoient demander que nous fussions condamnez
en trente mil escus d'amende pour auoir consacré les boucliers
dorez en vn nouueau téple qui n'estoit pas encore dedié: Et pour
y auoir mis ceste inscription, *Les despouilles que les Atheniens ont eu*
des Medois & des Thebains lors qu'ils combattoient contre la Grece, Ie fus
mandé par le maistre des sainctes ceremonies pour entrer au conseil des Amphictions, & porter la parole pour ceste ville: ce que
i'auois deliberé de faire. Comme ie fus entré dans le conseil,
& que ie commençois à parler auec quelque vehemence, les autres
orateurs estant gaignez, voicy vn Amphissien petulant, & a mon
aduis fort ignorát, poussé sans doubte de quelque mauuais Demó,
qui commence a dire: Si vous estes sages Messieurs, vous ne permettrez pas que l'on nóme seulement en ceste assemblee le peuple

d'Athenes, mais comme perſonnes maudites, vous les chaſſerez
de ce temple. Et au bout de la il commence à faire le recit de la
confederation que Crobylus auoit traicté auec les Phocenſes, &
conter infinies autres choſes au des-aduantage de noſtre ville,
que ie ne pouuois auoir patience d'oüyr quand il les diſoit, &
ne m'en ſouuiens maintenant qu'a regret. Or l'oyant, ie fus ſi
outré que ie ne le fus de ma vie d'auantage. Ie paſſeray par deſſus le reſte des propos que ie tins lors, ſeulement vous diray-
ie, que ie commencey à me remettre en memoire, l'impieté
des Amphiſſiens, & ce qu'ils auoient fait au lieu ſacré, ou nous
eſtions lors, & le fis entendre aux Amphictions : car le champ
Cyrrien eſt au deſſoubs du temple, & le peut on voir clairement de là. Voyez, leur dis-ie Meſſieurs les Amphictions, ces
châps-là que labourent les Amphiſſiens, ces tuilleries & ces berge-
ries qu'ils y ont baſty, voyez de vos yeux, ce maudit & execrable
port qu'ils ont reparé & renfermé de murailles. Vous ſçauez tous,
& ne vous faut point d'autres teſmoins que vous meſmes, quels
impoſts ils ont mis, & quels deniers ils ont tiré de ce port. Et au
meſme inſtant ie fis lire l'Oracle qu'Apollō en auoit rendu, le ſerment qui auoit eſté preſté par leurs predeceſſeurs, & les imprecations qui auoiēt eſté faictes. Ie vous declare leur dis-ie, que pour
ſatisfaire à ce ſerment, tant pour le peuple Athenien, que pour
moy, mes enfans & ma maiſon, i'ay apporté à Dieu, à la terre ſain-
cte, tout le ſecours que ie puis, & des pieds & des mains, & de
toute ma puiſſance, & que i'en acquitte ma ville enuers les Dieux.
C'eſt a vous maintenant à deliberer ce que vous auez affaire
pour voſtre regard. Nous ſommes au feſte des Corbeilles, les
victimes ſont deſia ſur les autels, & eſtes preſts à demander aux
cieux ce qui vous eſt neceſſaire en public & en particulier, conſiderez auec qu'elle voix, auec quelle conſcience, auec quel viſage,
auec lquelle aſſeurance, vous leur preſenterez vos vœux, ſi vous
laiſſez impunis ceux-cy, que vous voyez coulpables d'vne telle
impieté, & qui ont amaſſé ſur ſoy tant de maledictions. Car ce
ne ſont point enigmes, les imprecations ſont eſcrites en termes
aſſez clairs, contre ceux qui violeront le ſerment, & declarent
aſſes ce qui leur doit arriuer, & a ceux qui les laiſſerōt faire. En fin
de l'imprecation il y a; *Qu'ils ne ſoient point receus à ſacrifier à Apollon,*
à Diane, à Latone, à Minerue Prouidente, & que leurs offrandes ne ſoient
point receuës iuſques à ce qu'ils ayent vengé l'iniure faite aux Dieux.
Apres que i'euz dit cela & beaucoup d'autres choſes comme

ie me fus retiré & forty du Confeil, il fe leua vne grande
rumeur & vn grand trouble parmy les Amphictions, & ne par-
loit-on plus des boucliers que nous auions confacré, mais de la
peine que meritoient les Amphiffiens. Il faifoit des-ja foir, &
neantmoins voicy venir vn herault, qui commence à crier, que
tous les habitans de la ville de Delphes qui auoient paffé feize ans,
tant ferfs que libres, euffent à fe trouuer auec des faulx & des hoy-
aux au lieu que l'on appelle Thutien. Et outre fit à fçauoir que le
maiftre des ceremonies & les Orateurs du Confeil euffent à fe
trouuer au mefme lieu, pour ayder & fecourir Dieu & la terre
fainte, & s'il y auoit quelqu'vn qui y faillift, que l'on le chaffe-
roit du Temple & declareroit maudit, & auoir encouru le conte-
nu aux imprecations. Le lendemain nous nous trouuafmes au
lieu affigné, nous allafmes au terroir de Cirree, & ruinafmes le
port, bruflafmes les maifons, & puis nous en reuinfmes. Les Locriens & Amphiffiens qui ne font qu'à deux lieuës de là ou enuiron, en eftant aduertis, vindrent en armes, & fi nous ne nous
fuffions fauuez à la fuitte, & gaigné Delphes nous courions fortune de perdre la vie. Le lendemain Cottyphus qui auoit charge
de recueillir les voix fit tenir l'affemblee : car ils appellent affemblee, quand l'on n'affemble pas feulement les Orateurs & maiftres des fainctes ceremonies, mais generalement tous ceux qui
ont droict de facrifier à Delphes, & ceux mefmes qui viennent à
l'Oracle. Là il y eut de grandes plaintes contre les Amphiffiens
& de grandes loüanges de noftre ville. Et pour conclufion, il fut
arrefté que les Maiftres des fainctes ceremonies fe trouueroient à
l'entree du Confeil, qui fe tiendroit aux Pyles au iour qui auoit e-
fté affigné, & qu'ils propoferoient de chaftier les Amphyffiens,
pour les excés par eux commis côtre Dieu, & contre la terre fain-
cte. Pour vous faire cognoiftre fi ie dis vray, le Greffier vous lira le
decret qui en fut faict. Ce iugement ayant efté rendu en plein côfeil à noftre pourfuitte, & encores confirmé par toute l'affemblee
du peuple, & tout le monde eftant fort fatisfaict de nos actions, &
difpofé au feruice de Dieu, Demofthene, qui eftoit gaigné par les
Amphyffiens s'y voulut oppofer, mais ie le rembarray bien en voftre prefence. Voyant qu'il n'auoit peu ouuertement vous tromper, il entra au côfeil, & faifant fortir les particuliers qui y eftoyêt
il dreffa vne propofition pour faire à l'affemblee, fe feruant de l'i-
gnorance de celuy qui efcriuoit, & la fit publier & confirmer, l'af-

H iij

ſemblee eſtant des-ja rompuë, & beaucoup s'en eſtans retournez à leurs maiſons, & meſmes moy qui ne l'euſſe iamais enduré, ſi i'y euſſe eſté preſent. Le ſommaire de ceſte propoſition c'eſt, que le Maiſtre des ſainctes ceremonies, & les Orateurs qui ſeront deputez d'oreſnauant pour aller au Conſeil des Amphictions, iront aux Pyles & à Delphes, aux ſaiſons ordonnees par nos predeceſſeurs. Cela eſt beau en apparence, mais en effect c'eſt vne meſchanceté. Car il oſte le moyen de ſe trouuer à l'aſſemblee, qui ſe deuoit faire aux Pyles, auant le temps ordonné par nos predeceſſeurs. Et ce meſme decret, il couche auec encore bien plus de malice & plus aiſee à deſcouurir: Que les Maiſtres des ſainctes ceremonies & Orateurs qui ſeront d'oreſnauant deputez ne communiqueront en façon quelconque, de faict ny de parole, ny par aduis, ny par negotiation, auec ceux des autres villes qui ſeront là aſſemblez. Qu'eſt-ce à dire cela, ils ne communiqueront point? Diray-je ce que ie ſçay eſtre vray, ou ce que ie ſçay qui vous eſt agreable? Ie diray la verité: car toutes ces belles paroles que l'on dict pour vous complaire, c'eſt ce qui nous a mis aux maux où nous ſommes. Elles vous empeſchent de vous ſouuenir des ſerments de vos predeceſſeurs, des imprecations publiques, des Oracles qui ont eſté rendus. Or par le moyen de ce decret, nous ſommes demeurez icy pendant que les autres Amphictions s'aſſembloient aux Pyles où ils ſe ſont tous trouuez, fors vne ville, laquelle ie ne veux point nommer. A Dieu ne plaiſe, que les malheurs qui luy ſont aduenus, arriuent iamais à perſonne de la Grece. Là ils reſolurent la guerre contre les Amphyſſiens, & donnerent le commandement de l'armee à Cottylus Pharſalien, qui auoit lors la charge de recueillir les voix au Conſeil. Philippe n'eſtoit point lors en Macedoine ny en aucun lieu de la Grece, mais bien auant en Scytie. Et neantmoins Demoſthene vous dira tantoſt hardiment, que ie fus cauſe par ce moyen de le faire entrer en la Grece. Or les Amphictions paſſans auec ceſte armee, traicterent fort humainement les Amphyſſiens: car pour tant de grands crimes qu'ils auoyent commis, ils ne les chaſtierent que par quelques amendes & ſommes de deniers, qu'ils les condãnerent porter au temple dans certain temps. Ils bannirent ceux qui eſtoient autheurs du faict, & r'appellerent ceux qui par crainte, & religion s'eſtoient retirez. Mais depuis ils ne tindrent compte de porter les deniers au Temple, ils r'appellerent ceux que les Amphictions auoyent bannis, ils chasserent ceux que les Amphictions auoient rappellez. Tellement qu'il fallut assembler encore vne autre armee contre eux. Cela fut long temps apres, & lors que Philippe fut de retour de Scytie, lors les dieux vous offroient ce commandement, & surintendance en vne si saincte entreprise, mais Demosthene qui estoit gaigné l'empeschoit.   Les dieux ne vous aduertissoyent-ils pas lors par signes tous euidents que vous prinssiez garde à vous? Qu'eussiez vous sceu desirer d'eux d'auantage, sinon qu'ils eussent parlé à vous auec vne voix d'homme? Ie ne pense pas qu'il y ait ville au monde, qui ait esté plus soigneusement conseruee par les Dieux, & plus miserablement ruynee par les Orateurs. N'estoit-ce pas vn euident presage, & suffisant pour vous faire prendre garde à vous, de veoir vos Pontifes, qui estoiēt morts durant la feste des mysteres? Amyniades vous aduertit-il pas lors d'y pouruoir, & enuoyer à Delphes pour sçauoir de l'Oracle ce qui estoit à faire? Demosthene l'empescha, & dict que la Prestresse fauorisoit Philippe ignorant & presomptueux qu'il est & enorgueilly de la puissance & authorité que vous luy auez donnee. Au bout de là ne fit il pas partir nos gens de guerre sans que les sacrifices fussent faicts, les enuoyant à la boucherie? Et neantmoins, il n'y a rien qu'il nous contoit que Philippe n'auoit osé entrer en la Grece, pour ce qu'il n'auoit pas trouué les entrailles de ses victimes entieres.   Comme vous sçauroit-on doncques assez punir, meschant, qui auez perdu la Grece? Car si celuy-là, ayant la puissance en main, fit difficulté d'entrer és terres de ceux qu'il pouuoit vaincre, pour ce que les entrailles ne luy sembloient pas estre telles qu'elles deuoient : faut-il que vous qui n'auez aucune preuoyance de ce qui deuoit aduenir, auant que sacrifier pour eux, ayez enuoyez les gens de guerre à vn euident danger? faut-il di-je, que vous soyez couronné pour recompense du mal que vous auez causé à cette ville? ou bien que vous en soyez pour iamais exterminé; y a il sorte de misere qui depuis ne nous soit arriuee contre toute esperance & attente? Car nous n'auons pas vescu vie d'hommes, & semble que nous ayons esté nez pour faire esbahir de nos fortunes ceux qui viendront apres nous.   N'auons nous pas veu le Roy de Perse qui a coupé la montaigne d'Athos, qui a enchainé l'Helespont, qui a enuoyé demander aux Grecs le feu & la terre, qui mettoit en ses lettres qu'il estoit Maistre de tous les habitans de la terre, depuis le Soleil leuant iusques au couchant reduit en tel point par les Grecs qu'au lieu de songer à conquerir sur autruy, il estoit bien empesché à sauuer sa propre personne. Voyons vn peu que sont deuenus les Grecs qui ont fait ces exploicts-là, & qui ont eu la conduite des armees contre les Perses, qui ont mis le temple de Delphes en liberté. Helas! voyla ceste miserable ville de Thebes, qui au milieu de la Grece a esté prise & rauagee en vn iour. Et bien que iustement elle semble auoir payé l'amende de ses mauuais conseils, & de n'auoir pas embrassé les affaires communes de la Grece, toutesfois leur fortune est digne de pitié, & semble que quelque puissance plus que humaine les ait conduit à ceste estrange calamité, leur ostant le iugement de pouruoir à leur salut. Les pauures Lacedemoniens, qui au commencement s'estoient meslez de cest affaire & formalisez pour l'occupation & surprise du temple de Delphes, comme se pretendans les premiers de toute la Grece, en quel estat sont-ils maintenant reduits? ils seruent de spectacle d'vne estrange misere, & sont côtraincts d'enuoyer des ostages à Alexandre, & s'accommoder à tout ce qui luy plaist, & dependent de la misericorde d'vn vainqueur offensé. Et quant à vostre ville qui estoit anciennement le refuge commun de tous les Grecs, où les Ambassadeurs arriuoient de toutes parts; où toutes les autres villes recouroient comme au port de salut, elle n'est pas maintenant empeschee à disputer la prééminence sur les autres prouinces, mais à deffendre ses terres & son domaine. Tout cela nous est arriué depuis que Demosthene s'est meslé du gouuernement. C'est sans doubte ce que le Poëte Hesiode a fort bien dict, lors qu'il aduertit les villes & cômunautez, de ne se pas commettre à de mauuais gouuerneurs; ie vous reciteray ses vers, car ie croy que l'occasion pour laquelle l'on vous les faict apprendre en ieunesse, est afin que vous en seruiez quand vous estes deuenuz hommes.

Souuent pour les pechez d'vn homme sceleré
Vne ville a beaucoup de misere enduré,
Car pour cela descent par puissance diuine
L'accident a' vne peste ou d'vne grand famine,
Et par terre & par mer les armees perir,
Et voit-on par le fer les Chasteaux demolir.

Si sans vous amuser aux vers de ce Poëte, vous examinez soigneusement ce qu'il veut dire, ie pense, quant à moy que vous trouuerez que ce ne sont point les vers d'Hesiode, mais vn Oracle côcernant

nant

nant le gouuernement de Demoſthene. Car depuis qu'il s'eſt
entremis du gouuernement, nos forces & de mer, & de terre ſe
ſont perduës, & diſſipees, & auons veu de bonnes villes ruinees de fonds en comble. Et a mon aduis iamais Phrynondas
ny Euripates, ny pas vn des plus meſchants de l'antiquité, ne
furent de tels pipeurs ny tels affronteurs que c'eſtuy cy, lequel (ô
terre, ô Dieux, ô hommes, ô demons qui voulez entendre la
verité) eſt ſi impudent que vous regardant entre deux yeux,
vous oſe bien dire, que les Thebains ont fait vne confederation auec vous, non pour leur commodité ou pour crainte qu'ils
euſſent, ny pour la reputation de voſtre puiſſance : ains induits
par ſon Eloquence. Et neantmoins aſſez d'autres ont eſté en
ambaſſade à Thebes deuant luy, & meſmes des perſonnes qui
auoient beaucoup d'habitude en ceſte - ville là. Le premier ce
fut Traſibulus Collytien qui auoit autant de creance à Thebes
qu'aucuns autres. Et depuis Traſibulus Archienus qui auoit
meſme droit d'hoſpitalité en la ville, Laodamas Acarnien qui n'eſt
pas moins eloquent que Demoſthene, & qui a à mon aduis la parole plus agreable, & Archidemus Pellien qui eſt homme qui a la
parole à commandement, & qui a couru des grands hazards pour
le ſeruice des Thebains, l'orateur Ariſtophon Axenien qui de
long téps a eſté ſoupçonné d'auoir fauoriſé le party des Beotiens,
l'orateur Pyrandre Anaphliſtien qui vit encore auiourd'huy, iamais pas vn d'eux ne les peuſt conuertir à deſirer voſtre amitié : la
cauſe de cela ie la ſçay bien, mais il n'eſt pas beſoin de la dire, il
faut auoir pitié de leur calamité. Depuis ie croy quand ils virent
que Philippe euſt pris Nicœ, & y euſt mis des Theſſaliens, & qu'il
euſt tiré la guerre de la Beoce, pour la ietter en la Phocide aux
portes de Thebes, & en fin qu'il euſt pris Elatie & les fortereſſes
qui en dependent, & mis garniſon dedans, ſentans le mal ſi pres
d'eux ils enuoyerent à Athenes, vous ſortiſtes & allaſtes à Thebes en equipage de guerre auec caualerie, & infanterie, & ce auát
que iamais Demoſthene euſt parlé vn ſeul mot de la confederation. Queſt-ce doncques qui vous introduiſit dans Thebes? l'occaſion, la crainte, & le beſoin qu'auoient les Thebains de voſtre
ſecours, & n'on l'Eloquence de Demoſthene : car en ce qu'il s'en
eſt meſlé il a fait 3. grádes fautes, & qui vous ont grandemét preiu-
dicié. La premiere, que la verité eſtoit que Philippe en apparence môſtroit de vous faire la guerre, mais en effeſt c'eſtoit aux the-

bains à qui il en vouloit. Il n'en faut point chercher autre preuue, l'euenement l'a il pas aſſez monſtré? Et neantmoins Demoſthene vous celoit cela qui vous eſtoit de tres-grande importance, vous faiſant entendre que ceſte confederation ſe faiſoit non pour beſoin que les Thebains en euſſent, mais pource qu'ils le leur auoit perſuadé. Auſſi que fit-il? il perſuada au peuple de ne pas deliberer des poinéts ſur leſquels l'on traitteroit, mais ſeulemét de confirmer ce qui ſeroit traiété, & ſur ce pretexte il laiſſa en proye toute la Bœoce aux Thebains; couchant dans ſon decret, que s'il y auoit quelque ville qui ſe ſeparaſt des Thebains, que les Atheniens donneroient ſecours aux Bœotiens qui ſeroient en Thebes. Par ces mots-la il faiſoit par ſurpriſe, comme il a accouſtumé, ce qu'il deſiroit, comme ſi les Bœotiens euſſent eſté ſi mal aduiſez que de ſe payer des belles paroles de Demoſthene, qui les endommageoit par de ſi pernicieux effeéts, & qu'ils n'euſſent pas aſſez d'entendement pour cognoiſtre & reſſentir le dommage que cela leur portoit. La ſeconde faute fut, que par ce traiété il vous chargea des deux tiers des fraiz de la guerre, vous dis-ie qui y auez beaucoup moins d'intereſts, & eſtiez plus eſloignez du danger, & les Thebains de l'autre tiers: Et tout cela moyennant l'argent qu'il auoit receu pour ce faire. Quand au commandement de l'armee nauale il le rendit commun, & neantmoins vous chargea de toute la deſpence. Quant à celuy des forces de terre, qui en voudra parler ſainement il le laiſſa entierement aux Thebains. Tellement que Stratocles noſtre general, n'auoit pouuoir quelconque de pouruoir à la conſeruation de nos ſoldats, & de cela, il ne faut pas dire que ie ſois ſeul qui l'en blaſme, ie ſuis à la verité ſeul qui le dis, mais chacun le iuge ainſi: & vous le ſçauez tous, mais pour cela vous ne vous en tourmentez pas beaucoup: car vous auez les oreilles ſi battues d'ouïr les meſchancetez de Demoſthene que vous ne vous en eſtonnez plus. Toutesfois ce n'eſt pas bien faiét. Il faut que vous vous en monſtriez courroucez & en faſſiez la punition, ſi vous voulez que le reſte de vos affaires aille bien. Or il a faiét encore vne autre faute bien plus grande que la premiere. Car il nous a ſoubs main priuez de l'honneur que nous auions d'auoir icy le conſeil, & nous a meſmes faiét perdre la liberté, quand il a transferé à Thebes & au conſeil de Cadmee la cognoiſſance des affaires communes, par les articles qu'il a accordé aux Gouuerneurs de la Beoce, Au bout de la il s'eſt attribué vne telle authorité, qu'il ne craint point de dire en pleine chaire & deuant tout le monde qu'il ira en Ambaſſade ou bon luy ſemblera, encores que vous ne luy en donniez point de charge, & s'il y a Capitaine quelconque qui entreprenne l'empeſcher, il dit qu'il a tellement aſſeruy les Magiſtrats, & leur a ſi bien appris à ne luy contredire en rien, qu'il montera en chaire, & le tourmentera de telle façon par chicaneries & accuſations, qu'au lieu d'eſtre au camp il faudra qu'il ne bouge des aſſemblees. Car il dict qu'il vous fait plus de ſeruice en ces aſſemblees là, que les Capitaines ne vous en font es armees. Ne vous ſouuenez-vous pas comme en la guerre que nous euſmes contre les eſtrangers, comme il deſroba la paye des places vuides, & fit ſon profit de voſtre argent, & qu'ayant preſté dix mil ſoldats aux Amphiſſiens, moyennant les deniers qu'il en receut, il mit la ville en vne extreme danger, les eſtrangers eſtant entrez en vos terres, & y ayans fait le degaſt : Dont ie criay tant à l'aſſemblee, appellant les dieux & les hommes à teſmoins contre luy. Car que pouuoit dauantage ſouhaitter lors Philippe que combattre ainſi nos forces ſeparees ? C'eſt à ſcauoir icy les forces du pays a part, & en Amphiſſe les Eſtrangers à part, & par ce moyen decourager les Grecs par vne telle playe. Démoſthene cauſe d'vn ſi grand inconuenient, ne ſe contente pas de n'eſtre point puny, mais encores il pretend qu'on luy faict tort, que l'on ne le recompenſe d'vne couronne d'or, Et ne ſe contente pas encore que ſa couronne ſoit proclamee en voſtre preſence, mais il ſe faſche ſi elle n'eſt proclamee en preſence de tous les Grecs. Voyez combien vn mauuais naturel qui vient à acquerir vne grande puiſſance, cauſe de miſeres au public. La troiſieſme faute & la plus grande, c'eſt celle dont ie vay parler, Philippe qui eſt homme d'entendement, cognoiſſoit bien que ſi les affaires des Grecs eſtoiët cöduits par de braues chefs, qu'il ne ſubſiſteroit pas vn iour entier, voulut faire la paix, & enuoyer icy des Ambaſſadeurs pour la traitter. Ceux qui gouuernoient à Thebes craignoient de leur coſté le danger qui les menaçoit, & à bon droict. Car ils ne s'eſtoient pas faicts ſages par les harangues de ce bel Orateur, qui a fuy à la guerre, & qui a quitté ſon rang à la bataille, mais par l'experience d'vne guerre de dix ans qu'ils auoient eu en la Phocide.

Cela eſtant ainſi , Demoſthene qui ſentoit bien que les Goũ-
uerneurs de la Beoce feroient leur paix à part : & prendroient
l'argent de Philippe ſans luy en faire part : aymant autant mourir que de perdre l'occaſion de faire ſon profit, il vint à l'aſſemblee , & combien qu'il n'y euſt perſonne qu'il diſt qu'il falluſt
faire la paix auec Philippe , où au contraire , il commença à iurer par Minerue (comme ſi Phidias l'euſt taillée expres , afin
qu'elle ſeruiſt à couurir les pariures de Demoſthene) que s'il ſe
preſentoit homme qui dit qu'il falloit faire la paix auec Philippe , il le prendroit au poil , & le traineroit en iuſtice , qui
eſtoit en bons termes denoncer aux Thebains, qu'ils luy fiſſent
part des deniers qu'ils auoient receuz : qui eſt le meſme traict
que fit Cleophon , en la guerre que nous auions contre les
Lacedemoniens , & par lequel il faillit à perdre ceſte ville , à
ce que nous auons appris de ceux qui eſtoient en ce temps
là. Mais comme il vit que les Gouuerneurs de la Beoce ne
tenoient conte de luy , & que meſmes ils vous renuoierent
vos ſoldats , afin que vous aduiſaſſiez à la paix : lors comme
hors du ſens , il monta en chaire , & appellant les Gouuerneurs
de la Beoce , traiſtres & ennemis des Grecs , luy qui n'a iamais oſé regarder les ennemis en face , dit qu'il falloit faire
vn decret, par lequel il ſeroit ordonné que l'on enuoyeroit des
Ambaſſadeurs aux Thebains, leur demander paſſage par leurs terres, pour aller combatre Philippe. Les gouuerneurs de Thebes
aucunement eſtonnez, & craignant qu'on ne penſaſt qu'ils euſſent
trahy la Grece, ſe departirẽt du traicté de paix qu'ils auoiẽt commencé, & ſe preparerent à la guerre. En c'eſt endroit vous-vous deuez ſouuenir de tant de braues & vaillãts hõmes, lequel ceſtuy-cy
enuoya à la boucherie, les faiſant ſortir ſans que l'on euſt fait aucun ſacrifice pour eux , n'y que l'on euſt inuoqué les Dieux
pour leur ſalut, & deſquels neantmoins il a eſté ſi affronté que
de faire la harangue funebre , & loüer la vaillance montant auec
les pieds fuyards ſur leur pitoyable tombeau. O hõme inutile
à toute bõne & vertueuſe action, & admirablement effronté à dõ-
ner des paroles, oſerez-vous bien entreprendre à la face de tant de
gens de ſouſtenir que l'on vous doit honorer d'vne courõne d'or,
pour recompenſe de tant de dommage que vous auez faict à ceſte
ville ? & s'il le faict l'endurerez-vous Meſſieurs ? la memoire
de telle perte ſera elle enſeuelie , auec ceux qui ſont morts par
ſa faute? donnez vous ie vous prie encor vn peu de patience,

à considerer auec moy cet affaire, & vous imaginez que vous n'e-
stes pas icy en iugement, mais en plein Theatre, & que vous
voyez venir le Heraut pour proclamer ceste couronne, suyuant
qu'il est ordonné par le decret, puis repensez en vous-mesmes si
les parens & les amis de ceux qui ont esté tuez à ceste deffaicte,
par la faute de Demosthene, ietteront plus de larmes, voyant reciter les tragedies, & entendant les tristes aduantures des grands
personnages qui s'y representeront, qu'ils ne feront de la bestise
& stupidité de ceste ville. Car qui est celuy de toute la Grece s'il a
esté honnestement institué qui ne creuë de despit, quand il n'y auroit autre chose, sinon qu'il se souuiendra, que le temps passé, quád
la ville estoit gouuernee par de bons & sages Magistrats, en tel
iour qu'auiourd'huy, auant que commencer les tragedies, le Heraut se presentoit, & conduisoit au Theatre les enfans orphelins
de ceux qui auoient esté tuez à la guerre, armez de toutes pieces,
& faisoit ceste braue proclamation, qui estoit vne viue exhorta-
tion à vertu. *Le peuple a nourry & esleué iusqu'auiourd'huy ces ieunes*
enfans-cy, dont les peres sont morts à la guerre, faisant preuue de leur valeur,
maintenant qu'ils sont grands & en pleine puberté, il les renuoye à leurs
maisons, armez de toutes pieces, afin qu'ils puissent heureusement pourueoir
à leurs affaires, & seruir le public, & les exhorte à se rendre dignes de grádes
charges. Voyla ce que l'on proclamoit lors. Au contraire on vous
representera auiourd'huy celuy qui est cause que tant d'enfans
sont orphelins ; & que vous dira le Heraut? que proclamera-il? il a
beau reciter les paroles qui sont escrites dans le decret, la verité
ne demeurera pas pour cela muette, sa voix s'entendra par dessus
celle du Heraut, laquelle le dementira, & dira tout haut, que le
peuple Athenien donne vne couronne d'or à cet homme, si toutesfois il merite le nom d'homme, pour recognoissance de sa vertu, bien que ce ne soit qu'vn meschant ; pour recognoissance de sa
vaillance, bien que ce ne soit qu'vn poltron qui a quitté son rang
à la bataille. Au nom de Dieu Messieurs, ne dressez point en plein
Theatre, au milieu des ieux de Bacchus, des trophees de vos propres miseres, ne declarez point en la presence de tous les Grecs le
peuple Athenien si beste & si stupide, & ne rafraichissez point aux
pauures Thebains, la memoire de tant de desesperees & incurables miseres, qu'ils ont enduré, lors que chassez de leur ville ils se
sont refugiez en la vostre, apres que Demosthene gaigné & corrompu par l'argent de Philippe leur eut faict perdre leurs en-

fans, leurs temples, & les sepulchres de leurs predecesseurs. Puis
que vous n'auez point esté presens de corps à leurs calamitez
soyez-y d'esprit, retournez vers eux vostre pensee, & vous imaginez de voir ceste grande ville ruinee, les murailles abbatuës, les e-
difices bruslez, les femmes & les enfans reduits en seruitude & captiuité, les pauures & chenus vieillards, & les pauures vieilles femmes, qui desaprennent sur le tard la liberté, & s'accommodent à
seruir, ils pleurent leurs miseres, & implorent vostre bonté. Ils se
despitent non contre ceux qui les tourmentent, mais contre ceux
qui sont cause qu'ils sont entre les mains de leurs ennemis, & vous
aduertissent de ne pas honorer d'vne couronne, la peste de la Grece, & deuiter le mal-heur & la mauuaise fortune, qui est attachee à
cet homme, & qui le suit par tout. Car iamais ny ville ny particulier ne s'est seruy du conseil de Demosthene, qu'il ne s'en soit mal
trouué. He quoy n'auriez-vous point de honte d'auoir faict vne
loy, par laquelle vous defendez au pilote, qui en passant à Salamine aura faict vne fois n'aufrage, bien qu'il ny ait point de sa faute,
de ne plus se mesler de conduire nauires; afin qu'aucun ne mette
en hazard les personnes des Grecs, & permettre maintenant que
celuy qui a ruiné & renuersé tout vostre estat, & faict faire naufrage à toute la Grece, se mesle de vous gouuerner? Mais afin que
ie vienne à ce dernier temps auquel nous sommes maintenant, &
qui touche l'estat où sont reduits nos affaires, ie vous prieray de
vous souuenir, que Demosthene non seulement tourna le dos au
combat, mais ayant emmené vne de vos galeres, s'en alla leuer des
deniers par la Grece. Depuis s'estant sauué & reuenu en la ville
contre toute esperance, du commencement comme tout estonné, & demy mort, il se presenta à vous, & vous pria de luy donner
la charge de traitter la paix. Vous n'en vouliez point ouyr parler,
ny permettre qu'en aucun decret on fist mention de Demosthene. Vous en donnastes la charge à Nausicles, & neantmoins le
voyla qu'il veut estre maitenant couroné. Depuis Philippe estant
decedé, & Alexandre venu à la couronne, il recommença ses brauacheries, dressa les statuës en l'honneur de Pausanias, fit ordonner par le Conseil, que l'on feroit vn sacrifice solemnel, pour les
bonnes nouuelles qu'on auoit eu de la mort de Philippe, & commença à surnommer Alexandre Beufle, disant effrontement qu'il
ne falloit pas craindre qu'il sortist iamais de Macedoine, & que
ce luy estoit assez pourueu qu'il se pourmenast dans Pelle, & qu'il

panſaſt ſon ventre. Et diſoit qu'il ne ſçauoit pas cela par coniectu-
re, ains de certaine ſcience : d'autant que le ſang eſt le prix de la
vertu. Ce miſerable, que ie croy n'a point de ſang, au moins n'a-il
point de cœur, eſtimoit Alexandre, non pas par le naturel dont il
eſtoit, mais par ſa laſcheté & poltronnerie. Or les Theſſaliens s'e-
ſtans reſolus de vous faire la guerre, & ce ieune Prince s'y eſtant
achaſné, & auec raiſon, comme l'armee fut des-ja autour de Thebes, Demoſthene ayant eſté enuoyé en Ambaſſade deuers luy, n'o-
ſa paſſer Cytheron, & s'en reuint fuyant, monſtrant qu'il n'eſtoit
bon ny pour la paix ny pour la guerre. Et qui eſt pis que tout, c'eſt
que bien que vous ne l'ayez point pour cela abandonné, & n'ayez
point voulu permettre que l'on le condamnaſt au Conſeil de la
Grece, il n'a pas laiſſé de vous trahir, s'il eſt vray ce que les gens de
matine, & ceux qui furent enuoyez pour traitter auec Alexandre
rapportent, (& cela eſt bien croyable) Qu'vn nommé Ariſton de
Platee, fils d'vn Apoticaire nommé Ariſtobule, il y en peut auoir
entre vous qui le cognoiſſent, eſtant ieune & ſurpaſſant les autres
de ſon âge en beauté, demeura fort long-temps en la maiſon de
Demoſthene. Ce qu'il y faiſoit ou ce qu'il y enduroit, on en parle
diuerſement. En fin c'eſt choſe qui n'eſt pas belle à dire : ayant veſcu quelque temps incogneu, & ſans qu'on ſçeuſt dequoy il ſe meſ-
loit, il ſe retira à ce que i'entends vers Alexandre, & s'approcha
fort de luy : Demoſthene trouua moyen d'eſcrire par celuy-là à A-
lexandre, & ſe raſſeurer & reconcilier auec luy, ce qu'il fit par vne
infinité de flatteries. Or que cela ſoit fort vray-ſemblable, vous le
iugerez aiſément par les effects. Car ſi Demoſthene euſt eu la volonté qu'il diſoit, & qu'il ſe fuſt voulu monſtrer ennemy d'Alexandre, il a eu trois belles occaſions de le faire, & neantmoins il
ne s'eſt ſeruy de pas vne. La premiere quand Alexandre eſtant
nouuellement venu à l'eſtat, ſes affaires n'eſtant pas encores aſſeu-
rees, ny ſes preparatifs bien faicts, il paſſa en Aſie, où le Roy de
Perſe eſtoit fort puiſſant en vaiſſeaux, en deniers, en gens de guerre, & qui n'euſt pas demandé mieux que de traicter alliance auec
nous, pour le grand danger qui le menaçoit : Demoſthene, en par-
laſtes-vous lors vn ſeul mot? fiſtes-vous lors quelque decret ſur ce
ſubiect? Voulez-vous qu'on vous excuſe que vous auiez peur, &
que vous faiſiez lors ce que vous auiez accouſtumé? Il n'eſt pas
raiſonnable d'accommoder les affaires publiques à la couardiſe
d'vn Orateur. Toutesfois paſſons cela, mais du moins que ne fai-

siez-vous quelque chose, lors que Darius descendit auec toute sa puissance, & qu'Alexandre estoit si empesché en la Cilicie, auoit necessité de toutes choses, comme vous disiez, & que la caualerie de Perse, comme vous vous vantiez, luy deuoit passer sur le ventre? La ville n'estoit pas lors assez grande pour tenir vos vanteries, & vos lettres que vous teniez auec le bout des doigts, & que vous portiez monstrer deça delà, me monstrant aussi au doigt, comme vn homme fort estonné, & decouragé, m'appellant le bœuf aux cornes dorees, & disant que i'estois des-ja couronné, pour estre immolé, s'il arriuoit fortune d'Alexandre. En tout ce temps là, vous n'auez rien faict, mais tout remis à vne plus belle saison. Passant tout cela ie ne parleray que de l'estat où nous sommes maintenant. Les Lacedemoniens & l'armee estrangere auoit obtenu vne belle victoire & rompu les forces de Corrage. Les Heliens & tous les Acheens fors les Pelleniens, & toute l'Arcadie iusques à Megalopolis s'estoient distraicts de l'obeissance des Macedoniens, & quant à Megalopolis elle estoit assiegee, & pensoit-on de iour en iour qu'elle s'en allast prise, Alexandre estoit des-ja par delà le Pol, & hors quasi du continent. Antipater auoit esté long-temps à ramasser quelques forces, & ne voyoit-on pas grande apparence qu'il en peut beaucoup auoir. Monstrez nous vn peu Demosthene ce que vous auez faict ou dict pendant tout temps-là. Si vous voulez ie vous quitteray la chaire, iusques à ce que vous ayez compté ce que vous auez faict. Mais puis que vous vous taisez, & que vous ne sçauez que dire, ie vous excuse. Or les propos que vous teniez lors, ie m'en vois les vous dire. Ne vous souuenez-vous plus des salles paroles qu'il disoit, & qu'on ne croiroit iamais? & quant à moy i'estime que vous auiez vn cœur de fer, quand vous auiez la patience de les ouyr, *Il y en a*, disoit-il en passant, *qui ébourgeonne nostre ville, qui couppe les branches du peuple, & les nerfs des affaires. Ils nous mettent à l'estroit, comme de la bourre picquee entre deux toilles: vous diriez qu'ils nous fourrent des lardoires dans les fesses.* O sotte beste, sont-ce là des paroles ou des prodiges? & puis en se tournant ça & là dans sa chaire il crioit, *Ie confesse que c'est moy qui ay remué les Lacedemoniens, qui ay faict sousleuer les Thessaliens, & les Perrebeiens.* Auez vous iamais fait sousleuer vn seul village, ny seulement eu la hardiesse d'aller non pas en vne ville, mais en vne seule maison, où vous ayez sçeu qu'il y eust quelque danger? s'il y a eu de l'argent à gaigner en quelque lieu, vous y estes bien couru, &

auez

auez fait le chien couchant. Mais de rien faire digne d'vn homme, point de nouuelles. Si la fortune nous a enuoyé quelque bône
rencontre vous - vous en estes attribué l'honneur, s'il est arriué
quelque mesaduanture vous vous en estes fuy: si les affaires côme-
cent à se rasseurer, vous demandez des recompenses, & d'estre
couronné d'vne couronne d'or, Ouy, mais encore est il homme
qui ayme le peuple. Si vous regardez à ses belles paroles, vous
vous trouuerez trompez comme vous auez desia esté. Sçauez-
vous donc que vous ferez pour bien examiner quel il est, considerez auec moy quelles parties doiuent estre en vn homme qui se
dit populaire, & d'autre costé quel doit estre celuy qui ayme la tyrannie & la meschanceté. Apres auoir opposé l'vn à l'autre, con-
templez, non pas quels sont les discours, mais quelles sont les
actiôs de Demosthene. Ie pêse que vo⁹ demeurerez tous d'accord
qu'il faut qu'vn homme pour estre dit populaire, soit premierement nay de pere & de mere libres, de peur que l'infortune de sa
naissance, ne le rende ennemy des loix, & de ceux qui veulent conseruer l'estat populaire. Secondement que ses predecesseurs ayêt
tesmoigné par quelques seruices la bien veillęce qu'ils auoiêt enuers le peuple, ou pour le moins qu'ils ne luy ayent iamais porté
de mauuaise volonté, de peur qu'offencé de la fortune de ses predecesseurs, sil ne succede a leur mal-veillance, & ne s'addonne à
nuire au public. Tiercement il faut qu'il soit temperé & moderé
en ses façons de viure ordinaires, de peur que le luxe & l'inconti-
nence ne le rende corruptible es affaires que le peuple luy com-
mettra. En quatriesme lieu qu'il ait vne eloquence accompagnee
de preud'hommie & d'authorité, car cela est beau quand l'esprit
conçoit les choses bonnes & honnestes, & que la dexterité de l'o-
rateur, & la douceur de sa parole plaisent à ceux qui l'escoutent.
Si tous les deux ne se peuuent rencontrer, il faudroit preferer la
preud'hommie à l'eloquence. En cinquiesme lieu il faut qu'il soit
courageux, de peur qu'és aduersitez, & és dangers de la guerre,
il n'abandonne le salut du peuple. Celuy qui affecte la tyrannie
doit estre tout au contraire. Que faut-il tant repeter, regardez ce
que Demosthene a de tout cela, & que chacun en iuge sainement.
Il est fils de Demosthene Payanien, lequel à la verité estoit libre. Il ne faut rien dire qui ne soit vray. Mais quant à sa mere &
au pere de sa mere, ie vous diray ce qui en est. C'estoit Gylô de
coramec lequel liura aux ennemys Nymphee de Pôt, qui lors estoit

K

vne bône ville. Il fut condâné à mort, & pour euiter ce iugement, il
s'enfuit & s'en alla au Bosphore. Les Seigneurs luy donnerent vn
lieu appellé ses iardins, & la fême qu'il espousa, qui à la verité estoit
riche, & auoit force argent contant, elle estoit Scythe de race. De
ceste femme il eust 2. filles, lesquelles il enuoia icy auec force argêt,
l'vne fut mariee auec vn homme que ie ne nômeray point, ie n'ay
que faire de m'acquerir des ennemys: quant à l'autre Demosthene
Payanien mesprisant les loix du pays l'espousa, de ce mariage est
venu ce charlatan-cy. Ne peut on donc pas dire que du costé de
son ayeul maternel, il est nay ennemy du peuple : Car vous auez
côdamné son ayeul à mort, & du costé de sa mere c'est en effect
vn Scythe, qui côtrefait le Grec de parole, & sans doute sa malice
ne ressent rien le terroir d'Athenes. Quant a sa maniere de viure,
qu'elle est-elle? De capitaine de galere il se fit composeur de harâ-
gues, apres auoir mangé & dissipé son bien en bouffonnerie, Mais
encore se deffia-l'on bien tost de luy en ce mestier-là. Car il com-
muniquoit aux parties aduerses les plaidoyers qu'il faisoit pour
ceux qui s'adressoient à luy. Depuis il se mesla de monter en chaire, où ayant tiré tout plein d'argent de la ville, il a faict si bien
qu'il ne luy en est rien demeuré de reste. Maintenant les pensions
du Roy luy aydent à entretenir sa despence, encore ne peuuent
elles suffire. Car il n'y a richesse au môde qui peust fournir à vn esprit si depraué. Et pour dire en vn mot il ne s'entretient pas du reuenu de ses terres, mais de vostre misere & calamité. Quand à la
preud'hômie & à l'eloquence, quelle l'a il? la parole en est bonne,
mais la vie en est mauuaise, il a vsé de telle façon de son corps, &
s'est côporté de telle sorte es plaisirs de Venus, que ie n'ose dire
ce que i'en sçay.   Car i'en ay veu d'autres, qui pour auoir faict
trop clairement entendre les villanies que faisoient leurs voisins en ont esté fort mal voulus. Quant à ses belles paroles, qu'en
reuient-il au public? Ce sont de braues mots, mais les œuures n'en
vallent rien. Quand à sa vaillance ie n'en ay qu'un mot à dire. S'il
vouloit nier qu'il ne fust vn lasche poltrô, ou que vous ne le sçeus-
siez tous, il me faudroit arrester plus long têps sur ce poinct. Mais
puis que c'est chose qu'il a recogneu en pleine assêblee, & que vous
cognoissez assez, il ne me reste sinô de vo9 lire les loix qui ont esté
publiees pour cela. L'anciê legiflateur Solô en ses loix tiêt coulpable de mesme crime, celuy qui se cache de peur d'aller à la guerre,
celuy qui quitte son râg à la bataille, & celuy qui est lasche & coü-

ard. Car mefmes il eft permis d'accufer publiquemēt les coüards,
& fi quelqu'vn s'eftonne de ce qu'il sēble que l'on accufe en cela
la nature, cela eft neantmoins. Et pourquoy? afin que chacun craignant plus la peine qui eft portée par la loy que les ennemys mefmes, on cōbatte plus courageufemēt pour fon pays. Le legiflateur
doncques ordonne que tant celuy qui fe fera caché de peur d'aller à la guerre, que celuy qui eft coüard, que celuy qui a quitté fon
rang, foit chaffé des facrifices expiatoires, qui fe font en la place publique, ne permet point qu'il foit couronné, ny qu'il
ait entree aux facrifices qui fe fōt pour le falut du peuple. Et vous
Ctefiphō, voulez par voftre decret que nous dōniōs la courōne à
celuy que la loy en a declaré indigne? & encores plus mal à propos
voulez-vous que ce foit es ieux tragiques, en plein theatre, mefme
durāt la fefte de Bacchus, & qu'entre les facrifices l'on honore celuy qui par fa lafcheté & poltronnerie a ruiné les temples & les autels. A fin que ie ne change point de propos, ie vous prie de vous
fouuenir quand il dit qu'il s'eft monftré populaire, confiderez ie
vous fupplie non fa parole, mais fa vie, & regardez non pas quel
il fe dict, mais quel il eft.   Or puis que ie fuis tombé fur ce difcours des couronnes & des prefens que vous auez accouftumé de
faire, ie vous veux biē dire en paffant, que fi voˢ ny apportez quelque reiglement & moderation, & n'oftez l'excez & defordre qui y
eft, il arriuera que ceux a qui vous le donnerez dorefnauant, ne
voˢ en fçaurōt point de gré, & q̄ les affaires de la ville en ferōt plus
mal adminiftrez. Car par la vous ne rendrez iamais les mefchans
gens de bien, mais ferez que les gens de bien perdront tout courage. Voulez vous vn grand argument pour cognoiftre que ie dis
vray?   Si quelqu'vn vous demandoit auiourd'huy, quand cefte ville à efté plus floriffante, ou du temps de nos predeceffeurs
ou du noftre, ie croy, que vous cōfefferiez tous que ça efté du tēps
de nos predeceffeurs. Les hōmes eftoiēt-ils lors plus vaillants ou le
font-ils auiourd'huy? Ils eftoiēt fans doubte lors plus excellēts, &
font maintenant de beaucoup moindres. Les prefens, les courō-
nes, les proclamations, les diftributions de grain qui fe faifoiēt au
Pritannee eftoient-elles plus frequētes lors qu'elles ne font maintenāt? Elles eftoiēt lors fort rares, & fort honorables, & la vertu y
eftoit en grād' eftime, maintenāt il n'y a plus d'hōneur à tout cela;
les couronnes fe donnent par maniere d'acquit, & fans difcre-
tion. N'eft-ce pas chofe entierement hors de propos à qui y

voudra bien prendre garde , que les recompenfes & gratifica-
tions foient auiourduy plus grandes qu'elles n'eftoient anciennement, & qu'anciennement les affaires allaffent mieux qu'elles ne
vont, que les hommes ayent efté anciennement fort gens de biẽ,
& maintenant qu'ils ne vaillent rien ? ie vous veux monftrer d'ou
en vient la faute. Penfez-vous Meffieurs, qu'il fe trouuaft perfonne qui vouluft fe prefenter pour combattre es ieux de prix, foit es
Panathenees ou autres jeux ou l'on propofe des couronnes,côme
au Pancrace, ou autre violent exercice,fi le prix & la couronne
fe donnoient à celuy qui auroit baillé fous main de l'argent pour
l'auoir , & non à celuy qui l'auroit meritee pour fa valleur: fans
doubte perfonne ne voudroit entrer en lice,mais pour ce que le
prix eft vne chofe rare qui s'acquiert par trauail , qui eft pleine
d'honneur & vne marque perpetuelle de la victoire, il s'en trouue
qui pour l'acquerir expofent leurs perfonnes , endurent vne infinité de peines , & courent vn monde de hazards. Or penfez que
c'eft vous qui propofez le prix à la vertu de ceux qui s'employent
pour le public, & confiderez que fi vous donnez les recompenfes
à peu de gens, & qui les ayent bien meritees, vous aurez force
champions qui entreront en la lice de la vertu. Si vous les donnez
au premier venu , & à ceux qui brigueront pour en eftre gratifiez,
vous corromprez mefmes le bon naturel des autres. Et pour vous
monftrer cela plus clairement ,ie vous demande, lequel eft le plus
grand perfonnage,Themiftocles qui commandant à la bataille naualle de Salamine, vainquit les Perfes,ou Demofthene qui s'en eft
fuy du combat? Miltiade qui deconfit les barbares à la plaine de
de Marathon , ou cet homme cy: Lefquels eftimeriez - vous d'a-
uantage,ceux qui ramenerent le peuple de Phylla , ou il eftoit re-
fugié, ou pour bien les femblables de Demofthene? Ariftides qui
acquit vn nom tout contraire à celuy de Demofthene , ou Demofthene mefme? Mais ie protefte les dieux du ciel , que ie fais confcience de faire mention en vn mefme iour de cefte befte cy, & de
ces grands hômes-là. Or qu'il me monftre vn petit,par cefte belle
harãgue qu'il vous doit faire,où il a trouué que iamais pas vn de
ceux-là ait obtenu courône.Et quoy le peuple eftoit-il ingrat enuers eux?non certainement, ains tres magnifique. Et bien qu'ils
n'ayent iamais receu vn tel honneur,ils eftoient tres-dignes de la
magnificence de cefte ville: Car ils n'eftimoient pas qu'il falluft
chercher l'honneur , en des decrets , & en l'efcriture , mais en

la memoire de ceux qu'ils auoient obligé par bien-faicts , laquelle depuis ce temps-là iufques auiou rd'huy leur eft demeuree & de-meurera immortelle. Or quelles recompenfes ils ont receu, cela merite d'eftre fceu. Il y en eut en ce têps là quelquesvns qui ayans enduré beaucoup de peine , & paffé d'extrémes dangers vainqui-rent les Medois en bataille, prés le fleuue Strymon : ceux-là eftans de retour demanderent au peuple quelque faueur, le peuple leur donna vne tres-honorable recompêfe. Du moins fuft elle lors e-ftimee telle : il leur fit dreffer trois Mercures de pierre, au portique des Mercures , à la charge toutesfois que leurs noms n'y feroient point efcrits : afin que l'on ne penfaft point que l'infcription fuft pluftoft en l'honneur des Capitaines que du peuple. Les vers vous feront foy de ce que ie vous dis , voicy ce qui eft efcrit aux pieds du premier Mercure,

> *Ceux-cy tres-courageux vainquirent au riuage,*
> *De Strymon les Medois, faifant vn grand carnage.*
> *De ceux qui s'enfuioyent fort preffez de la faim:*
> *Vn feul des ennemis n'échappa de leur main.*

Aux pieds du fecond eft efcrit.

> *Le peuple a faict dreffer cecy pour recompence*
> *De la vertu des chefs, & de leur grand vaillance*
> *Afin que les voyant vous alliez valeureux ,*
> *Pour feruir le pays aux lieux plus dangereux.*

Au pieds du troifiefme il y a

> *Iadis de cefte ville auec Athride alla*
> *Meneftee affieger la grande Troye : & là,*
> *A ce qu'Homere dict, il fit mainte proüeffe,*
> *Et plus que tous les Grecs monftra de hardieffe.*
> *Il n'eft donc pas nouueau que des armes l'honneur,*
> *Soit aux Atheniens , qui ont tant de valeur.*

Se void-il là aucun nom de Capitaine ? nullement : mais feulement celuy du peuple. Allez ie vous prie d'efprit & de pêfee, iufques au portique peint : car l'ö a accouftumé de mettre en pleine place les marques & enfeignes de toutes les braues & genereufes actiös Pour qu'elle occafiö, Meffieurs, finon pour ce que ie vous dis ? Là vous verrez la bataille de Marathö qui y eft peinte. Qui y cöman-doit ? fi l'ö vous le demäde, vous refpondrez tous que c'eftoit Mil-tiades, mais fon nö n'eft point efcrit là. Cöment cela ? ne demanda-il point cefte faueut au peuple ? il la demanda , mais le peuple ne la luy accorda pas: Ains seulement luy octroya, qu'au lieu d'y escrire son nõ, l'on le peindroit à la teste de l'armee encourageant les soldats au combat. Vous pouuez voir au tẽple de la mere des dieux, la grace que vous accordastes à ceux qui auoiẽt ramené le peuple de Phylla, où il s'estoit retiré. Ce fût Archine de Goile, l'vn de ceux qui auoit ramené le peuple, qui proposa le decret & l'obtint. Il porte que l'on fera des sacrifices & des offrãdes pour eux, iusques à la sõme de 100. escus, ce n'estoit pas vn escu pour chacũ d'eux. Puis il ordõne qu'ils seroiẽt courõnez d'vne courõne d'oliuier, & nõ pas d'or. Vne courõne d'vn rameau d'oliuier estoit lors fort estimee, maintenant on ne fait pas grand compte d'vne couronne d'or. Et cela encore il ne veut pas que l'on le face indifferẽmẽt à tous: mais que l'on regarde soigneusement qui sont ceux qui auoient esté assiegez dãs Phylla, quand les 30. tyrans & les Lacedemoniens se ietterẽt sur ceux qui s'estoiẽt saisis de Phylla, sans faire estat de ceux qui s'estoiẽt retirez lors que les ennemis les vindrent charger à Cheronee. Pour mõstrer qu'il est ainsi, qu'õ lise le decret fait pour la recõpense de ceux qui sõt retournez de Phylla. Lisez maintenãt au cõtraire le decret que Ctesiphõ a publié en faueur de Demosthene, qui nous a esté cause de tant de maux. Par ce decret l'autre qui decerne des hõneurs à ceux qui ont ramené le peuple de Phylla est effacé: car si cestuy-cy est hõneste cestuy-là est plein de hõte. Si au contraire ceux-là ont esté iustemẽt honorez, Demosthene sera iniustement couronné. Ie sçay qu'il vous dira, que i'ay tort de comparer ses actions auec celles de nos predecesseurs: car l'on n'a pas dõné la courõne de la lutte aux jeux Olimpiques à Philamõ, pour auoir esté plus braue que cet anciẽ Glaucus, ains pour auoir vaincu tous les lutteurs de son temps. Mais ce n'est pas de mesmes: car les lutteurs combattent contre ceux qui veulent estre couronnez pour auoir merité du public, entrent en vn combat de vertu, où il faut qu'ils excellent s'ils veulent estre couronnez. Car il ne faut pas que le Heraut soit menteur, quand il fera la proclamation en presence des Grecs. Ne vous mettez donc point en peine Demosthene, de nous monstrer que vous auez mieux gouuerné l'Estat que n'a faict Patacion mais faictes-nous veoir vostre vaillance & generosité, & puis apres vous demanderez au peuple qu'il departe de ses faueurs. Or afin de ne point changer de propos, faictes-vous lire vn peu par le Greffier, l'inscription qui a esté mise pour ceux qui ont ramené le peuple de Phylla.

Le peuple a faict present de couronnes d'or fin,
A ceux-cy qui premiers au danger de leur vie,
Ont la ville sauué de la barbare main
Des tyrans qui l'auoient sous leur ioug asseruie.

Pour ce qu'ils auoient chassé ceux qui s'estoient emparez de l'E-
stat contre les loix, ils ont esté couronnez, à ce que disent ces vers-
là. L'on auoit encores lors la memoire fresche, que le peuple auoit
esté entierement ruyné, par ce que quelques-vns auoient osté les
accusations, contre ceux qui violent les loix: car à ce que i'ay ouy
dire à mon pere, qui est mort aagé de quatre vingt cinq ans, ayant
participé à toutes les aduersitez qu'auoit eu ceste ville, & qui m'en
contoit bien souuent quand il estoit de loisir, quand le peuple fust
reuenu, lors qu'il se presentoit quelque accusation contre quelqu'vn, qu'on disoit auoir transgressé les loix, on estimoit mesme
chose de les auoir transgressé de fait ou de paroles: car qui a il plus
meschant que de violer les loix, soit en disant, soit en faisant vne
chose iniuste. Les causes à ce qu'il me disoit ne se iugeoient pas
comme elles font maintenant. Les Iuges estoient plus contraires
à ceux qui estoient accusez de telles choses, que n'estoient les ac-
cusateurs mesmes. Souuent ils faisoient leuer le Greffier & relire
les loix & les decrets. Et n'estoient pas seulement condamnez,
ceux qui auoient contreuenu à toute la loy, mais qui en auoient
transgressé vne seule syllabe. Mais comme les choses se font maintenant, ce n'est plus qu'vne mocquerie. Le Greffier lit ce que l'on
pretend auoir esté faict contre les loix, & les Iuges comme s'ils
oyoient vne chanson, ou quelque chose qui ne les touchast point,
ne prestent pas l'oreille, & pensent à autre chose. Et encores maintenant Demosthene par ses artifices a introduict vn tel abus és iugemens, que toutes les formes anciennes sont changees. L'on
void le plus souuent que l'accusateur entre en deffense, & celuy
qui est deferé accuse, & les Iuges ne se souuiennent plus dequoy
ils sont Iuges, & sont contraincts de prononcer sur tout autre
chose, que ce dont il s'agist, & verrez celuy qui est accusé qui dira
pour sa deffense, si tant est qu'il entre en deffense, non qu'il n'a pas
transgressé les loix, mais qu'vn autre qui a faict le semblable en a
esté absous. Dequoy Ctesiphon se faict merueilleusement fort.
De faict vous auez eu vn homme, c'est Aristophon Azenien, qui
se glorifioit d'auoir esté accusé soixante & quinze fois d'auoir

contreuenu aux loix,& d'en eſtre touſiours eſchappé. Cet ancien
Cephalus qui a eſté eſtimé tant amateur du peuple n'en faiſoit pas
ainſi : mais il ſe glorifioit contre ſes ennemis, diſant que combien
qu'il euſt plus publié de decrets qu'homme de ſon temps, iamais
neantmoins il n'auoit eſté en peine de s'en deffendre. C'eſtoit ſans
doubte vn beau ſubiect de ſe glorifier, car en ce temps-là ce n'e-
ſtoient pas ſeulement ceux d'vne faction contraire, qui accuſoient
les autres d'auoir tranſgreſſé les loix par leurs decrets, mais les
meilleurs amis & compagnons s'entre-accuſoient, quand ils voy-
oient que le public y eſtoit offenſé. Ce qui ſe peut cognoiſtre par
là, que Archine de Coelle accuſa Thraſibule Stirié, pour auoir fait
couronner contre les loix, l'vn de ceux qui eſtoient reuenus de
Phylla auec luy, & l'en fit condamner, bien que la memoire des
ſeruices qu'il auoit faict au public, fuſt encore toute freſche, auſ-
quels les Iuges ne voulurent point auoir d'eſgard, car ils pen-
ſoient que comme Thraſibule les auoit autresfois ramené de
Phylla en la ville, ainſi maintenant qu'ils eſtoient de retour ils les
en chaſſoit en violant les loix, & les aboliſſant par ſes decrets.
Cela ne ſe faict plus maintenant, mais bien au contraire: car vos
plus ſignalez Capitaines, ie dis meſmes ceux qui ont obtenu d'e-
ſtre entretenus aux deſpens du public, intercedent pour faire deliurer ceux qui ſont accuſez d'auoir tranſgreſſé les loix, & en cela ſe
monſtrent à mon aduis fort ingrats enuers vous: car ſi celuy qui a
eſté honoré par vn peuple veut ſauuer les tráſgreſſeurs des loix, il
veut ruyner la ville de laquelle il a receu l'hóneur, qui n'eſt cóſer-
uee que par les dieux & par les loix. Cóment eſt-ce dóc qu'vn hóme de bien, & ſage citoyen doit prier en vne telle cauſe? Ie vous le
vais dire. Quand on iuge telles accuſations, le iour ſe partit en
trois: l'on meſure premierement l'eau, & limite-on le temps que
l'on donne à l'accuſateur, aux loix, & au public: le temps d'apres
eſt pour la deffenſe de l'accuſé, & pour les Aduocats qui parlent
pour luy, quand l'on iuge qu'il y à charge, & qu'il faut qu'il de-
fende à l'accuſation. Ce qui reſte d'heure, c'eſt pour aſſeoir la peine & ſatisfaire à l'indignation que vous auez conceu du mesfaict.
Celuy doncques qui lors que l'on balotte ſur la condamnation,
vous prie pour l'accuſé, il prie que vous moderiez voſtre courroux : mais celuy qui au commencement prie que l'on renuoye
l'accuſé, ſans qu'il ſoit tenu de deffédre, il prie que vous violiez le
ſerment que vous auez faict, que vous renuerſiez les loix & tout
l'Eſtat.

l'Eſtat. Ce que perſonne ne peut honneſtement demander, & perſonne ne peut honneſtement octroyer. Commandez leur doncques qu'il vous laiſſent donner voſtre premier iugement ſelon les
loix, ſans vous importuner, & qu'ils attendent à vous prier, lors
que vous ordonnerez de la peine. Ie vous dirois volontiers d'a-
uantage, Meſſieurs, qu'en toutes accuſations où il s'agiſt de la traſ-
greſſion des loix, on ne deuroit point permettre que les accuſa-
teurs euſſent d'Aduocat, ny autre aſſiſtance de conſeil, ny ſembla-
blement les accuſez: car le droit n'eſt point vne choſe vague & in-
certaine, mais bornee par vos loix.   Tout ainſi qu'en la conſtruction des baſtimens, pour cognoiſtre ſi quelque choſe eſt droicte
ou ne l'eſt pas, nous ne nous ſeruons que du niueau par lequel
nous le iugeons: ainſi au iugement de ce qui eſt fait contre la loy,
la regle du droict pour l'examiner, ſe ſont vos regiſtres, les decrets
& les loix, qui vous ſont propoſees : car ſi tout cela s'accorde enſemble, & qu'ils ne ſoient point contraires, il ne faut que le monſtrer, & puis deſcendre de chaire. Qu'eſt-il donc beſoin de faire venir Demoſthene? Mais quand ils voyent qu'ils n'ont point de legitime deffenſe, ils prennent à leur ayde vn affronteur, vn ourdiſ-
ſeur de paroles, qui nous eſtourdit les oreilles, qui ruine le public
& renuerſe l'Eſtat. Comment Meſſieurs, vous deffendrez-vous
de tels diſcours? Ie vous le vais dire, quand Cteſiphon ſera monté
icy & commencera à vous prononcer le commencement d'vne
harangue, que l'on luy a dreſſé, comme vous verrez qu'il ne fera
que vous amuſer ſans entrer en deffenſe, ſans bruit & ſans tumulte, commandez luy de prendre les regiſtres, & vous lire les loix &
les conferer auec ſon decret.   Que s'il n'y veut obeyr, vous ne le
deuez plus eſcouter, car vous n'eſtes pas icy pour entendre tout
ce que bon ſemble aux accuſez de vous conter, mais ce qui ſert à
leur iuſtification & deffenſe. Et ſi ne pouuant ſe deffendre il commence à interpeller Demoſthene de parler pour luy, ne permettez point que ce corrompu là qui faict eſtat de renuerſer vos loix
par ſes paroles, vous amuſe & abuſe plus long-temps. Et quand
Cteſiphon vous demandera s'il n'appellera pas Demoſthene, ne
faites pas gloire comme vous auez accouſtumé, de crier *Appellez-
le, Appellez-le.* Car en diſant cela vous l'appellez contre vous meſmes, contre les loix, contre l'Eſtat: ſi toutesfois vous trouuez bon
de l'ouyr, faictes au moins qu'il deffende de meſme façon que i'ay
accuſé. Car comme ay-ie accuſé ? Ie vous prie de vous en ſouue-

L

nir.   Ie n'ay point commencé à vous conter la vie de Demosthene, ny les crimes publics qu'il a commis , bien que j'eusse
beau subiect de le faire, quand ie serois le plus inepte orateur
du monde, mais tout au bon commēcement ie vous ay môstré
la loy qui defend de donner la couronne à ceux qui sont subiets
à rendre compte.   Apres auoir monstré que l'orateur Ctesi-
phon l'a ordonné à Demosthene auant qu'auoir rendu compte, ie vous ay encore monstré qu'il n'a pas mesme adiousté ceste
clause à son decret, *pour l'auoir lors qu'il aura rendu compte:* mais
vous a negligé, & vos loix quant & quant, auec tout le mespris
qu'il est possible.   Ie vous ay apres cela faict entendre tous les
pretextes & couleurs desquelles il se pense couurir, dont ie vous
prie vous souuenir.   En second lieu ie vous ay faict entendre, quelles sont les loix qui concernent les proclamations, es-
quelles il est clairement enoncé , que celuy qui reçoit vne couronne du peuple , ne la doit point faire proclamer hors de
l'assemblee de ville.   Or Ctesiphon qui est maintenant accusé n'a pas seulement contreuenu à la loy pour ce qui concerne
la personne , mais aussi pour le lieu ou se doit faire la proclamation.   Car il n'a pas ordonné qu'elle fust proclamee à l'assemblee , mais au theatre, non pas lors que le peuple Athenien y seroit assemblé , mais lors que les Tragediens seroient
entrez.   En tout cela ie ne vous ay point parlé des vices particuliers & domestiques de Demosthene , mais seulement des
crimes qu'il a commis contre le public.   Faictes doncques
que Demosthene deffende premierement à ce que l'on à violé
la loy des comptables : secondement à ce que l'on a violé celle des proclamations : & tiercement & qui est le principal à ce
que ie soustiens qu'il est indigne de ceste grace. Que s'il vous
prie de l'excuser de suiure cet ordre , vous promettant qu'à
la fin de sa deffence il respondra à ce que l'on pretend que les
loix ont esté violees par le decret dont est question, ne luy permettez point , & vous souuenez que c'est vne ruse de Palais
dont il veut vser.   Car il n'a pas intention de deffendre à la
transgression des loix , n'ayant que respondre à propos à ce
poinct là. Mais il pense vous embarrasser tellement l'esprit de
diuers discours , qu'il vous face oublier ce dont il est accusé.
Comme vous voyez doncques es ieux d'exercice des lutteurs
combatre entre'eux à qui gaignera l'auantage du lieu , ainsi

faut - il que vous difputiez pluftoft tout le iour , auant que
rien remettre de ce qui eft du public , & quitter l'ordre
qui doit eftre fuiuy en cefte action cy.   Ne permettez point
qu'il forte hors des termes de la tranfgreffion des loix, mais
vous tenant là , & infiftant toufiours la deffus,& en l'oyant ramenez le au poinct dont eft queftion, & obferuez foigneufement
quand il s'en penfera deftourner.Si vous ne faites ainfi,il faut pour
la defcharge de ma confcience, que ie vous predife ce qui vous en
arriuera. Vous verrez vn affronteur,vn couppebource, vn coquin
qui a defchiré ceft eftat, qui eft plus duict à pleurer quand il veut,
q̃ les autres ne font à rire,& qui fe pariure plus impudẽmẽt qu'hõme du monde, lequel viendra & ne vous en eftonnez pas lors, à
s'atacher d'iniures à ceux qu'il verra autour de luy,leur reprochãt
que ceux qui ayment la tyrannie , & que la verite mefmes tient
pour tels, fe font rangez du cofté de l'accufateur , & ceux qui ayment la liberté & l'eftat populaire fe fonr rãgez vers l'accufé.quãd
il vous tiendra telles paroles fedicieufes, refpõdez-luy,Demofthe-
ne fi ceux qui ramenerent le peuple de Phylla vous euffent reffem-
blé, iamais l'eftat populaire ne fe fut remis fus comme nous l'auõs
veu,mais ceux-la ont conferué l'eftat entre d'eftranges tempeftes,
en inftruifant leurs citoyens à la paix par vn beau mot, difant *qu'õ*
ne fe fouuienne plus des maux paffez. Mais vous nous les rafraichiffez
tous les iours, & rentamez nos vieilles playes , ne vous fouciant
pas que deuienne cet eftat, pourueu que vous nous apportiez de
belles & bien agencees paroles. Puis en fe pariurant il voudra que
vous le croyez à fon ferment, remonftrez-luy, Que fi celuy qui fe
pariure ordinairement veut que l'on le croye puis apres , quand
il iure il faut de deux chofes l'vne, ou qu'il trouue de nouueaux
dieux, ou de nouueaux auditeurs.   Or il n'a l'vn ny l'autre. Quãd
à fes l'armes, & a fes exclamations, lors qu'il vous demandera,
où voulez-vous Meffieurs, que ie m'enfuie , puis que vous me
chaffez de voftre ville,ie ne fçay ou me retirer, refpondez-luy ,ou
voulez vous Demofthene que le peuple Atheniẽ fe retire?à quels
alliez aura-il recours ? ou trouuera-il des finances?quel rempart
luy auez-vous dreffé? Quant a vous , chacun fçait bien comme
vous auez pourueu à vos affaires, car abandonnant la ville, vous
ne vous eftes pas retiré à Pirce pour la commodité du logis , mais
afin que quand il arriuera quelque fortune ,vous-vous puiffiez

sauuer par mer. L'on ne doute pas que voſtre poltronnerie, l'argent du Roy, & les preſens que vous auez pris à toutes mains de tous les peuples voiſins, ne vous fourniſſent de ſuffiſantes prouiſions. Au bout de la à quoy ſont bonnes toutes ces larmes là, tous ces cris, toutes ces exclamations ? Cteſiphon n'eſt il pas coulpable ? la peine eſt-elle pas preſcripte par la loy ? Quant à vous, vous ne courez fortune ny de vos biens ny de voſtre perſonne, ny de voſtre honneur. Quel intereſt donc y a il ? Il veut auoir des couronnes d'or, & qu'elles ſoient proclamees en plein theatre, contre les loix. C'eſt bien loing de ce qu'il deuoit faire. Car quand le peuple ſeroit tellement hors du ſens, & auroit oublié de ſorte l'eſtat où les affaires ſont maintenant, qu'il vouluſt ſi mal à a propos & hors de ſaiſon ordonner vne couronne d'or à Demoſthene, il faudroit qu'il ſe vint preſenter à l'aſſemblee, & dire, Meſſieurs, ie ne refuſe pas l'honneur que vous me faictes, mais ie ne puis approuuer le temps auquel vous voulez que la proclamation ſoit faicte. Car il n'y a point d'apparence que ſur vn ſubiect pour lequel toute la ville eſt en pleurs & en dueil, vous m'ordonniez des couronnes. Ie croy en verité que voyla ce que diroit vn homme de bien, & nourry à la vertu, mais ce qu'il vous dira, ne ſera qu'vne meſchanceté maſquee d'vne apparence de vertu. Ie croy ſans doute que perſonne n'eſt en crainte, que Demoſthene ce courageux perſonnage, ce vaillant guerrier, fruſtré du pris d'honneur de ſa proüeſſe, s'en aille en ſa maiſon, & ſe tuë de deſpit. Car il ſe mocque tellement de ce que vous appellez honneur, que plus de mille fois, il s'eſt faict faire des playes en la teſte, ie dis en ceſte vilaine teſte, qui doit reſpondre de ſes larrecins, & laquelle Cteſiphon a ordonné eſtre couronnée, Et de cela il a tiré vn grãd proffit, ayant tantoſt accuſé l'vn, tantoſt l'autre, de l'auoir ainſi bleſſé. Ne s'eſt-il pas faict ſuffletter par Mydias, n'en porte-il pas encores les marques ſur le viſage ? Ce n'eſt pas vne teſte que porte cet hõme ſur ſes eſpaules, ce luy eſt vne ferme, & vne doüane. Quant à Cteſiphon qui a dreſſé le decret ie n'en diray que deux mots, & paſſeray beaucoup de choſes, pour voir ſi de vous meſmes vous ne recognoiſtrez pas bien ceux qui ſont grandement meſchans, bien que perſonne ne vous en aduertiſſe. Ie diray ſeulement ce qui les regarde tous deux en commun. Ils ſe promenent par la

place, & vont deça de la semant des propos l'vn de l'autre pleins
de verité. Ctesiphon dit que pour sa personne il ne craint rien, &
qu'il sçait bien qu'il passera pour vn lourdaut & ignorant, mais il a
peur que les concussions de Demosthene, sa lascheté & sa poltronnerie, ne luy nuisent. Et Demosthene dit au contraire que
pour son regard il se tient asseuré, mais il craint que les meschancetez & impudicitez de Ctesiphon ne luy facent tort. Puis qu'ils
se condamnent ainsi l'vn l'autre, comment vous qui estes leurs
iuges communs les pourriez - vous absoudre? Quant aux iniures
qu'ils ont preparé de me dire, ie ne veux pas m'amuser beaucoup
à vous les raconter. I'entends que Demosthene vous dira que la
ville à receu beaucoup de bien faits de luy & beaucoup de dommage de moy, & reiettera sur moy tout le faict de Philippe &
d'Alexandre.   Car il a la langue à commandement, de sorte
qu'il ne se contentera pas de blasmer ce que i'ay fait au gouuernement de la chose publicque, & mes harangues, mais il ca-
lomniera mesmes mon loisir, & le temps que ie me suis retiré des
affaires, & a fin que rien n'eschappe de sa mesdisance, il repren-
dra iusques aux conferences que i'ay eu auec les ieunes gens és
escoles & exercices.   Et parlant de ce iugement cy, il vous
dira que ie n'ay pas intenté ceste accusation pour bien que ie
vueille au public, mais pour gratifier Alexandre, lequel ie sçay
bien luy estre grand ennemy.   L'on ma dit mesmes qu'il me doit
demander pourquoy ie blasme en general ce qu'il a faict au
gouuernement, veu que ie ne l'ay iamais accusé de pas vne de
ses actions particulieres, n'y mesmes ie ne m'y suis opposé, &
pourquoy apres m'estre si long temps retiré des affaires, ie
m'aduise maintenant de faire ceste poursuitte.   Or de moy ie
n'ay iamais esté ialoux des actions de Demosthene, n y com-
posé les miennes de façon que i'en aye honte, & ne voudrois
pas n'auoir faict les harangues que i'ay faictes.   Ie ne voudrois
plus viure parmy les hommes si les miennes estoient semblab-
bles aux siennes.   Quand à mon silence ça esté la modestie
& moderation de ma vie, qui me l'a apportee. Ie me contente de peu & ne desire point d'acquerir d'auantage de biens
par de mauuais moyens, de sorte que ie parle & me tais
quand bon me semble, sans que i'y sois contrainct pour auoir
moyen d'entretenir ma despese. Mais quát à vous, vous auez pris

L iij

de l'argent pour vous taire, & quand il a esté despendu vous auez
recommencé à crier. Vous ne parlez pas quand vous voulez,& ne
dites pas ce que vous voulez, mais ce que vous ordonnent ceux
qui loüent vostre langue,& n'auez point de honte de vous vanter
& magnifier de choses,qui tout aussi tost sont cogneuës estre fauf-
fés & controuuees. Comme quand vous dites que i'ay entrepris
ceste accusation pour faire plaisir à Alexandre : car lors que ie l'ay
intentee,Philippe n'estoit pas encore mort ny Alexandre venu à
la couronne,&n'auiez pas encore eu ce beau songe,de ce qu'auoit
faict Paufanias,ny conferé de nuict auec Minerue &Iunon.Quel-
le demonstration de volonté veux-ie donc faire à Alexandre, sinon que i'euffe eu vn semblable songe au vostre?Vous me reprenez de ce que ie ne viens pas continuellement aux affemblees:
mais que ie suis vn espace de temps sans m'y trouuer, & pensez
que nous ne sçachions pas d'où vient la façon dont vous vsez, &
laquelle vous dites que ie ne suy pas , laquelle n'est pas selon nos
mœurs ny conforme à la liberté de ceste ville, mais a esté par vous
apportee de dehors. Es estats qui sont gouuernez par peu de gẽs,
il n'accuse pas qui veut , ains celuy seul qui a l'authorité : mais és
estats populaires chacun y est receu,& le faict quand bon luy sem-
ble.Ne parler pas souuent,mais à propos,c'est la marque d'vn bon
bourgeois,& qui ne cherche que le bien du pays : ne laiffer passer
iour qu'on ne harangue,c'est le faict d'vn hôme mercenaire,&qui
ne cherche que le gain. Or quãd vous auez recours à tous ces difcours là,c'est ie croy que vous ne vous souuenez plus de ce dont
autresfois ie vous ay faict condamner , & que vous ne vous atten-
dez pas d'estre chastié des fautes que vous auez faictes , ou que
vous presumez que ceux qui vous escoutent n'ont point de memoire,ou bien que vous vous trompez vous-mesmes , & estimez
que le long temps qu'il y a que vous fustes conuaincu par moy,
d'auoir commis vne impieté au faict des Amphiffiens , & d'auoir
esté corrompu par les Eubeens,en a faict perdre la memoire.Mais
quelle espace de temps pourra abolir la memoire des larrecins
que vous auez faict sur le payement des galleres, & Capitaines de
marine,lors que vous fistes dreffer vn equipage de trois cẽs voil-
les,& que vous persuadastes au peuple de vous en donner la charge : où ie vous surpris & conuainquis d'auoir defrobé aux Capitaines l'entretenement de foixante cinq brigantins, faifant perdre
tout à vn coup plus de forces nauales à la ville , qu'elle n'en auoit

lors qu'elle gaigna la bataille à Naxe contre les Lacedemoniens,
& deffit Pollin leur general ? Vous reparez si bien vos meschans
desseins,& vous armez tellement contre les loix,que bien que ce
soit vous qui faciez les fautes , ce n'est pas vous qui en portez la
peine , ains ceux qui vous en veulent poursuyure. Vous en estes
quitte en disant, que c'est Alexandre ou Philippe, qui vous en
veulent, & que ce sont certaines gens , qui pour leur faire plaisir,
sont bien aises de troubler le repos de cet Estat, & faire perdre les
occasions de pouruoir sagement aux affaires.Et cependant vous
perdez tout ce qui se presente, & nous entretenez de vaines esperances,fondees sur l'aduenir. En fin qu'auez-vous faict ces iours
passez, vn peu auant que ie vous eusse accusé ? N'auez-vous pas
dressé la partie,pour prendre prisonnier Anaxine Oritien,qui tra-
fiquoit à Olimpe?apres auoir dressé vne ordonnance pour le faire
mourir, vous l'auez massacré de vos propres mains. Vous auez
ainsi assassiné celuy qui estoit vostre hoste à Oree, à la table duquel vous mangiez & beuuiez , auec lequel vous sacrifiez, à qui
vous auiez donné la main, le tenant pour vostre hoste & vostre
amy. Quand ie vous en ay accusé en presence de tous les Atheniens,& que ie vous ay appellé meurtrier de vostre hoste,vous
n'auez pas nié le faict,bien qu'il soit fort impie:mais vous auez fait
vne response,à laquelle tout le peuple,& tous les gens d'honneur
qui font estat de droit d'hospitalité , se sont escriez auec estonne-
ment:car vous auez dict, que vous auez preferé le sel de la ville, à
celuy de la table de vostre hoste. Ie ne parleray point des lettres
supposees,des espions que l'on a surpris, des gens que l'on a mis à
la question sans raison,pour me faire accroire que ie m'entendois
auec quelques-vns de la ville, pour y remuer. Mais pour ce que
i'entends,qu'il me doit demander, en quelle opinion l'on doit a-
uoir le Medecin, qui n'ordonne rien au malade pendant que le
mal le tient,& quand il est mort au bout de la neufuaine, que l'on
faict son seruice,il vient à ses parens,& leur conte ce que le malade deuoit faire pour guerir de só mal.Que ne s'interroge-il vn peu
soy-mesme.en quel estime on doit auoir celuy,qui menant le peuple par ses harágues,ne fait autre chose que le flatter,&cependant
perd l'occasion & les moyens de pouruoir aux affaires,qui trahit
le public,qui empesche par ses calomnies que ceux qui le peuuent
faire ne donnent vn bon & sain conseil au peuple, qui fuyant les
dangers,&enuelopant la ville en vne infinité de maux incurables,

demande d'eſtre couronné pour ſa vertu, qui n'a iamais rien faict
de bien,& a eſté cauſe d'vne infinité de maux. Il demande maintenant à ceux qu'il a calomnié & deſchiré,lors qu'ils vouloient &
pouuoient ſauuer le public,pourquoy ils ne s'oppoſoient à ſes fautes,quand il ruynoit ainſi les affaires,& ne dict pas le bon mot qui
eſt, qu'apres vne bataille perduë nous n'auions pas le loiſir de
nous amuſer à le faire chaſtier,mais eſtions empeſchez à enuoyer
deça delà des Ambaſſadeurs,pour pourueoir à la conſeruation de
la ville : Mais puis qu'il ne vous ſuffit pas de n'auoir pas eſté puny
de vos fautes,ains en demandez recompenſe,rendant noſtre ville
ridicule à toute la Grece,ie ſuis contrainct d'en faire inſtance, &
me rendre partie contre vous. Or ie vous iure que tout ce que
i'entends que Demoſthene vous doit dire de moy, ie n'en porte
rien ſi impatiemment, que ce qu'il me comparera aux Sirenes, la
la voix deſquelles reſiouyt ceux qui les oyent, mais auſſi elles les
perd & abiſme:qui fait que leur muſique n'eſt pas bien receuë,ains
que chacun la fuit : car il dict que la nature m'a duict de façon, &
que ce que l'vſage m'a appris d'Eloquence le porte ainſi, que ie
nuis à tous ceux qui m'entendent. Or penſe-je qu'il n'y a perſonne qui honneſtement puiſſe dire cela de moy?car c'eſt choſe hon-
teuſe de blaſmer vn homme de parole, quand on ne peut monſtrer par effect qu'il ſoit tel qu'on le dict,& s'il y auoit ſubject de le
dire, ſi n'appartiendroit-il pas à Demoſthene, mais à quelque
grand Capitaine,qui ayant fait de grands ſeruices au public, n'ayant pas la langue & la parole à commandement pour le pouuoir
faire entendre, auroit deſpit de veoir ſes ennemis qui ſe preuau-
droient de leur babil,& voudroient s'attribuer par leurs belles paroles,les beaux exploits dont il ſeroit autheur. Mais qu'vn homme qui n'a rien que des paroles,encores pleines de vanité & d'aigreur, ſe vueille preualoir de la ſimplicité & ſe recommander de
ſes beaux faicts,c'eſt choſe inſupportable, vn homme dis je à qui
ſi vous auiez oſté la voix, il demeureroit comme vne fluſte à qui
l'on oſte le vent,laquelle ne ſert plus de rien. Ie m'eſtóne de vous
Meſſieurs, & demanderois volontiers pour quelle conſideration.
Quoy?trouuez-vous que le decret ſoit legitime?Iamais s'en trou-
ua-il de plus contraire aux loix?Que ſi celuy qui l'a publié ne merite pas d'eſtre puny,il ne faut plus parler que perſonne ſoit ſubject à rendre compte de ſes actions. Que ſi l'on vous dict que cy
deuāt les eſchaffaux eſtoient tous couuerts de courónes d'or, que

les

les Grecs donnoient au peuple Athenien , c'eſt choſe qui ne vous doibt pas arreſter : car c'eſtoit que l'on donnoit tout ce iour - là aux eſtrangers pour pouuoir gratifier le peuple de courónes : mais le mauuais gouuernement de Demoſthene a fait que perſonne ne tient plus compte, ny de vous donner des couronnes, ny faire proclamer vos merites: Et toutesfois luy meſme veut eſtre proclamé. Ie vous prie ſi apres ſa proclamation il vient à entrer au theatre vn Poëte Tragique, qui introduiſe vn Therſite couróné & proclamé par les Grecs, le pourrez vous ſupporter, vous qui ſçauez qu'Homere l'à depeint pour vn laſche poltron, & vn grand impoſteur? Penſez-vous que ſi vous ordonnez que ceſtuy-cy ſoit couronné, que le peuple de la Grece ſe puiſſe tenir de vous ſiffler , ou pour le moins s'en mocquer en ſon cœur? vos predeceſſeurs ne faiſoient faire au nom du peuple que des choſes glorieuſes & magnifiques ! ce qui eſtoit de bas & d'abiect ils le laiſſoient faire à des charlatans d'orateurs : mais Cteſiphon veut deſcharger Demoſthene de la honte que meritent ſes actions, pour en deſcharger le peuple, & veut que vous imputiez à voſtre bonne fortune ceſte proclamation , comme ſi vous faiſiez en cela quelque choſe de beau.   Et neantmoins ce decret n'eſt autre choſe ſinon vne accuſation de la fortune qui vous a abandonné lors que Demoſthene vous a, à ce qu'il pretend bien ſeruy & aſſiſté. Et en tout cela ce qui eſt le plus mal a propos , c'eſt qu'au meſme lieu où vous declarez infames ceux qui ſont conuaincus d'auoir eſté corrompus par preſens, vous ordonnez que Demoſthene, que vous ſçauez qui fait tout pour de l'argent, ſera couronné publiquement. Vous condamnez à l'amende ceux qui preſident aux ieux s'ils adiugent iniuſtement le prix propoſé à ceux qui chantent en rond, & vous qui n'eſtes pas icy aſſemblez pour eſtre iuges des chanſons, mais des loix & de la vertu politique, vous adiugerez des recompenſes , non pas à quelque nombre de gens qui les ont meritees, mais à celuy qui les aura pratiquees par brigues & menees, & de la il aduiendra qu'apres vn tel iugement, retournant en vos maiſons , trouuerez que vous aurez beaucoup perdu de voſtre authorité pour croiſtre & augmenter celle d'vn orateur : car la liberté des ſuffrages fait que le bourgeois particulier eſt comme vn Roy dans la ville, qui eſt gouuernee par le peuple, mais s'il en vſe au gré d'autruy, il perd volontairement ſa puiſſance & ſon authorité. Outre que le regret d'auoir fauſſé le ſerment qu'il a fait de iuger selon les loix , luy apporte vne continuelle repentance: car on peut dire qu'il est cause de la faute qui se fait,& neantmoins celuy pour qui il l'a faict , ne luy en sçait point de gré, pour ne pas sçauoir qui en est autheur : car les suffrages se donnent de façon , que l'on ne les peut pas descouurir. Pour moy, Messieurs , il me semble que ce n'est pas sagesse à vous de mettre ainsi toutes choses en hazard, encore qu'elles ne vous ayent point mal reussi iusques icy. Car ie ne puis approuuer que vous commettiez en ceste saison à peu de personnes, le gouuernemét de vostre estat. Que si de vostre temps il ne s'est pas rencontré que vous ayez eu des orateurs qui ayent esté aussi hardis que meschans, vous en auez l'obligation a la fortune. Il s'est trouué en d'autres saisons des esprits , qui ont entierement renuersé la liberté. Car le peuple naturellement ayme à estre flatté. D'ou il est souuent aduenu que ce n'ont pas esté ceux qu'il craignoit qui l'ont opprimé, mais ceux à qui il se fioit le plus. De ceux-la estoient les 30. tirans, qui ont fait mourir plus de quinze cens citoyens , sans cognoissance de cause, auant que l'on sçeust pourquoy , & sans vouloir seulement permettre que leurs amis & familiers se peussent assembler à leur conuoy,& leur dresser des tombeaux. Doncques que ne rágez - vous sous vostre main ceux qui se meslent de gouuerner? Que ne rendez-vous soupples & humbles ceux qui ont mainte-nant le cœur si haut? que ne le chassez - vous hors d'auec vous ?ne vous souuenez vous pas q́ iamais persóne n'a entrepris de s'empa-ter de l'estat & opprimer la liberté, qu'apres qu'il s'est rendu si puissant, qu'il a peu impunement mespriser la iustice?Ie prendroys bien plaisir à examiner en vostre presence, auec celuy qui a dressé ce decret, pour quels seruices il a estimé que Demosthene deuoit estre couronné. Si vous me dites , comme il est porté au com-mencement de ce decret, c'est pour ce qu'il a faict de belles tran-chees autour de la ville,ie m'esbahiray fort. Car il a plus de sub-ieçt de le blasmer, d'estre cause que nous ayons eu besoin de ceste fortification, qu'il n'y a de loüer, de l'auoir faict acheuer, pour ce que celuyqui se sera bien comporté au gouuernement,ne demandera iamais des recompenses pour auoir faict faire des fos-sez autour des murs, pour auoir dressé des sepultures publicques, mais bien pour auoir faict quelque grand seruice à la ville. Que si vous venez à la seconde partie de ce decret,où vous auez bien osé coucher par esctit, que Demosthene estoit vn homme de bien, &

qui a beaucoup profité au public par ſes actions, oſtez vn peu ceſte parade & brauerie de mots, & nous monſtrez par ſes effects,
quelque choſe de ce que vous dites. Ie laiſſe qu'il s'eſt ainſi laiſſé
corrompre par les Amphiſſiens, & Eubeens: mais quant à ce que
vous voulez donner l'honneur à Demoſthene, d'auoir eſté autheur de la confederation faicte auec les Thebains, vous impoſez
à ceux qui ne ſont pas informez du faict, & faictes iniure à ceux
qui ſçauent comme il s'eſt paſſé. Car vous penſez en taiſant les occaſions de ceſte confederation, & oſtant l'honneur à ceux qui l'ōt
moyenné, attribuer à Demoſthene ce qui eſt deu à la grandeur &
reputatiō de ceſte ville. Cōbien il y a en cela de vāterie, ie vous en
dōneray vn grand argument. Auparauant qu'Alexandre paſſaſt
en Aſie, le Roy de Perſe eſcriuit vne lettre au peupled'Athenes,
fort courageuſe & barbareſque, où il y auoit tout pleī de ſottes paroles, & piquātes: & a la fin entre autres choſes il y auoit ces mots.
Ie ne vous donneray point d'argent, & pource ne m'en demandez point, car
vous n'en aurez point. Depuis ſe voyant fort preſſé des affaires qu'il
a auiourd'huy ſur les bras, il enuoya cent ſoixāte mil eſcus au peuple Athenien: qui ne les demandoit pas, & lequel ſe comportant
fort honneſtement en ſon endroit: ne les voulut pas receuoir,
c'eſtoit la ſaiſon, la crainte, & le beſoin d'amis qui faiſoient preſent
de cet argent là. La meſme conſideration a eſté cauſe de la confederation des Thebains. Et neantmoins vous nous rompez continuellement les oreilles auec voſtre confederation des Thebains, &
ne dites pas vn mot des quarāte deux mil eſcus de l'argent du ROY,
que vous auez tresbien deſtournez, & mis en voſtre bourſe. N'a-
uez vous pas eſté cauſe que faute de 3. mil eſcus deubs aux eſtrā-
gers qui eſtoient en garniſon dans la Citadelle de Thebes, les
Thebains n'y ont peu rentrer, & que faute de quatre mil huict
cens eſcus, les Arcadiens qui auoient leurs chefs fort diſpoſez à
nous ſecourir, n'ont faict aucun effect. Cependant vous en eſtes
riche, & auez dequoy fournir à vos delices. Et pour concluſion,
Meſſieurs, il a pour ſa part l'argent du Roy, & vous les dangers &
fortunes. Or vous prie-ie d'vne choſe, c'eſt de conſiderer çōbien
ils ſont mal-appris & mal aduiſez: car quand Cteſiphon viendra
appeller Demoſthene pour parler pour luy en voſtre preſence,
vous le verrez qu'il ſe leuera, & montant en chaire commencera
à ſe louer ſoy-meſme, qui vous ſera à mon aduis auſſi faſcheux à
endurer, que pas vn des maux qu'il vous a faict. A peine pouuons

nous supporter que les gens de bien, que nous sçauons auoir faiƈt
beaucoup de belles choses , chantent eux mesmes leurs loüanges:
qui se pourra donc contenir , quand vn homme que nous sçauós
estre la honte de nostre ville, se voudra loüer soy - mesme publiquement ? Et pource Ctesiphon, si vous estes sage vous laisserez
ceste honteuse façon de faire, & deffendrez vous mesmes vostre
cause: car il n'y auroit point d'apparence de dire que vous n'estes
pas stilé à parler en public, cela seroit trop mal a propos que vous
qui vous estes faiƈt deputer pour aller en ambassade vers Cleopa-
tre fille de Philippe, pour la consoler , & vous códouloir auec elle, de la mort d'Alexandre Roy des Mollosses , dissiez maintenant
que vous ne sçauez pas parler: Quoy, que vous ayez bien sçeu có-
soler vne femme estrangere en son dueil, & que vous ne puïssiez
deffendre vn decret que vous auez dressé, estát corrompu à beaux
deniers comptáts? ou bien est- ce point que celuy en faueur duquel
vous l'auez fait, est tel que personne de ceux qui ont receu du bié
de luy ne le puïsset cognoistre, si vous n'auez quelqu'vn qui vous
ayde à le leur represéter? Demádez vn peu aux iuges s'ils cognoiſ-
sent Chabrias, Iphicrates & Timothee, & leur demádez pourquoy
ils leur ont ordonné des gratificatiós? pourquoy ils leur ont dreſ-
sé des statues? Ils vous respondrót tous d'vne voix qu'ils l'ont faiƈt
à Chabrias pour la bataille naualle qu'il gaigna àɴaxe, à Iphicrates,
pource qu'il défit vne troupe de Lacedemoniés, à Timothee pour
le voyage de mer qu'il fit autour de Courfou, & ainsi aux autres.
selon ce que chacun d'eux à faiƈt beaucoup de beaux & genereux
aƈtes à la guerre. Que si vous leur demádez pourquoy ils n'en ont
point ordonné à Demosthene, ils dirót, pource que c'est vn cócuſ-
siónaire, pource que c'est vn coüard, pource qu'il a quitté só rang
en la bataille. Quoy doncques choisirez-vous d'honorer cestuy-
cy pour vous deshonorer vous mesmes, & ceux qui sont morts en
la bataille pour vóstre seruice ? lesquels vous deuez estimer estre
icy presens, & regarder l'issuë de ce iugemét, pour voir si vous adiugerez la couróne à vn tel homme: car ce seroit chose bié estráge
que nous qui auions accoustumé en ceste ville , de ietter hors &
exterminer mesmes les pieces de bois , les pierres, le fer & autres
choses semblables, qui n'ont ny parole ny cognoissance aucune,
quand par hazard elles sont tombees sur quelqu'vn, & qu'elles l'ót
tué , & si quelqu'vn s'est deffaiƈt soy - mesme luy coupper le
poing, & le separer du corps qu'il a meurtry , que nous vinſ-
ſions à honorer & recompenser Demosthene , qui a faiƈt faire

cefte derniere fortie à nos citoyens, qui a trahy & mis à la boucherie nos foldats. Ce feroit faire iniure aux morts, & defcourager les viuans, quand ils verroient que la mort eft le falaire de leur vaillance, & que la memoire de leur vertu dure fi peu. Mais qui plus eft, fi la ieuneffe vous interroge maintenant, fur quel exemple vous voulez qu'elle forme & compofe fa vie, que luy refpondrez vous. Car vous fçauez affez que la ieuneffe ne fe dreffe pas tant aux exercices des luttes, aux efcoles des lettres & de mufique, comme elle fait és proclamations publicques. Vn ieune homme qui verra proclamer en plein Theatre, que l'on donne la couronne à vn homme pour recompenfe de fa vertu, vaillance & debonnaireté, lequel neantmoins eft cogneu pour infame & fceleré, ne fe debauchera-il pas? fe rengera il pas à mal faire? Au contraire voyla vn mefchant, vn rufien, comme Ctefiphon qui eft chaftié & puny feuerement, les autres y prendront exemple, & fe feront fages de fa peine. Si celuy qui a donné fon fuffrage pour fauorifer vne chofe qui n'eft ny iufte ny honnefte, s'en retourne en fa maifon & veut exhorter fes enfans à la vertu, ils ne croiront pas, car cefte remonftrance-là n'eft qu'vn cry en l'air, & vne voix perduë. Doncques faictes eftat en ce iugement-cy, que vous n'eftes pas feulement comme Iuges, mais comme perfonnes expofees en plein Theatre, à la veuë de tout le monde, qui deuez prononcer voftre fentence, de façon qu'elle vous ferue de deffence, & iuftification à l'endroit de ceux qui font abfens, lors qu'il s'enquerront ce que vous aurez iugé. Car vous fçauez bien, Meffieurs, que la ville acquiert la reputation telle, que l'a celuy qui eft proclamé. Or ce feroit ce me femble vne grand honte, que vous imitiffiez pluftoft la lafcheté de Demofthene, que la valeur de vos predeceffeurs. Quel moyen auez vous d'euiter ce reproche? c'eft de vous donner foigneufement garde de ceux, qui foubs de belles paroles pleines de douceur & d'humanité couuent de mauuaifes mœurs, pleines de trahifon & mefchanceté. L'on couche fort de l'amour du public & de la liberté, mais telles paroles on les ruine & opprime, lors que ceux qui en vfent le plus, font des effects tout contraires. Quand doncques vous verrez vn Orateur qui pourchaffera des couronnes, & voudra eftre proclamé, puifque la loy veut que les proclamations foient authorifees par vous, ramenez fes œuures, & luy commandez d'adioufter à fon Eloquence des actions modeftes & temperees, qui puiffent profiter au public.

Que s'il n'a tesmoignage d'estre tel, ne permettez point qu'il soit
loüé ny proclamé, & commencez à veiller pour la conseruation
de vostre liberté qui se perd petit à petit. Quoy Messieurs, ne faites vous point de cas de veoir que sans qu'on se soucie du Conseil ny du peuple, les ambassades & les lettres, non de gens de peu,
mais des plus grands de l'Asie &de l'Europe s'addressent aux maisons des particuliers,& qu'il y en ait entre vous, qui aduoüent publiquement des choses, qui sont punissables de mort par les loix?
Qui s'entrelisent les vns aux autres, les lettres qu'ils reçoiuent des
estrangers,& qui soient si hardis de vous dire, que vous les regar-
diez hardiment au visage, comme les seuls protecteurs de vostre
liberté. Les autres demandent des recompenses comme conseruateurs de vostre ville. Le peuple tout estonné, comme descouragé
par les mauuaises rencontres, & quasi comme enuieilly & rado-
tant, se contente du nom de la liberté,& en laisse vsurper l'authorité & la puissance à d'autres. Vous vous leuez la plus-part du
temps,& vous en allez de l'assemblee, sans auoir rien resolu comme vous feriez d'vn banquet, apres que l'on auroit donné la dra-
gee sur le dessert; & pour vous monstrer que ie ne m'abuse point,
ie vous prie considerez cecy. I'ay regret d'auoir si souuent à la
bouche les calamitez qui nous sont arriuees; toutesfois ie vous feray souuenir qu'il y auoit en ceste ville vn homme particulier, lequel entreprit d'aller seul à Samos en marchandise, il fut códam-
né comme traistre par le Conseil d'Areopage, & executé à mort.
Vn autre particulier estoit allé à Rhodes, pour ce qu'il auoit icy
rapporté de la frayeur, par sa lascheté, il fut accusé il y a peu de
temps,& se trouuerent les opinions parties, y en ayant autát pour
la condamnation que pour l'absolution. S'il eust manqué d'vne
voix pour l'absoudre, il eust esté ou banny, ou executé à mort.
Comparons maintenant à cela le faict qui se presente. Vn homme
qui n'est qu'vn accusateur, qui est cause de tous les maux que nous
auons, qui a quitté son rang à la bataille, & s'en est fuy de la ville,
veut auiourd'huy estre couronné,& demande d'estre proclamé au
Theatre. Ne reietterez vous point cet homme-là, comme la calamité commune de toute la Grece? Ou bien l'ayant surpris en larrecin au maniment de vos affaires, pendant qu'il se bagne à cau-
ser,& qu'il vous amuse de paroles, ne le punirez-vous point? Souuenez-vous en quel temps vous iugez ceste cause. Dans peu
de iours se fera la feste Pythienne,& se tiendra le Conseil de tous

les Grecs : noftre ville court des-ja affez d'enuie par les mauuais
deportemens de Demofthene, au gouuernement de voftre Eftat:
fi vous venez à luy donner la couronne, chacun aura opinion que
vous vous entendez auec ceux qui cherchent à rompre la paix
commune, & troubler le repos de la Grece : fi au contraire vous
l'en iugez indigne, vous purgerez le peuple Athenien de tout le
foupçon dont on le veut charger. Prenez donc confeil en cet affaire, non comme en celle d'autruy, mais comme en celle qui im-
porte grandement à voftre ville, & à voftre Eftat, & ne penfez pas
eftre icy pour diftribuer des honneurs, mais pour iuger quel inte-
reft vous auez de les departir à perfonne qui les merite. Si vous a-
uez des recompenfes à donner, choififfez des perfonnes qui en
foient dignes. Ne croyez pas feulement vos oreilles, mais ouurez
les yeux, comme en chofe qui vous touche, & confiderez qui font
ceux qui fauorifent Demofthene. Sont-ce perfonnes qui fe foient
nourris à la chaffe auec luy quand il eftoit ieune, ou aux autres exercices? mais vray Dieu il ne s'eft pas amufé à courir le fanglier, ny
aux autres exercices du corps, ains s'eft toute fa vie exercé à in-
uenter des tromperies, pour ruiner ceux qui auoient quelques
moyens. Quand il vous viendra conter que par le moyen de fes
ambaffades, il fit perdre Bifance à Philippe, il fit reuolter les Acarnaniens, il eftonna les Thebains (car il eft fi badin qu'il penfe vous
perfuader cela, comme fi vous le teniez pour la Deeffe Pitho, &
non pour vn impudent affronteur,) ou quant à la fin de fa defen-
fe il appellera ceux auec lefquels il a partagé les prefens des Princes eftrangers, imaginez-vous de voir en ce lieu où ie fuis maintenant, les anciens fondateurs & conferuateurs de cefte ville, tous
arrangez pour s'oppofer à l'impudence de cet homme. Et premierement Solon qui rempara & embellit cet Eftat, auec tant de
bonnes & fainctes loix, vray Philofophe certes & excellent Legiflateur, lequel vous prie & vous coniure, felon qu'il eft digne de
luy, de ne pas faire plus de compte des belles paroles de Demofthene, que du ferment que vous auez folemnellement iuré, & des
loix qu'il vous a laiffé. Secondement Ariftides qui regla le premier les finances de la Grece, & les filles duquel furent mariees
aux defpens du public, lequel fe tourmente de voir ainfi la iuftice
vilipendee & des-honoree, & vous demande fi vous n'auez point
de honte que vos peres ayent peu s'en a fallu, faict mourir Ar-
thimius Zeletien, au moins l'ayent banny & chaffé de toutes les

terres de leur obeyſſance (bien qu'il fuſt venu demeurer en leur ville, & qu'ils euſſent droiƈt d'hoſpitalité auec luy) pour auoir ſeulement apporté en Grece de l'argent des Roys de Medie, & que vous ordonniez des couronnes, à celuy non pas qui a apporté l'argent des Medois, mais qui s'eſt laiſſé corrompre par les eſtrangers, & qui en a encor l'or & l'argent en ſa poſſeſſion. Ne penſez-vous point que Themiſtocles, & ceux qui moururent à Marathon & à Platee ne pleurent & ſouſpirent de regret, & qu'il ne ſorte meſme des larmes, des cris, des plaintes, du tombeau de vos predeceſſeurs, ſi vous couronnez celuy qui confeſſe s'eſtre r'allié auec les barbares, pour ruyner les Grecs. Quant à moy ie proteſte deuant vous, ô Terre, Soleil, ô Vertu, ô Prudence, & vous ô Sciences qui nous faiƈtes diſcerner les bonnes choſes des mauuaiſes, que i'ay parlé pour le bien public, & y ay apporté tout le ſecours que i'ay peu. Si i'ay auſſi brauement & dignement diƈt, que la grandeur d'vn tel crime le merite, i'ay faiƈt ce que ie deſirois, ſi ie n'y ay ſatisfaiƈt, i'ay faiƈt ce que i'ay peu. C'eſt à vous, Meſſieurs, ſur les raiſons que ie vous ay diſcouru, & ſur celles que ie puis auoir obmis, & que vous vous pouuez repreſenter de vous meſmes, d'aſſeoir vn iugement qui teſmoigne voſtre iuſtice, & le ſoing que vous auez du public.

DEMOSTHENE

DEMOSTHENE POVR
CTESIPHON, OV DE LA
Couronne.

N premier lieu, Meſſieurs, ie prieray tous les dieux & toutes les deeſſes, que ie puiſſe trouuer en ce iugement autant de bien-vueillance en vous, comme i'en ay toute ma vie porté à toute ceſte ville, & a chacun de vous. En ſecond lieu qu'ils me facent la grace d'obtenir ce que le ſoin que vous auez touſiours eu de voſtre cóſcience, & de voſtre honneur, me promet : Qui eſt que vous ne preniez point conſeil de mon aduerſaire, de la façon dót vous me deuez eſcouter(ce ſeroit choſe trop miſerable) ains pluſtoſt des loix, & du ſerment que vous auez preſté, lequel entre autres choſes tres iuſtes qu'il contient, porte nommement, que vous oyrez egallement toutes les deux parties, qui n'eſt pas ſeulement à dire que vous n'apporterez aucun preiugé, & que vous leur departirez egalement voſtre faueur, mais auſſi que vous leur permettrez d'vſer de tel ordre en leur deffenſe, que bon leur ſemblera, & que chacun d'eux voudra choiſir. En ce combat icy ma condition eſt pire en beaucoup de choſes, que celle d'Eſchines. Mais principalement, Meſſieurs, en deux poinꞓts qui ſont de tres-grande conſequence. L'vn c'eſt qu'il m'eſt bien de plus grande importance de perdre voſtre bonne grace, qu'il n'eſt pas à Eſchines de ne point obtenir la condénation qu'il deſire. Car ie puis dire, de moy toutesfois ie ne veux rien dire en ce commencement icy de piquant, bien que chacun voit qu'il m'eſt venu accuſer de gayeté de cœur. L'autre que naturellemét tous les hómes du móde prennent plaiſir à ouyr meſdire & accuſer, & s'ennuyent d'entédre loüer. Dóc ce qui peut plaire & agreer eſt du coſté de celui-ci, & ce qui eſt ainſi faſcheux & importun qu'vne vieille chanſó demeure en móǀpartage. Que ſi pour la crainte que i'ay de cela, ie ne vous repreſente point mes aꞓtiós paſſees ie n'ay moyé aucú de me defédre de ceſte

N

accufation,& vous monftrer que ie merite quelque honneur, enuers vous. Si au contraire ie me mets à vous conter ce que i'ay fait
en l'adminiftration de la chofe publique,il faudra neceffairement
que ie parle fouuét de moy. Or effayray-ie de le faire le pl⁹ mode-
rément que ie pourray quand la neceffité m'y portera, ceftuy-cy
en deura courir l'enuie, puis que c'eft luy qui me contrainct d'entrer en cefte lice. Ie ne doute point Meffieurs, que vous ne cog-
noifffiez clairemét que cefte caufe m'eft commune auec Ctefiphô,
& de laquelle ie ne dois pas auoir moin de foin que luy. Car c'eft
chofe bien fafcheufe & infupportable, d'eftre defpoüillé de tout ce
que l'on a mefmes par fon ennemy, & principalement de vôftre
amitié & bien vueillance, dont la perte eft d'autát plus griefue,que
la poffeffion en eft chere & precieufe. Puis donc qu'il s'agift de cela en cefte caufe, ie vous requiers & vous fupplie tant que vous
eftes, d'efcouter ma deffenfe, auec l'intention que les loix vous
ordonnent, lefquelles Solon homme populaire & plein de bône affection enuers vous, qui les a publiees des le commencemét
n'a pas voulu feulement authorifer par l'efcriture, mais par le ferment folénel qu'on faict prefter aux iuges,de les garder & obferuer, Non à mon aduis qu'il fe defiaft de voftre iuftice,mais pource
qu'il iugeoit bien qu'il eftoit impoffible à ceux qui font accufez,
de fe fauuer des calónies & impoftures que celuy qui parle le premier leur met fus, les defcriant par artifices & deguifements, fi
ceux qui ont a iuger ne font retenus par vne certaine religion, &
n'oyent fauorablement les iuftes deffences de celuy qui parle le
dernier, fe rendans egallement attentif à l'vne & l'autre des parties, & recognoiffans par ce moyen la verité de tout ce qui fe pre-
fente. Ayant doncques auiourd'huy à rendre raifon de ma vie pri-
uee & de tout ce que i'ay negocié pour le public, ie veux encore
vne fois implorer les Dieux, comme i'ay defia faict au commencement, & comme ie fais maintenant en voftre prefence, afin qu'ils
me facent trouuer en ce iugement autant de bien vueillance en
vous, comme i'ay en toute ma vie porté à voftre ville & a chacun
de vous, & qu'ils vous facent cognoiftre ce que vous deuez
ordonner de cefte caufe, tant pour l honneur commun decefte
ville, quepour la defcharge de voftre confcience en particulier. Si
Efchines ne fe fuft point eftédu plus auát en fó accufatió,que portoit fon infcriptió,ie viédrois droict à la deffenfe du decret propofé parCtefiphô,mais puis qu'il a quafi tout emploié fó difcours en

autreschofes efloignees de ce fubieƈt,& adire des mêtèries de moy,
i'ay eftimé qu'il m'eftoit & iufte & neceffaire de luy refpódre fur ĕe
la en peu de paroles, à ce que perfonne d'entre vous feduit par tel
difcours hors de propos, ne fe rendift plus aliené & difficile à
m'ouyr en mes iuftes deffenfes. Quant aux iniures particulieres
dont il m'a attaqué, voyez comment ie luy refpondray fimple-
ment & loyaument. Si vous me cognoiffez tel qu'il ma depeint,
(Ie n'ay iamais vefcu que parmy vous) ne me permettez pas feu-
lemeot d'ouurir la bouche, quand bien ie vous aurois fait tous
les feruices du monde au gouuernement de voftre ville, mais le-
uez-vous & me condamnez des a prefent. Que fi vous m'auez cogneu plus homme de bien que luy, & venu de plus gens de bien,
& que moy & mes predeceffeurs, afin de ne ne rien dire fubieƈt à enuie, n'ayans en rien cedé à ceux qui ont eu vne mediocre fortune
en cet eftat, n'adiouftez point foy à ce que ceftuy - cy à voulu
mefcire des autres : car vous pouuez aifement voir , que ce font
toutes chofes controuuées , & me continuez à iamais s'il vous
plaift, la mefme affeƈtion que vous m'auez toufiours monftré, en
toutes les occafions qui fe font prefentees , femblables à celle
cy. Sans doute Efchines, veu que vous eftes fin & malicieux,
c'eft vne grande fottife à vous de penfer que ie deuffe laiffer à dire ce que i'ay faiƈt au gouuernement des affaires, pour m'amufer
aux iniures que vous auez debaqué contre moy. Croyez, ie n'ay
garde de le faire, ie ne fuis pas fi vain, mais au contraire ie veux
tout à ceft'heure examiner ce que vous auez controuué, & que
vous m'auez reproché touchant le maniment que i'ay eu au gouuernement. Quant à cefte pompeufe façon d'iniurier impudem-
mentles perfonnes, fi ceux qui m'efcoutent me le veulent permettre i'en parleray puis apres. Les poinƈts de cefte accufation font diuers & tres-griefs, & de fait que les loix puniffent de
tres-feueres peines ; voire du dernier fupplice: mais le difcours &
plaidoyé d'Efchines ne contient autre chofe qu'vn tefmoignage
de fon infolence, des iniures, conuices, diffamations, & chofes
femblables. Quand tout ce dont il m'accufe feroit vray, n'euft-il
pas deu en pourfuyure le chaftiment lors que la memoire en
eftoit frefche. Cóme on n'empefche perfonne de fe prefenter au
peuple & de parler, auffi ne faut-il pas que cefte liberté là foit
employée pour exercer la petulance de ceux qui veulent tirer
les autres en enuie. Cela fans doubte , Meffieurs , feroit vne

mauuaife chofe qui ne feroit ny equitable ny vtile au public.
Mais ce qu'il deuoit faire fi i'auois failly comme il dict , & fi i'a-
uois faict telle & fi grande iniure à la chofe publique , comme il
crie par fon difcours, auec des paroles tragiques, c'eftoit de m'accufer lors, & me faire fubir la peine ordonnee par les loix à telles
fautes. S'il me voyoit faire chofe digne d'vne accufation publique, il me deuoit deferer & me tirer en iugement deuant vous.
Si i'auois propofé quelque chofe contre les loix, m'accufer comme infracteur d'icelles (Il n'y a pas d'apparence, que celuy qui accufe Ctefiphon pour l'amour de moy, ne m'euft accufé moy-mefme, s'il en euft eu fubiect) S'il m'a veu faillir en quelqu'vne des
façons qu'il vous a icy difcouru & impofé, les loix y font, les a-
mendes , les actions, les iugements qui propofent des grandes &
feueres peines à femblables mesfaits, chacun s'en peut feruir. S'il
s'y fuft gouuerné ainfi , & qu'il en euft vfé de cefte façon , fon accufation pourroit feruir à ce qu'il veut faire. Mais maintenant que
laiffant le droict chemin , & le moyen qu'il auoit de reprendre
mes fautes fur le champ, tant de temps apres , il vient auec des re-
proches, des fornettes & des iniures affemblees à m'ataquer, il faict
vrayement le meftier d'vn iouëur de farces: par ce moyen il fe void
que ie fuis celuy contre qui il parle, & neantmoins que c'eft Ctefiphon qu'il accufe, & que toute cefte accufation n'eft fondee que
fur la hayne qu'il me porte : & bien qu'il ne m'ait iamais ofé accufer, il monftre qu'a mon accufation il en veut condamner vn autre.
Meffieurs, d'autres pourróient dire beaucoup de chofes auec raifon pour la deffence de Ctefiphõ, mais pour moy i'en puis dire vne
que le iuge pleine d'equité & de iuftice. C'eft qu'il me femble que
nous deuons exercer nos haines fur nos ennemis, & nõ pas laiffer
l'occafiõ de les tirer au cõbat, & les mettre en iuftice, pour recher-
cher les moyens de nuire à d'autres qui n'en peuuent mais. Car cela eft vne extreme iniuftice. On peut donc voir par ce que i'ay dit
qu'en toutes ces accufations propofees il n'y a rien de iuftice ny
de verité. Mais ie veux examiner cela par le menu : Et principalement tout ce qu'il a controuué toucfiant la paix, & mon ambaffade, enquoy il m'impute tout ce qu'il a faict par Policrate & par
luy. Or eft-il befoin Meffieurs, & a mon aduis fort a propos, de
vous reprefenter les chofes, felon le temps qu'elles ont efté faites,
afin que vous voyez comme tout s'eft paffé , & en quelle faifon.
La guerre s'eftant meuë contre les Phocenfes, non par mon faict,
car ie ne me m'eftois point lors des affaires , vous eftiez tellement

difpofez,que vous defiriez les conferuer, bien que vous fçeuffiez
qu'ils euffent faict beaucoup de chofes à la verité tres-mauuaifer.
Quant aux Thebains,vous n'euffiez pas efté lors marris , quand il
leur fuft arriué quelque mal-heur. Et non fans caufe eftiez vous
courroucez contr'eux:car ils n'auoient pas vfé moderement de la
bonne fortune qu'ils auoient eu à Leutres. Outre cela Peloponeffe eftoit tout diuifé de factions , ceux qui hayffoient les Lacedemoniens n'eftoient pas affez forts pour les ruyner , & d'autre cofté ceux és mains defquels ils auoient mis le commandement des
villes, l'auoient perdu. Bref & là & en tout le refte de la Grece, ce
n'eftoit que trouble & diffention , que l'on ne pouuoit appaifer.
Philippe en ayant cognoiffance: car cela n'eftoit pas fort fecret,
faifant quelque defpence pour gaigner les traiftres en chafque
lieu,esbranla & mift tout en côfufion. Et ainfi faifoit il fon profit
des fautes des autres , & fe fortifioit de leur imprudence & indif-
cretion,procurant leur ruyne à tous. Or comme les Thebains furent ennuyez de la longueur de la guerre qu'ils auoient eu contre vous , & virent qu'eux qui vous auoient auparauant endom-
magez,commençoient à auoir du pire,ils furent fur le poinct de fe
ietter entre vos bras,& voyoit-on bien que la neceffité les y con-
traignoit. Philippe pour empefcher ce coup , & que les villes ne
s'accordaffent,commêça à vous offrir la paix, & fecours aux The-
bains.Ce qui l'ayda fort à ce deffein,& à vous furprendre & ruyner peu s'en falut , ce fut voftre facilité, à vous laiffer volontairement tromper,& la malice & ignorance des autres Grecs,lefquels
voyans que vous auiez entrepris vne grande & continuelle guerre,pour le falut commun de tous , comme l'effect l'a monftré, ne
vous fecoururent iamais ny d'argent, ny d'hommes , ny d'autre
chofe quelconque. De forte qu'eftans iuftement offenfez contre
eux,vous auiez occafion de prefter l'oreille à Philippe. La paix
donc qui fut lors accordee, fuft pour cefte confideration , & non
à ma pourfuitte, comme celuy-là vous a voulu impofer. Et fe
trouuera à qui s'en voudra bien informer,que les fautes que luy &
fes compagnons corrompus par argent firent en ce traicté , font
caufe des affaires que nous auons maintenant fur les bras. Et cela
ie defire vous le difcourir au vray & l'examiner fidelement. Car
s'il fe trouue de la faute en ce faict là, il n'y a rien du mien.Le premier qui parla iamais de la paix, ce fut Ariftodeme le ioüeur de
tragedies. Celuy qui l'entreprit apres luy & propofa le decret, ce

fut Philocrates Agnufien eftant gaigné par argent, il eftoit voftre
compagnon & non le mien, quoy que vous difiez & mentiez, &
en deuffiez vous creuer. Ceux qui le fouftindrent ce fut Eubulus
& Ctefiphon: la raifon ie la tairay pour le prefent. Quant à moy ie
n'eftois point meflé en tout cela.　Or combien que les chofes fe
foient paffees ainfi, & que cela foit la pure verité, toutesfois il a e-
fté fi impudent de dire, que i'ay efté caufe de cefte paix, & qui plus
eft que i'ay empefché que vous ne l'ayez faicte, auec le Confeil
commun de tous les Grecs. Si ainfi eftoit ie ne fçay de quel nom
Efchines ie vous doibs nommer.　Vous qui eftiez prefent, vous
me voyez negocier vn fi grand affaire, vne telle confederation de
telle confequence que vous auez difcouru auec vne voix tragique, vous voyez faire ce tort au public, que n'en faifiezvous plainte? que ne montiez vous en chaire, pour remonftrer tout ce dont
vous m'accufez maintenant? Si i'eftois gaigné par Philippe pour
empefcher que les Grecs ne traictaffent en commun, il ne vous
en falloit pas taire, mais crier, protefter & le defcouurir au peuple.
Or cela n'auez vous iamais faict, perfonne n'a iamais ouy cefte
voix-là de vous, l'on n'auoit enuoyé aucune ambaffade vers les
Grecs, l'on auoit des-ja affez defcouuert leurs intentions, & de
tout ce qu'il vous a dict touchant cela, il n'y en a pas vn feul mot
de verité. En cela fans doute il faict grand tort à noftre ville, & dit
des menteries qui tournent à fon grand des-honneur.　Car fi en
mefme temps, vous auez enuoyé des Ambaffadeurs vers les autres villes pour les exciter à la guerre, & d'autres vers Philippe
pour demander la paix, vous auez faict vn acte digne d'Euribate,
& nó d'vne telle ville, vn acte certes indigne de gés de bié. Mais il
n'eft rien de cela, il n'en eft rien. A quel propos euffiez-vous enuoyé vers les autres villes, pour traitter de la paix? ils l'auoient
lors: pour traitter de la guerre? vous traittiez la paix. Ie ne fuis dóc
pas le premier autheur de cefte paix comme il vous a voulu dire,
& n'y a rien comme vous voyez de vray en tout ce qu'il vous a
conté.　Maintenant confiderez vn peu depuis cefte paix faicte à
quoy luy & moy nous sómes addnez, & quels deffeins nous nous
fommes propofez.　Par là vous cognoiftrez lequel des deux a fa-
uorifé Philippe, lequel des deux a fait voftre profit, & recherché le
bien de voftre ville.　Eftant lors du Confeil ie propofay que l'on
depefchaft des Ambaffadeurs qui allaffent en diligence trouuer
Philippe à l'endroict où il feroit pour prendre le ferment de luy.

Ceux-cy ne le voulurent iamais. Or combien cela importoit ie le
vous monstreray. Philippe auoit grand interest de differer long-
temps à iurer la paix , & vous au contraire de la haster. Pourquoy ? Pour ce que non pas du iour que la paix auoit esté iuree,
mais du iour qu'elle auoit esté esperee, vous auriez laissé tous vos
preparatifs de guerre , luy au contraire les auoit, toussiours continué. Estimant comme il estoit bien vray, que tout ce qu'il prendroit de sur nous, auant que la paix fust iuree, luy demeureroit, &
que pour cela on ne la voudroit pas rompre auec luy. Ce que preuoyant & considerant ie proposay ce decret. Que l'on enuoyast
au lieu où Philippe estoit, & que le plustost que l'on pourroit l'on
luy fist iurer la paix, afin que pour le moins Serrion Myrtion, &
Ergisque , qui sont places qui appartiennent aux Thebains, vos
confederez, desquels cestuy-cy se mocquoit tantost, leur demeu-
rassent , & que Philippe ne prist pas ces forteresses d'importance,
pour demeurer puis apres maistre de toute la Thrace, & s'acque-
rant par ce moyen forces hommes & forces finances, il ne vint ai-
sement à bout du reste de ses affaires. Eschines se garde bien de
parler de ce decret-là, & de le faire lire. Mais il me calomnie de ce
qu'estant du Conseil, i'ay esté d'aduis qu'il falloit faire venir les
Ambassadeurs de Philippe. Que falloit-il donc faire ? ordonner
qu'eux qui estoient venus pour conferer auec vous ne feroient
point ouys ? ou que le Maistre des ceremonies ne leur bailleroit
point de place au Theatre ? Pour deux oboles ils pouuoient auoir
place au Theatre, quand on ne l'eust point ordonné. Quoy vou-
loient-ils que ie m'amusasse à espargner à la ville vne chose de
neant, & que ie vendisse à Philippe comme ils ont faict les affaires
de consequence ? A Dieu ne plaise. Prenez donc & lisez le decret
que celuy-cy a teu à son escient. *Mnesiphile estant Preuost le dernier*
iour d'Auril la lignee Pandionide estant en tour de commander, Demosthene
Payanien fils de Demosthene a dit, que puis que Philippe a enuoyé des Am-
bassadeurs vers le peuple d'Athenes, pour traitter de la paix, & accorder les
articles qui ont esté dressez, qu'il sembloit bon au Conseil, & au peuple d'A-
thenes, qu'attendu que la paix est concluë & confirmee par la derniere assem-
blee, que l'on choisist cinq hommes de la ville pour aller en Ambassade vers
Philippe , & que ceux qui seront esleus aillent en diligence au lieu où il sera,
pour receuoir & prester le serment, suyuant les articles qui ont esté accor-
dez entre luy & le peuple d'Athenes , y comprenant les alliez & confede-
rez les vns des autres. Les esleus pour Ambassadeurs ont esté Eubulus Ana-

*phyſtien, Eſchines Cothocidien, Cteſiphon Rhamuſien, Democrates Philien-
ſe, Cleon Cothocidien.* Apres que i’eus publié ce decret, par lequel ie
ne cherchois que le profit de la ville, & non celuy de Philippe, ces
beaux Ambaſſadeurs-cy, ne ſe ſoucians pas beaucoup des affaires
publicques, furent trois mois tous entiers en Macedoine à attendre que Philippe reuint de Thrace, où il reduiſit cependant en ſa
puiſſance tous les forts, au lieu qu’ils pouuoient en dix iours, voire en trois ou en quatre l’aller trouuer en l’Heleſpont, & ſauuer
toutes ces places-là, en iurant la paix auant qu’elles fuſſent priſes.
Car il n’y euſt touché en leur preſence, & s’il l’euſt faict, nous
n’euſſions pas iuré la paix, & n’euſt pas eu comme il a la paix & les
places tout enſemble. Voyla doncques la premiere tromperie de
Philippe au fait de la paix, & la premiere meſchanceté qu’ont fait
ces gens-cy, corrompus par argent, que i’eſtime ſans doubte ennemis & des Dieux & des hommes, qui eſt l’occaſion pour laquelle depuis ie leur ay touſiours faict profeſſion d’inimitié, & fais &
feray à l’aduenir. Voyez vne autre ſignalee meſchanceté, qu’ils firent incontinent apres. Quand Philippe nous eut iuré la paix, ayant auparauãt occuppé comme i’ay dit, toute la Thrace par la faute de ceuxcy, qui ne firent pas ce que mon decret leur enioignoit,
il trouua moyen de gaigner d’eux encore par argent, qu’ils ne
partiſſent point de Macedoine, iuſques à ce que l’armee qu’il dreſſoit contre les Phocenſes fuſt preſte. Craignant que s’ils vous
euſſent rapporté, qu’il euſt deſſein de s’acheminer là, vous auec
vos galleres, & tyrant vers les Pyles, comme vous auiez faict auparauant, ne prinſſiez le paſſage. Mais afin que quand vous en auriez la premiere nouuelle, il fuſt des-ja dans les Pyles, & en euſt
occupé le pas. Or Philippe auoit tant de peur, qu’entendant celà,
vous ne prinſſiez reſolution de ſecourir les Phocenſes, auant qu’il
les euſt pris, & que ceſte occaſion ne luy eſchappaſt, qu’il pratiqua
encore à part ceſt abominable-cy, & le gaigna par argent, afin qu’il
vous apportaſt les choſes de la façon dont il fit, ce qui a eſté cauſe
de tout ruyner. Ie vous prie (Meſſieurs) & vous ſupplie de croire
que ſi Eſchines n’euſt rien meſlé en ſon accuſation hors de propos, & outre ce qui touche Cteſiphon, ie ne parlerois auſſi de rien
autre choſe, mais puis qu’il y a meſlé toutes ſortes d’iniures & de
conuices contre moy, ie ſuis contrainct de reſpondre briefuement à chaſque poinct de ſon accuſation. Quel doncques fut lors
ſon recit auec lequel il a tout ruyné ? il ne faut point, diſoit-il, vous

eſmouuoir

esmouuoir de ce que Philippe est entré dãs les Pyles,pourueu que vous ayez vn peu de patience vous aurez tout ce que vous demãdez,vous entendrez dans deux ou trois iours qu'il sera deuenu bon amy , à ceux de qui il se dit ennemy , & qu'il sera deuenu ennemy de ceux qui l'estiment leur amy: adioustant à cela auec vne magnifique parole ces mots:Les amitiez ne se lient & affermissent pas par les paroles, mais par l'vtilité que l'on en reçoit. Or est -il vtile à Philippe,aux Phocenses,& à vous tous de vous descharger de la stupidité & importunité des Thebains. Quelques vns prindrent plaisir à ces paroles-la , à cause de la grande hayne que l on portoit lors aux Thebains mais qu'est-ce qui s'en est ensuiuy tost apres ? Les pauures Thebains,n'ont-ils pas esté tous ruinez? leurs villes ont elles pas esté demantelees ? & vous qui vous teniez les bras croisez & vous fiez sur les paroles de cestuy-cy , n'auez vous pas esté contraints incontinēt apres de quitter la campagne,& serrer vos meubles dans les villes, pendant que cestuy-cy en a eu de bon argent , nostre ville l'enuie & la haine des Thebains , & les Thessaliens & Philippe le profit de tout ce qui s'est passé ? Qu'il soit ainsi, lisez le decret proposé par Calistenes, & la lettre de Philippe,par la vous cognoistrez euidemment tout ce qui en est,*Mnesipnile estant Preuost , les generaux d'armée ayant fait assembler la ville en conseil,le dernier iour de Septembre, Callistenes fils d'Etheonie Phalerië de l'aduis des Pritannees & du conseil, proposa ce qui s'ensuit. Que personne pour quelque subiect que ce fust, ne se tienne la nuict à la campagne,mais que chacun se retire à la ville,& dans le Pyree,en sorte qu'aucun ne parte ny iour ny nuict de sa garnison , & que chacun garde le rang qui luy a esté baillé,sans en sortir ny iour ny nuict: que s'il se trouue auoir contreuenu à la presente ordõnance,il sera puni cõme cõuaincu de trahisõ, Sinon qu'il face apparoir qu'il luy ayt esté impossible d'y satisfaire: dequoy les colonnels,le procureur de ville & le greffier du conseil aurõt la cognoissance. L'on apportera des chãps les meubles le plustost que faire se pourra : ceux qui sont à 5.lieues seront apportez à la ville & à Pyree. Ceux qui sont plus esloignez à Eleusine, Phylla, Aphidna, Rammunte & Simon, Voyla ce que dit Callistenes Phallerien.* Estoit ce la l'esperance que vous auiez en faisant la paix?estoit - ce la ce que vous promettoit cet ambassadeur mercenaire? que l'õ lise encore la lettre q̃ Philippe vo⁹ escriuit apres tout cela.*Philippe Roy de Macedoine au cõseil & au peuple d'Athenes Salut.Vous auez entēdu cõme i'ay passé les Pyles, & cõquis tout ce qui est en la Phocyde,mis garnisõ es*

villes qui se sont rendues à moy, & pris par force, reduit en seruitude, &
demantelé celles qui ont voulu faire resistance. Estant aduerty que vous de-
liberiez de les secourir, i'ay aduisé de vous escrire, afin que vous ne vous en
missiez point en peine. Car pour tout il me semble que vous feriez chose hors
de raison, ayant faict la paix auec moy de vous armer contre moy, veu que
ceux de Phocee ne sont point compris aux traittez que nous auons faict en-
semble. De sorte que si vous contreuenez à ce que nous auons accordé, vous
ny profiterez d'autre chose, sinon de monstrer la volonté que vous auez de
m'offenser. Vous voyez ce que Philippe vous escrit, c'est autant que
s'il disoit à ses alliez, sçachez que i'ay fait tout cela, à la barbe des
Atheniens, & en despit d'eux. De sorte que si vous estes sages,
Messieurs les Thebains & Thessaliens, vous les tiendrez pour ennemys, & prendrez asseurance de moy : bien que ce ne soit pas là
les mots de sa lettre, si en est-ce la substance, & ce qu'il veut
qu'on entende par ce qu'il escrit. De sorte qu'il les a rangez à ce
point, que ne preuoyant nullement la consequence des affaires,
ils luy ont laissé faire ce qu'il a voulu : dont les pauures Thebains
portent bien maintenant la peine. Or celuy qui seruoit à Philippe
pour vous persuader ce qu'il vouloit, & qui trauailloit auec luy,
c'estoit ce compagnon-cy, lequel vous rapportoit ainsi de fausses
nouuelles, & vous trompoit vilainement. Et neantmoins il pleu-
roit tantost les fortunes des Thebains, & en discouroit comme
d'vne chose fort lamtable : bien que de tout cela, & de tout ce que
les Phocenses, & tous les Grecs ont enduré de maux il en soit la
seule cause. Ainsi Eschines vous deplorez les accidens arriuez aux
Thebains, vous qui possedez tant de biés en la Beoce, & auez tant
de terres qui leur appartenoient, & moy que Philippe qui les a ruinez, demandoit pour en faire à sa discretion, m'en resioüis. Mais
ie suis tombé sur vn discours, qui sera peut estre plus à propos en
quelque endroit, & pour ce retournons à ce que nous auons cô-
mencé de monstrer que ces gens icy par leur corruption & meschanceté, sont la vraye cause de tous les maux que nous sentons
maintenant. Car apres que Philippe vous eust trôpé, par le moyé
de ces gens icy, qui s'estoient loüez à luy pour vous rapporter les
choses autrement qu'elles n'estoient : Et que les pauures Phocen-
ces eurent esté surpris & leurs villes ruinees, qu'en aduint-il ? ces
miserables Thessaliens, ces pauures bestes de Thebains, estime-
rent Philippe leur amy, leur bien-facteur, & conseruateur : c'e-
stoit leur tout. Et n'eussent pas permis qu'on leus eust rien dit au

contraire. Quand à vous, vous auiez affez fufpectes les actions
de Philippe, & en eftiez affez defplaifants, toutesfois vous defiriez la paix : car qu’euffiez-vous faict tous feuls? quant aux autres
Grecs, ils auoient efté trompez comme vous, & eftoient defcheuz
de leur efperance, & bien qu’ils euffent efté defia fort offenfez, fi
defiroient-ils le repos. Car lors que Philippe tournant ça & la au
tour des Illiriens & Tribales, ruinoit plufieurs peuples de Grece
& s’en acqueroit vne grande puiffance, plufieurs des villes, & entre autres Efchines foubs pretexte de la paix l’allerent trouuer,
mais il les corrompit, & prift cependant les villes contre lefquelles il auoit faict ces preparatifs-la. De fçauoir à cefte heure fi elles
ne s’en apperceuoient pas, & fi elles en eftoient pas aduerties, c’eft
vn faict à part, & qui ne me touche point. Et pour moy en quelque lieu que i’aye efté, foit icy, foit ou vous m’auez enuoyé ie l’ay
toufiours predit & protefté, mais les villes eftoient ie ne fçay comment malades, les vns qui auoient charge des affaires & du gouuernement, eftans corrompus par argent, les autres particuliers
ne preuoyans rien pour la plus part de ce qui deuoit arriuer, alle-
chez par la douceur du repos auquel ils fe voyoiết pour lors. Bref
ils eftoient tous frapez de cefte maladie, qu’ils penfoient que le
mal commun ne viendroit iamais iufques à eux, & que quand ils
voudroient ils fe retireroient du danger qui menaçoit tous les autres. Ainfi leur-eft il arriué à mon aduis à la plufpart, que par vne
trop grande nonchalance & pareffe hors de faifon, ils ont perdu
leur liberté, & les principaux d’entre’eux qui penfoient auoir tout
vendu fors qu’eux, fe font trouuez les premiers liurez. Car au lieu
que lors que l’on les corrompoit, on les appelloit hoftes & amys,
maintenant on les appelle flatteurs, ennemys des dieux, & autres
mots qui leur appartiennết bien. Car il n’y a perfonne (Meffieurs)
qui vueille defpendre fon argent, pour faire le profit des traiftres,
ny qui fe ferue puis apres de leur confeil, quand il eft vne fois maiftre de ce qu’ils luy ont vendu. Autrement les traiftres feroient les
plus heureufes gẽs du mõde, mais cela n’eft point, cela n’eft point.
Et pourquoy cela feroit il fans doubte il s’en faut beaucoup. Au
contraire quand celuy qui cherche de s’emparer d’vn eftat, s’eft
vne fois eftably & rẽdu maiftre de ceux qui le luy ont liuré, cog-
noiffãt leur mefchãceté, deflors mefmes il cõmẽce de les hayr, à fe
deffier d’eux, & les diffamer. Cõfiderez dõc cela ie vo’ prie, car biẽ
que la faifon de pouruoir à nos affaires foit coulée, toutesfois il eft

touſiours temps à ceux qui qui ſont ſages , de faire leur profit des
fautes paſſees. Philippe appelloit Laſtenes ſon bon amy, iuſques à
ce qu'il luy euſt liuré Olinthe, & Timolaus iuſques à ce qu'il euſt
faict ruiner Thebes, Eudicus & Simus de Lariſſe, iuſques à ce qu'ils
eurent ſoubſmis la Theſſalie à ſon obeyſſance. Mais puis apres
quand on les chaſſa auec iniures, & mille maux qu'on leur fit endurer, vous euſſiez veu tous les endroits de la terre pleins de traiſtres, qui ne ſçauoient où ſe retirer. Quoy? Ariſtius de Sicione, &
Perilaus de Megare, ont-ils pas eſté miſerablement chaſſez? D'où
l'on peut clairement iuger, que celuy qui conſerue vertueuſement
ſon pays , & s'oppoſe aux traiſtres, vous conſerue meſme Eſchines, & a tous les autres qui ſe ſont laiſſez gaigner, l'argent que l'ő
vous a donné, pour vous corrőpre, & que par leur moyen & de ce
qu'ils empeſchent vos meſchants deſſeins, vous vous ſauuez auec
le reſte du pays, & ne laiſſez pas d'auoir l'argent, qui vous a eſté
donné. Car quant à vous, vous auez faict tout ce qu'il vous a eſté
poſſible pour nous perdre. Or de ce qui a eſté faict lors, il y a beaucoup d'autres choſes que i'en pourrois dire, mais ce que i'en ay dit
n'eſt que trop ſuffiſant. Et ce que i'en ay tant dict n'eſt que par la
faute d'Eſchines, qui a vomy ſur moy tant d'iniures comme la lye
de ſes meſchancetez, laquelle i'ay eſté contrainct de purger, a l'endroict de ceux qui pour n'auoir pas eſté de ce temps, ſont mal informez de la façon, dont les affaires ſe ſont paſſez. Peut eſtre ce
diſcours vous aura-il ennuyé, d'autant qu'auãt que i'euſſe ouuert
la bouche vous ſçauiez aſſez toutes les corruptiős de cet hőme cy
leſquelles il nőme droits d'amitié, & hoſpitalité. Car en vn endroit
il a vſé de ces mots. Il me reproche l'amitié d'Alexandre cőme vn
grãd crime: A quoy l'auriez-vous acquiſe? à quoy l'auriez-voˢ meritee? Ie n'ay dit, ny que vous ſoyez hoſte d'Alexãdre, ni que vous
ſoyez ſő amy, ie n'ay pas tãt perdu l'eſprit ĝ cela: ſinő que ie vueille appeller les ouſtreős, & autres mercenaires les amis de ceux qui
les employẽt. Mais on ne parle pas ainſi. Et cőment euſſe-ie dit cela; vray emẽt il s'ẽ faut beaucoup. Biẽ ay-ie dit cy-deuãt, que vous
eſtiez appointé de Philippe, & que vous l'eſtes maintenãt d'Alexãdre, & chacũ le dit auec moy. Et ſi vous en doutez, demãdez le
à qui vous voudrez, Voulez-vous que ie leur demãde pour vous?
Penſez-vous Meſſieurs, qu'Eſchines ſoit amy ou mercenaire d'A-
lexandre? eſcoutez ce qu'ils diſent. Mais ie veux maintenant luy
reſpondre à ce dont il accuſe Cteſiphon , & vous faire enten-

dre quelles ont esté mes actions, afin qu'il sçache bien, qu'il ne l'i-
gnore pas, pourquoy ie pretends non seulement meriter les recompenses qui m'ont esté ordonnees, mais encore de beaucoup
plus grandes. Et pour ce qu'on life l'inscription d'Eschines.
Charondas estant Gouuerneur le sixiesme iour de Feurier Eschines fils de
Attromettes Cothocidien, est venu vers le Preuost, & a deferé Ctesiphon
fils de Leosthenes Anaphlistien, d'auoir côtreuenu aux loix, pour auoir propo-
sé vn decret contraire à icelles, par lequel il ordonne, que Demosthene fils de
Demosthene Payanien, sera couronné d'vne couronne d'or, laquelle sera pro-
clamee au Theatre durant les grands jeux de Bacchus, lors que les nouueaux
ioüeurs de tragedies y seront : & ce en recognoissance de sa vertu, de l'affe-
ction qu'il a tousiours porté & monstré par effect, tant à tous les Grecs en
general qu'au peuple d'Athenes, en tesmoignage de sa vaillance & encore en
recompense de ce qu'en tous ses faicts & paroles il a tousiours recherché le
bien du peuple, comme il est encore prest de faire, en tout ce qu'il luy sera possi-
ble : En quoy il a donné faux entendre au peuple, & a ordonné des choses qui
sont contraires aux loix. Pour ce premierement que les loix deffendent que
l'on n'insere rien aux registres publics qui ne soit veritable, secondement que
l'on ne adiuge la couronne à personne qui soit subiect à rendre compte, comme
Demosthene l'est, ayant eu la charge de faire refaire les murs : d'auantage que
la proclamation ne s'en face au Theatre à la veue des nouueaux ioueurs de
tragedies : mais ordônêt que si c'est le Côseil qui dône la courône, qu'elle soit pro-
clamee au côseil, si cest la ville qu'elle soit proclamee à Pnyques en pleine assé-
blee, à peine de 30. mille escus d'amêde. Les Huissiers qui ont adiourne l'accusé,
sôt Cephisophô fils de Cephisophô Ramnusiê, Cleô fils de Cleô Cothocidiê. Voyla Messieurs ce qu'Eschines accuse de ce decret, ie pense vous monstrer clairemêt que i'ay à tout cela de tres iustes & pertinêtes deffenses. Ie suiuray le mesme ordre qu'Eschines a gardé en ceste in-
scriptiô & y respôdray de poinct en poinct, sans en riê oublier que
ie puisse. Le iugement de ce que Ctesiphon à mis dans son decret,
que i'auois tousiours fait le mieux, qu'il m'auoit esté possible pour
vostre seruice, que i'auois intention de continuer, & que ie meritois d'en estre loüé, depend à mon aduis de mes actions, & depor-
tements au maniement de vos affaires. Quand vous les aurez examinez, vous iugerez aisément si Ctesiphon à dict vray ou non.
Quant à ce qu'il n'a pas mis ces mots, que ie serois couronné &
proclamé au Theatre, apres que i'aurois rendu compte, ie pense
que cela depend aussi de mes actions, & de sçauoir si elles sont telles, que i'en merite la couronne, & vne proclamation telle qu'elle

a esté ordonnee. Et apres cela il me restera à vous monstrer, que Ctesiphon n'a rien ordonné qui ne soit permis par les loix. Ainsi Messieurs, pensay-ie vous pouuoir rendre ma deffence legitime: & fort aisee à comprendre.   Ie viens doncques à ce que i'ay faict, au maniement de vos affaires. Que si ie descends au discours de celles de la Grece, personne à mon aduis ne me peut iustement reprendre, comme m'esloignant de la deffence du crime dont on me charge. Car celuy qui blasme ce decret, de ce qu'il est porté par iceluy, que i'ay faict de grands seruices à la republique, & dict que cela est faux, me iette par force en ce discours, & me contraint vous faire entendre la façon dont ie m'y suis gouuerné. Ioint que ayant plusieurs sortes d'occupations en la republicque, i'ay choisi de m'employer au maniement des affaires de la Grece. Et pour ce auec raison vous veux-ie monstrer en ce subiect, quelles ont esté mes actions. Ie laisseray donc ce que Philippe auoit faict, & qu'elles places il auoit occupé auparauant que ie me meslasse du gouuernement.   Car ie pense que cela ne me touche poinct. Mais en quoy ie me suis employé depuis ce iour là, & ce que i'ay empesché qu'il ne fist, ie vous en rendray bon compte, s'il vous plaist d'entendre seulement ce mot auparauant. Philippe auoit beaucoup d'auantage sur nous, car entre les Grecs ie ne dis point icy, mais par tout, il auoit vn grand nombre de traistres, & hommes gaignez, ennemis de Dieu & du pays, voire tel nombre que iamais on n'en ouyt parler de semblable, auec l'ayde & secours desquels, ayant des-ja trouué les Grecs mal entr'eux, & tous diuisez en factions, il les mit encores pis en les trompant, donnant aux vns, & ruinant du tout les autres. Bref il les diuisa en plusieurs partis, eux qui deuoient estre vnis pour empescher son accroissement, & sa grandeur. Les choses estant en cet estat, & personne ne s'apperceuant encore du mal qui se preparoit à tous les Grecs, c'est à vous à considerer Messieurs ce qui estoit à faire, & m'en demander compte. Car ie m'estois lors disposé à pouruoir aux affaires de la ville. Que pensez-vous Eschines, qu'il fallut faire lors? Quoy que nostre ville quittant ce qui estoit de son ancienne dignité, se laissast opprimer par Philippe, comme auoient faict les Thessaliens & les Dolopes, luy permit de s'emparer de la domination de toute la Grece, & laissast perdre les droicts & l'honneur que ses predecesseurs luy auoient acquis? Sans doubte c'eust esté vne fascheuse chose, & qui fust toutesfois arriuee, si celuy qui le preuoyoit & preſſentoit, ne l'euſt empeſché. Ie demanderois volontiers maintenant, à celuy qui blaſme ce que l'on fiſt lors, quel party il euſt voulu que la ville euſt pris? Celuy qui a aydé à reduire les Grecs en la miſere où ils ſont, comme on pourroit dire des Theſſaliens, & de ceux qui les ont ſuiuy, ou de ceux qui ont negligé les affaires, & tout laiſſé paſſer de ceſte façon, en eſperance de faire leur profit particulier? comme ont faict les Arcadiens, Meſſeniens, & Argiens. Or la pluſpart de ceux-là, voire tous pour mieux dire, y ont plus mal faict leurs affaires que nous. Quand biẽ Philippe apres les conqueſtes qu'il auoit faict ſe fuſt retiré en Macedoine, ſans rien attenter ny ſur vos aſſociez, ny ſur les autres Grecs, neantmoins il y euſt eu occaſion de blaſmer ceux qui ne ſe fuſſent pas oppoſez à ſes deſſeins. Mais puis qu'il vſurpoit l'honneur, la liberté, la preéminence, & principalement le gouuernement de toutes les villes, n'auez vous pas faict vn acte glorieux quand vous m'auez creu, & que vous vous y eſtes oppoſez? I'en reuiens donc là: Que falloit-il Eſchines que fiſt ceſte ville, lors qu'elle voyoit que Philippe vouloit vſurper le commandement, & vne tyrannie ſur toute la Grece? que falloit-il lors que ie conſeillaſſe au peuple? Car c'eſtoit là l'importance. Moy qui ſçauois que de tout temps iuſques au iour que ie commençay à parler en public, noſtre ville auoit genereuſement combatu pour l'honneur & la preéminence, & plus perdu d'hommes, & employé d'argent elle ſeule pour conſeruer l'honneur & la liberté de la Grece, que n'auoient faict les autres Grecs tous enſemble, bien qu'il y allaſt plus du leur, & qui voyois que Philippe à qui nous auions affaire, apres auoir perdu vn œil, & eſté bleſſé en la gorge, en vne main & en vne iambe, ne ſe laſſoit point, & eſtoit preſt de compoſer auec la fortune, & achepter d'elle au prix du plus cher de ſes membres l'honneur & la gloire, pour en orner & couronner le reſte de ſa vie. Ie ne ſçay pas qui pourroit eſtre ſi effronté, que de dire que Philippe nay & nourry en vne petite ville de Pele, petit lieu & incogneu, deuſt auoir tant de generoſité & de courage, que de vouloir ſubiuguer toute la Grece & ſe mettre cela en l'eſprit, & que vous qui eſtes Atheniens, qui auez tous les iours dãs les oreilles & deuant les yeux, les belles actions & les mouuements de la vertu de vos anceſtres, deuſſiez eſtre ſi laſches, que de laiſſer volontairement vſurper à Philippe la liberté de la Grece. Il ne ſe trouue perſonne qui die cela. Il s'enſuit doncques qu'il eſtoit raiſonna-

ble, voire neceſſaire de s'oppoſer à ce qu'il entreprenoit iniuſtement. Ce que vous auez faict dés le commencement, comme
vous deuiez certainement. En quoy ie me ſuis employé, en ay e-
ſté d'aduis, & l'ay faict ordonner durant que ie me ſuis meſlé des
affaires, ie le confeſſe. Ie vous demande Eſchines que me falloit-
il faire. Ie laiſſe le reſte, ie ne parle point d'Amphipolis, Pydne,
Potidee, Aloneſſe. Ie ne peux pas ſçauoir ſi iamais Serrion, Do-
riſque & Preparet ont eſté pris, ny me ſouuenir des autres iniures que ces villes là ont enduré. Et toutesfois vous auez dict que
i'auois eſté cauſe de les rendre ennemies de Philippe par ce que
i'en auois parlé, bien que ç'ayent eſté Eubule, Ariſtophon & Dia-
petus qui ont faict les decrets touchant ces villes-là, & non pas
moy. C'eſt grand cas que vous eſtes ſi prompt à dire tout ce qui
vous vient en la bouche. Ie ne parle donc plus de cela. Mais ie
vous demande quand il s'emparoit de l'Eubee & qu'il y dreſſoit
vn cauallier pour battre toute la Grece, qu'il entreprenoit contre Megare, qu'il prenoit Oree, qu'il rompoit le traicté, qu'il donnoit le gouuernement d'Oree à Philiſtide, & celuy d'Eritree à
Clytarchus, qu'il occupoit tout l'Heleſpont, qu'il aſſiegeoit Biſance, & les villes de Grece, en ruinant les vnes; & rappellant les
bannis aux autres, faiſant tout cela, offençoit-il ceſte ville? con-
treuenoit-il aux traictez? rompoit il la paix ou non? falloit-il qu'il
ſe trouuaſt lors quelqu'vn entre les Grecs qui s'oppoſaſt à luy ou
non? s'il ne le falloit point empeſcher, & qu'il falluſt que la Grece
fuſt comme l'on dict la proye des Myſiens, au ſçeu & à la veuë
des Atheniens, ie côfeſſe que i'ay bien perdu du temps de m'eſtre
empeſché de tout cela & d'en auoir ſi ſouuent parlé, la ville a bien
pris la peine pour neant, d'auoir faict ce que ie luy ay conſeillé,
& faut reietter ſur moy la faute de tout ce qu'elle a faict. Que ſi au
contraire il falloit que quelqu'vn ſe preſentaſt pour rompre tels
deſſeins, à qui eſtoit-il plus ſeant qu'au peuple d'Athenes?
Voylà ce que i'ay faict lors, & voyant que Philippe vouloit aſ-
ſeruir tout le monde, ie m'y ſuis oppoſé, faiſant ce que ie pouuois
par mes diſcours & remonſtrances, afin qu'il ne vint à bout de
ſes deſſeins. Or ç'a eſté luy & non pas nous qui a rompu le premier la paix, quand il a pris nos vaiſſeaux. Qu'on repreſente donc
les decrets qui en furent faicts & puis ſa lettre. Car par là on co-
gnoiſtra qui a eſté cauſe de la guerre. *Meocles eſtant gouuerneur au*
mois de Iuillet, l'aſſemblee de ville ayant eſté conuoquee par les Colonels, Eu-
bulus

bulus fils de Mnesichee Cyprian à proposé ; Que sur ce que les Colonels ont rapporté en l'assemblee, que Laodamas auec les vingts batteaux qu'il conduisoit, pour faire charger du bled en l'Elespont ont esté emmenez en Macedone par Amyntas Lieutenant de Philippe, ou ils sont detenus, les Conseillers & Gouuerneurs fassent assembler le Conseil afin d'eslire des Ambassadeurs pour enuoyer vers Philippe, qui l'aillent treuuer & traicter pour la deliurance des vaisseaux, & du Capitaine & des soldats : Et luy fassent entendre que si Amyntas a faict cela par inaduertance, le peuple d'Athenes ne luy en sçaura point de mauuais gré, si Laodamas à faict quelque chose mal a propos contre le mandement qui luy auoit este donné, que les Atheniens l'ayant cogneu l'en chastiront selon que la quantité du delict le requerra. Que si ce n'est ne l'vn de l'autre, mais que ce soit Philippe & son Lieutenant qui nous vueillent traitter indignement & iniurieusement, qu'il declare son intention, afin que le peuple en estant aduerty prenne resolution de ce qu'il en doit faire. C'a doncques esté Eubulus qui a dressé ce decret & non moy. Et Aristophon qui a dressé celuy qui suit apres, & Hegesippus le troisiesme, Aristophon le quatriesme, Philocrates le cinquiesme, Cephisophus le sixiesme, & ainsi des autres, sans que i'y sois nommé : que l'on lise le decret. Neocles estant gouuerneur le dernier iour d'Aoust, sur ce que les Gouuerneurs & Colonnels ont rapporté au conseil, que le peuple auoit ordonné que l'on esliroit des Ambassadeurs pour aller vers Philippe touchant le recouurement des vaisseaux, qui luy feroient entendre le mandement qu'ils ont, & luy porteroient le decret du peuple, Cephisophus fils de Demophon Anagyrasien, Policritus fils d'Apymantus Cotocidien, ont esté esleuz pour faire cet ambassade, ce qui a esté fait, la lignee Hippotondite estant en tour de gouuerner, Aristophon Colitien president en l'assemblee, lequel a porté la parole. Comme ie vous represente ces decrets, monstrez donc Eschines aussi les decrets que i'ay faits, par lesquels vous pretendez que ie sois autheur de ceste guerre, mais vous n'en auez point. Si vous en eussiez eu, c'est ce qu'il falloit faire maintenant que de les monstrer. Philippe mesme ne s'en est iamais pris à moy, bien qu'il ait accusé d'autres. Que l'on lise la lettre qu'il en a escrit : Philippe Roy de Macedone au conseil & peuple d'Athenes, Salut. Vos Ambassadeurs estans arriuez deuers moy qui sont Cephisophus, Democritus, & Polycritus, m'ont parlé de relascher les vaisseaux que conduisoient Leodamas, vous estes bien simples si vous pensez que ie ne sçache que ces vaisseaux-là ont esté enuoyez pour soubs pretexte de descharger des grains en Helespont pour porter à Remnos, secourir les Selymbriens que ie tenois assiegez & qui ne sont

point compris entre les confederez denommez par mes traittez. Ce qui a esté
donné en charge au Capitaine de ces vaisseaux là, non par le peuple Atheniẽ,
mais par quelques-vns des principaux d'entre vous, & autres particuliers
qui veulent en toute façon, au lieu de l'amitié & confederation qui est contre
moy & le peuple d'Athenes y allumer la guerre. Ce qu'ils desirent plus que
le secours des Selymbriens, pensant que la guerre leur sera comme vne rente.
Il me semble que c'est chose qui n'est pas vtile ny pour vous ny pour moy, &
pource ie vous renuoye les vaisseaux qui auoient esté pris sur vous. Au reste quand vous ne permettrez point à ceux qui ont le gouuernemẽt de vos affaires de faire de ces meschancetez-là, ains les en chastiez, de ma part ie feray tout ce qu'il me sera possible pour conseruer vostre amitié. Dieu vous
tienne en prosperité. En tout cela il n'y a pas vn mot de Demosthene
ny vne seule plainte de luy. Comment ce fait cela donc, que celuy qui se plaint de tous les autres ne parle point de moy ? pource
qu'il ne pouuoit faire mention de moy qu'en vous faisant souuent
souuenir des iniures qu'il vous a faictes. Car ie le veillois, ie luy
estois tousiours contraire, & fus le premier autheur d'enuoyer des
Ambassadeurs au Pelloponesse lors qu'il s'y voulust couler, & depuis en Eubee quand il la voulut attaquer. Ie fis depuis enuoyer
non pas des Ambassadeurs, mais des forces à Oree & a Eritree lors
qu'il establit des tyrans en ces-villes-là. Et en fin ce fut moy qui
depescha l'armee naualle, qui sauua Cheronesse, Bisance, & tous
nos autres alliez, Dont vous auez receu tant de loüange, d'ho-
neur, d'estime, de presens, de couronnes, d'actions de graces, de
ceux que vous auez obligez par ce bien fait, & que Philippe vouloit ruiner. Ceux qui vous creurent se sauuerent, & quant à ceux
qui negligerent vos aduis, ils se souuiennẽt combien de fois vous
leur auez predit leur malheur, & n'estiment pas seulement la bien-
vueillance que vous leur portiez, ains aussi vostre prudence, vous
admirans comme oracles. Car tout ce que vous leur auez predict
leur est arriué. Chacun sçait & vous Eschine mieux que nul autre
combien d'argent Philippe eust volontiers dóné à Philistide pour
auoir Oree & Eritree, & s'en pouuoir seruir contre nous, & combien il en eust volontiers donné, afin qu'on le laissast faire & que
persóne ne s'informast & ne fit plainte des choses qu'il faisoit iniustement. Car les Ambassadeurs qui venoient icy de la part de Philistide & de Clitarche descendoient chez vous & leur prestiez vostre maison, lesquelles la ville renuoya, lors comme personnes
ennemies de ceste ville, & qui demandoient des choses

defraifonnables & dommageables. Toutesfois ils eftoient de
vos amis. Il n'y a donc rien en tout cela de mon faict. Et neantmoins vous me defchirez vilainement, & dites que ie prens de
l'argent pour me taire, & que ie recommence à crier quand il eft
defpendu: vous n'en faictes pas ainfi. Car vous criez auec l'argent
en la bourfe, & ne cefferez iamais iufques à ce qu'auiourd'huy
l'on vous impofe filence par vne condemnation pleine de honte
& d'infamie. Doncques, Seigneurs Atheniens, quand les con-
fiderations que ie vous ay remarqué, vous m'auez cy deuant ordonné vne couronne,(car voicy la feconde que i'ay eu) & que A-
riftonicus en a publié le decret en mefmes mots (fans qu'il y ait
vne fyllabe à dire) que Ctefiphon, la proclamation en ayant efté
faicte en plein Theatre, Efchines qui y eftoit prefent ne s'y eft
point oppofé, & n'a pas accufé celuy qui auoit faict le decret.
Que l'on life vn peu le decret *Le Capitaine Cheronides eftant gouuerneur le vingt-fixiefme Ianuier, la lignee Leontide eftant en tour de gouuerner, Ariftonicus Phrearien a dit, puis que Demofthene fils de Demofthene
Payanyen a fait beaucoup de grands feruices au peuple Athenien, & à
plufieurs de fes confederez, & cy deuant & de frefche memoire, quand il a
faict ordonner que l'on les fecourroit, à efté caufe de deliurer les villes
d'Eubee, monftrant par effect vne grande affection au bien public, &
a toufiours procuré de fait & de parole le bien de cefte ville & de toute
la Grece, le confeil & le peuple ont trouué bon qu'il fuft loué publiquement, & courrouné d'vne couronne d'or, que la proclamation en foit faite
en plein theatre durant la fefte de Bachus, lors que les nouuelles tragedies fe
iouërõt & que la lignee qui fera en tour de gouuerner,& celuy qui fera propofé aux ieux ayent le foin de faire faire la publication. C'eft Ariftonicus
Phrearien qui a fait la propofition.* Y a-il quelqu'vn de vous qui fçache
que pour ce decret-là voftre ville ait efté deshonoree & mocquee,
comme ceftui-cy dit qu'elle fera fi ce fecond decret a lieu?Et neát-
moins quand la memoire des chofes eft frefche,c'eft lors que l'on
en loüe les autheurs,fi l'on les trouue bonnes, fi au contraire, on
les punit.Or voyez vous que i'en ay receu lors du gré & de la loüange,& non pas du blafme & du chaftiment.N'ay-ie donc pas occafion de dire que iufques à ce temps i'ay faict toutes chofes pour
le bien de la ville? Ce qui m'eft affez tefmoigné, en ce que i'ay
toufiours obtenu de vous, ce que ie vous ay confeillé & propofé.
Qui a fi bien reuffi que vous en auez acquis des couronnes à voftre ville, & de l'honneur à moy & à chacun de vous en parti-

culier, vous en auez faiét des facrifices aux dieux, & des procef-
fions folemnelles, comme d'vn grand bien. Depuis que Philippe
fut par vous chaffé de l'Eubee à force d'armes, & par mes confeils
& decrets, car ie le puis dire ainfi, quand ceux - cy en deuroyent
creuer, il cherchera vn autre moyen de nous boucler. Car voyant
que vous-vous feruiez des grains, que vous faifiez apporter de
dehors, il voulut que tous les grains du pays fuffent à fa miferi-
corde. Et pour ce faire il paffa en Thrace, & voulut contraindre
les Byzantins fes alliez de fe ioindre auec luy, pour vous faire la
guerre. Ce que luy ayans refufé pour ce qu'ils difoient qu'ils ny
eftoient pas tenus par leurs traittez, & difoient vray, il commença à enuironner leur ville de tranchees, & l'affaillir auec engins de
batterie. Cela fe faifant ie demande ce que vous deuiez faire. Ie
croy que chacun le voit clairement. Or qui eft - ce qui a fecouru
les Byfantins & les a conferuez? qui eft ce qui a empefché que l'E-
lefpont ne fe perdit en ce temps là? Ca efté vous, Seigneurs Atheniens, quand ie dis vous, ie dis cefte ville. Qui eftoit ce lors qui
parloit, qui propofoit, qui faifoit, & qui s'employoit aux affaires
fans s'efpargner? C'eftoit moy. Or combien en cela i'ay profité à
tout le monde, ie ne le veux pas monftrer par paroles, mais par les
effets. Car la guerre que vous entrepriftes lors outre la reputatió
qu'elle vous apporta, vous apporta encore abondance de toutes
chofes neceffaires pour la vie, & vous les mit à meilleur pris que
n'a pas faiét cefte paix, laquelle bien qu'elle foit tant prejudiciable
au pays, ces gens de bié cy gardent fi foigneufemét pour quelques
efperáces qu'ils ont, & defquelles, s'il plaift à Dieu, ils feront fru-
ftrez. Priez le tous qu'ils ne participent point aux vœux que vous
autres qui defirez le falut public lui faites, & que vous ne partici-
piez point aux deffeins qu'ils ont en leur efprit. Or que l'on life les
decrets des Byfantins, & des Peryntiés, par lefquels ils ont ordó-
né des couronnes d'or en l'honneur de cefte ville, à caufe de ce
faiét-là, *Boffôrius eftant Pôntife, Damagetus ayant demandé au confeil con-*
gé de parler, a dit, Que puis que le peuple Athenien a cy deuant monftré beau-
coup de bien-veillance au peuple Byfantin, & aux Perynthiens leurs alliez
& confederez, leur ayant faiét de grands plaifirs aux occafions qui fe font
prefentees, lors que Philippe entra en armes en leur pays, en intention de rui-
ner leurs villes, gafta & depopula la campagne, mefmes il couppa les arbres,
& les ayant fecouru auec fix vingts vaiffeaux, refrefchy de viures,
armes, & autres munitions, deliuré de grands dangers, conferué & reftably

leur ancien gouuernement , leurs loix & les sepulchres de leurs ancestres , le peuple de Bysance & de Perynthe a trouué bon de donner au peuple d'Athenes droit de mariage , de bourgeoisie , d'acquerir heritages en leur territoire, & lieu d'honneur au theatre , ieux publics , au Conseil , & aux assemblees de peuple , au rang de ceux qui ont charge des sacrifices , & ordonné que ceux qui se voudront habituer en leurs villes , seront francs de toutes contributions , mesmes pour les sacrifices , & que l'on dressera trois statues de seize coudees de haut sur le Bosphoro , qui representeront la ville d'Athenes , qui sera couronnee par celle de Bisance & de Perinthe , & que l'on enuoyera des presens à toutes les assemblees qui se font en la Grece , comme aux ieux Isthmiens , Nemæens, Olympiens , Pythiens, & que là l'on fera proclamer les couronnes que ceste ville donne au peuple d'Athenes : afin que chacun cognoisse le merite & vertu des Atheniens , & l'ingenuité & recognoissance des Bysantins & Perynthiens. Lisez apres les decrets de ceux de Cheronesse. *Les peuples de Cheronesse qui habitent sestus, Eleminte, Midite , Alope , Conesses , font present au peuple d'Athenes d'vne couronne d'or , de trente six mil escus , & ont ordonné qu'il sera dressé vn autel aux Grecs & au peuple d'Athenes , pour les grands biens qu'ils ont faict aux Cheronesites , les ayant deliurez de Philippe, & restablis en leurs pays , en leurs loix , en leur liberté , & leurs sacrifices , dont ils ne perdront iamais la memoire , ains feront aux siecles aduenir tout ce qui leur sera possible pour recognoistre vn si grand bien. Cecy a esté deliberé au Conseil commun desdits peuples.* Or n'ay-je pas seulement procuré par mes conseils & par mon administration, que Cheronesse & Bisance fussent conseruees & vostre ville honoree, mais aussi que vostre grande bonté & la meschanceté de Philippe fust manifeste à tout le monde. Car chacun a cogneu, que combien qu'il fust amy & confederé des Bysantins , neantmoins il les alloit assieger, que se peut il voir de plus meschant & de plus abominable ? & vous au contraire qui auez beaucoup d'occasion de vous plaindre des iniures qu'ils vous auoient faict par le passé , non seulement vous les auez oublié, & voyant qu'ils estoient affligez ne les auez pas abandonné, mais vous estes monstrez leurs protecteurs, donc vous auez acquis honneur & bien-vueillance de tout le monde. Chacun sçait que de ceux qui ont manié vos affaires vous en auez couronné plusieurs, mais personne ne sçauroit dire que de tous les Conseillers & Orateurs , autre que moy ait esté accusé de faire couronner ceste ville. Afin doncques de respondre aux conuices qu'il a proferé contre les Eubeens & Bisantins, & en vous rememorant qu'ils

ont faict les fafcheux contre vous , ie monftreray que ce ne font
pas feulement des calomnies (car ie croy que vous le fçauez affez) mais auffi que quand tout ce qu'il dict feroit vray , neantmoins ie me fuis comporté de la façon que ie deuois pour le bien
public. Et pour ce faire vous rameneray en memoire vne ou deux
des plus fignalees chofes qui ont efté faictes en cefte ville,& ce en
peu de mots.　Car il faut que chacun en particulier , & toute la
ville en general s'effaye de compofer le refte de fes actions, fur
l'exemple de ce qui fe trouue auoir efté bien faict. Lors que les La-
cedemoniēs eftoient plus forts & par mer & par terre,& tenoient
l'Attique en fubiection foubs leurs Capitaines & garnifons, qui
eftoient difpofees tout autour comme en l'Eubee,Tanagre, toute
la Beoce,Megare,Egine , & autres Ifles, vous n'auiez pas vn feul
vaiffeau à vous , ny aucunes murailles autour de voftre ville, neantmoins vous fortites , & allaftes auec force à Alliarte, & à peu
de iours de là à Corinthe. Et combien que lors il y en euft beaucoup d'entre vous, qui fe peuffent encore fouuenir des fafcheries
que les Corinthiens & Thebains vous auoient faict en la guerre
Dicelique,toutesfois vous n'en fiftes iamais aucun femblant. Or
Efchines les Atheniens ne faifoient pas cela pour bien qu'ils euffent receu de ces gens là,&n'eftoiēt pas fi mal aduifez qu'ils ne co-
gneuffent affez le danger où ils fe mettoient:mais ils ne vouloient
pas abandonner ceux qui s'eftoient refugiez vers eux) ains pour
vn defir genereux d'acquerir de la gloire, fe vouloient librement
expofer au hazard , prenant en cela vne braue & glorieufe refo-
lution.Car la mort là eft borne de la vie de tout homme quel qu'il
foit , ie dis mefmes quand il demeureroit toute fa vie enfermé
dans fa maifon pour s'y conferuer. Mais il faut que les gens de
bien s'employent à toutes les honneftes entreprifes, fe propofans
vne belle efperance, & fupportans neantmoins genereufement
ce qu'il plaira à Dieu leur enuoyer. C'eft ce que firent vos peres,
c'eft ce que firent vos anceftres , lefquels empefcherent les Thebains apres la victoire de Leuctres de ruyner les Lacedemoniens,
aufquels ils n'eftoient neantmoins ny amis ny obligez ; & defquels au contraire voftre ville auoit receu beaucoup de grandes
& infignes iniures. En quoy ils n'eurent aucune confideration à la
grandeur & reputation qu'auoient lors les Thebains , ny à ce
qu'auoient faict ceux pour lefquels ils fe hazardoient tant. Par où
vous auez monftré Meffieurs,à tous les Grecs,que vous remettez

en vne autre faifon, à vous reffentir de ceux qui vous ont offenfé,
& que vous ne vous en fouuenez nullemēt quand ils courent fortune de perdre leur Eftat & leur liberté.   Ce que vous n'auez pas
faiƈt feulement en ce faiƈt là, mais auffi lors que les Thebains fe
font vouluz emparer de l'Eubee, à quoy vous ne vous eftes pas
monftrez negligens, ny ne vous eftes point fouuenu du tort
que Themifon & Theodore vous auoient faiƈt à Oropus, ains
leur auez donné fecours : qui fut lors que premier il y euft en cefte ville des Capitaines volontaires qui equiperent des galleres à
leurs defpens, defquels ie fus l'vn : mais ie n'en fuis pas encore
là. Or ce fuft fans doute vn bel aƈte, d'auoir fauué cefte Ifle, mais
encore plus braue & genereux, de ce qu'eftans maiftres & du pays,
& des biens de ceux qui vous auoient offenfé, vous leur rendiftes
tout : diffimulant ce que vous fçauiez qu'ils auoiént faiƈt contre
vous. Ie pourrois dire mille autres chofes femblables, foit forces
nauales, foit defcentes d'armees, foit des forces de terre que vous
auez faiƈt autresfois, & faiƈtes encores tous les iours, pour la feule
conferuation de la liberté des autres peuples de la Grece, ainfi
doncques voyant que vous auez volontairement tant & tant enduré pour le bien des autres, & que vous eftiez encore fur cefte
deliberation, que vous pouuois-ie propofer ou confeiller de faire? Quoy? vous ramenteuoir les iniures de ceux qui defiroient
voftre fecours, & chercher des pretextes pour abandonner leur
bien : qui feroit celuy qui ne m'euft iuftement tué, fi feulement
de parole ie me fuffe efforcé de des-honorer ainfi la gloire &
majefté de cefte ville. Ie fçay affez qu'auffi bien vous n'en euffiez
rien faiƈt. Si vous l'euffiez voulu, qui vous en euft empefché? ne
vous eftoit-il pas aifé? N'auiez-vous pas ces gens-cy qui ne vous
prefchoiēt autre chofe? Ie veux dōc retourner à ce que i'ay geré
depuis cela, & vous prie de confiderer, ce qui fe pouuoit faire de
mieux. Ayant lors confideré Seigneurs Atheniens, que vos forces naualles eftoient toutes rompuës, que les riches de la ville,
foubs ombre d'vne pétite defpence qu'ils auoient faiƈte, s'eftoient
rendus exempts des contributions, que les mediocres, & ceux
qui auoient quelque peu de biens auoient tout perdu, & que par
ce moyen la ville perdoit l'occafion de faire fes affaires. Ie propofay vne loy, par laquelle ie fis faire aux riches ce qu'ils deuoient,
empefcher que les pauures ne fuffent foulez, & fis que vous eu-
ftes en temps & lieu toutes les prouifions neceffaires, ce qui fut

tres vtile à ceste ville. I'en fus accusé, comme ayant faict chose contraire aux loix, ie mè presentay à vous, & en fus absous, & mon accusateur n'euft pas seulement la cinquiefme partie des voix pour luy. Or combien penfez-vous que les Capitaines des compagnies, & ceux qui commandoient foubs eux, m'euffent volontiers donné d'argent, afin que ie ne fiffe point publier ceste loy, ou qu'apres qu'elle euft efté publiee, i'euffe laiffé la pourfuitte de l'execution, ou bien i'euffe receu leur excufe apres leur affirmation ? Tant que i'aurois honte de vous le dire. Et l'euffent faict auec raifon, Car auparauant ils fe pouuoient mettre feize enfemble, pour faire vn vaiffeau, de forte qu'ils n'y faifoient quafi point de defpence. Et n'y auoit que les pauures qui portoient tout le faiz. Où par la loy que i'ay publiee chacun eftoit contrainct de contribuer felon fes moyens, de forte que celuy qui auparauant ne portoit qu'vne fixiefme partie de la defpenfe d'vne galere, a eu la charge entiere de deux galeres : Car auparauant ils ne fe nommoient pas Capitaines de galeres, mais affociez à l'entretenement. Et pour ce il n'y a rien qu'ils ne m'euffent donné pour abolir cefte loy. Que l'on life premierement le decret pour lequel ie fus accufé, puis apres les roolles des contributions, ceux qui eftoient felon l'ancienne loy, & ceux qui ont efté reformez par celle que i'ay publiee. Lifez. *Policles eftant gouuerneur le feiziefme Aouft, la lignee Hippodontide eftant en tour de commander, Demofthene fils de Demôfthene Payanien, propofa vne loy touchant l'entretenement des galeres contraire à celle qui eftoit auparauant, qui permettoit de s'affocier plufieurs pour l'entretenement d'vne galere, laquelle loy Demofthene le Confeil & le peuple ont approuuee & authorifee, donc Patrocle Phylen a accufé Demofthene, comme ayant contreuenu aux loix : mais n'ayant pas eu la cinquiefme partie des voix pour luy, il a efté condamné en cinq cens efcus d'amende. Monftrez ce bel eftat. Les Capitaines des galeres feront appellez pour faire feize vne galere felon les roolles que l'on faict pour la contribution de la Gendarmerie, y comprenant tous ceux qui font depuis vingt cinq à quarante ans, lefquels contribueront egalement. Voyez maintenant le roolle qui a efté faict felon la loy, qui a efté publiée. Chaque galere aura fon Capitaine qui fera choifi pour y commander de ceux qui auront fix mil efcus vaillant, & quant à ceux qui en auront d'auantage, ils feront tenus à proportion de leur reuenu, d'armer iufques à trois vaiffeaux auec leurs fregates, & quant à ceux qui ont moins vaillant, ils feront affemblez pour faire vn vaiffeau à la mefme raifon de fix mil efcus pour vaiffeau. Ay-ie*
donc

donc peu fecourir les pauures par cefte loy?combien penfez-vous
que les riches m'euffent volontiers donné, & que ie les euffe defchargé de ce qui eftoit iufte qu'ils fiffent? Or ne me glorifiray-ie
pas feulement de n'auoir pas defchargé les riches, & d'auoir efté
abfous quand on m'en a voulu accufer, mais de ce que i'ay publié
vne loy grandement profitable au public, comme l'euenement
l'a monftré. Car tant que la guerre a duré les vaiffeaux ont faict
voile, fans que iamais les Capitaines foient venus pour vous faire
plainte, qu'ils fuffent trop greuez? nul ne s'eft jetté au pied des autels à Munichia, pour eftre defchargé? nul ne s'eft faict emprifon-
ner par les generaux des galleres pour obeyr? il n'y a pas eu vn
vaiffeau qui fe foit perdu dehors, ou qui ait efté pris, ou qui foit
demeuré au port, pour ne pouuoir faire voile. Or tout cela arriuoit fouuent quand on y tenoit l'ordre des loix anciennes: la caufe eftoit que les pauures n'auoient pas moyen de faire le feruice
dont on les chargeoit: cela empefchoit beaucoup d'affaires. Mais
moy i'ay transferé la charge des galleres des pauures aux riches.
I'ay donc en cela faict ce qui eftoit de befoin, & partant ay merité
loüange, d'auoir gouuerné les chofes d'vne façon dont noftre ville a acquis reputation, honneur & puiffance tout enfemble. Or
en tout ce que i'ay manié il ne fe trouue point que i'y aye apporté,
ny enuie, ny aigreur, ny malignité, ny lafcheté, ou autre qualité
indigne du nom de cefte ville. Tel que ie me fuis monftré au maniement des affaires de cefte ville, tel ay-je efté en ce qui a con-
cerné les affaires de toute la Grece. Car ie n'y ay point preferé la
bonne grace des riches au bien commun, l'amitié & les prefens
de Philippe à ce que i'ay eftimé eftre plus proffitable à tous les
Grecs en general. Il me refte maintenant à parler de ce qui concerne la proclamation de la couronne, & la redition de compte.
Car que i'aye proffité au public, & efté toufiours fort affectionné
à voftre feruice, ie penfe qu'il en appert affez par ce que i'ay dict
cydeffus. Et neantmoins i'ay laiffé expres beaucoup de chofes que
i'ay faictes, tant pour ce que i'ay penfé qu'il me falloit refpondre
à ce qu'on m'objecte d'auoir violé les loix, que pource que vous
eftes tous tefmoins du refte de mes actions. Quant à tous ces difcours que ceftuy-cy a tourné haut & bas, pour monftrer que les
loix ont efté tranfgreffees par ce decret, ie croy que vous ny auez
peu rien comprendre. Et pour moy, ie n'y ay rien entendu

Q

en la plus-part , pour cela ie suis deliberé d'aller le grand chemin, &
examiner ce qui eſt iuſte ou nõ en ce decret. Tant s'en faut que ie
die que ie ne ſuis point tenu de rendre compte (ce que ceſtuy - cy
m'a ſi ſouuent reproché & ſouſtenu que i y eſtois obligé) qu'au
contraire ie confeſſe ingenuement que ie ſuis tenu de vous rendre compte de ce que i'ay geré & manié toute ma vie à vos affaires. Mais quand aux douze talents , que i'ay donné du mien pour
employer aux affaires publiques , ie ſouſtiens que ie ne ſuis, & ne
ſeray iamais tenu d'en rendre compte . Entendez vous Eſchines?
Ie dis d'auantage que perſonne quel qu'il ſoit, fut-ce vn des neuf
gouuerneurs, ne peut eſtre rendu comptable pour ſemblable occaſion. Car quelle eſt la loy ſi pleine d'iniuſtice & d'inhumanité,
qui priue celuy qui donne liberalement le ſien du gré qu'on luy
en doit ſçauoir, & l'abandonne à des chicaneurs qui luy demandent compte de ce qu'il a donné. Il n'y en euſt iamais. Que ſi ceſtui-cy en ſçait quelqu'vne qui l'a die, ie l'eſcouteray amiablement
& me tairay. Mais il n'y en a point Meſſieurs: C'eſt dõc vne calomnie de dire comme faict ceſtuy cy, que par ordonnance du conſeil i'ay eſté couronné lors que i'eſtois comptable, de ce qu'eſtant
propoſé aux ieux i'ay donné de l'argent pour les faire. Ce n'eſt
donc pas de l'adminiſtration des choſes dont i'eſtois comptable,
que vous m'accuſez impudent calomniateur que vous eſtes?
mais ſeulement de ce que i'ay donné liberalement du mien. Mais
vous auiez , me dit-il, la charge de faire rebaſtir les murailles. Et pour cela à bon droit me deuoit-on loüer de ce qu'ayant
eſté prepoſé à cet œuure, ie n'ay point mis en compte les deniers
que i'y ay employé, leſquels i'ay pris en ma bourſe, & les ay liberalement donné . C'eſt à ceux qui tiennent compte de ce qu'ils
ont deſpendu qu'il faut des Iuges ſoigneux & diligens , mais
à celuy qui donne ce qu'il employe, il ne faut qu'vn remerciment
& des loüanges dignes de ſon merite. C'eſt pourquoy Cteſiphon
à dreſſé ce decret en ma faueur. Or que la verité ſoit telle, & que
cela ſoit conformé & a vos loix & aux couſtumes de tout temps
obſeruees entre vous , il m'eſt ayſé à le monſtrer par beaucoup de
raiſons. Car premierement Nauſicles eſtant general de voſtre
armee a eſté couronné par pluſieurs fois par vous pour auoir
donné de ſes propres deniers pour employer aux affaires publics-
ques: Et Dyotimus pour auoir donné des boucliers, & encore Caridemus & Neoptolemus que voila, ont ſouuẽt eſté honorez pour

auoir donné de leurs biens pour employer aux autres œuures publiques, aufquelles ils eſtoient prepoſez. Auſſi ſeroit-ce choſe miſerable, ou qu'il fuſt deffendu à ceux qui ont quelque charge, dy employer du leur ou bien au lieu d'eſtre remerciez de leurs bien-faicts, qu'ils fuſſent ſubiects d'en rendre compte. Or pour monſtrer que ce que ie dis eſt vray, prenez & liſez les decrets qui ont eſté faits pour cela. *Demanicus Phlyeen eſtant gouuerneur le vingt-huitieſme iour d'Aouſt, Callias Phrearien par l'aduis du Senat & peuple Athenien, a dit que le peuple & le Senat d'Athenes à ordonné que Nauſicles qui a l'intendance des armees ſera couronné. Pour ce que y ayãt deux mille hommes de guerre Atheniens en Imbre, pour ſecourir les Atheniens qui ſe ſont habituez en c'eſt' iſle-là, Flialon qui auoit eſté eſleu pour les conduire, ne pouuant faire voile à cauſe de l'hyuer, ny ſoudoyer ſes gens, il luy a baillé de ſes deniers, ſans les auoir redemãdez, & a ordõné que la couronne ſera proclamee aux ieux de Bacchus, qui ſeront celebrez par les nouueaux Tragiciẽs,* voicy l'autre decret de l'aſſemblee des gouuerneurs de la ville. *Callias Prearien à dict, d'autant que Caridemus Colonel des gens de pied, ayant charge de la flotte enuoyee à Salamine, & Diotimus Colonel de la Cauallerie ont à leurs deſpens armé de huict cens boucliers les ſoldats qui auoient eſté desualiſez au combat faict ſur le bord de la riuiere Eliſſe, le Senat & le peuple d'Athenes ont ordonné qu'ils ſeront honorez de chacun vne couronne d'or, & que la proclamation s'en fera és grands Panathees, aux combats de plaiſirs, pendant que les nouueaux Tragiciens ioueront, & que les Legiſlateurs Preuoſt des ieux & gouueurs de la ville auront le ſoing d'en faire faire la proclamation.* Chaſcun de ceux-la Eſchines, eſtoit tenu de rendre compte de la charge qu'il auoit eu, mais non pas de ce pourquoy ils eſtoient couronnez. Ny moy donc pareillement? Car ie ſuis de meſme condition qu'eux. I'ay donné liberalement du mien, c'eſt pourquoy l'on m'a ordonné vne couronne, & non pas pour les charges deſquelles i eſtois comptable; & deſquelles i'ay rendu compte, & non de ce que i'ay donné. Ouy, mais i'ay failly és charges qui m'ont eſté commiſes. Et pourquoy donc, lorsque ie me ſuis preſenté pour rendre compte à ceux qui en ont la charge, vous qui eſtiez preſent ne m'accuſiez-vous? Or afin que vous cognoiſſiez par le teſmoignage meſme d'Eſchines, que ie n'eſtois point tenu de rendre compte, de ce pourquoy i'eſtois couronné, prenez & liſez le decret tout entier, qui a eſté faict pour moy. Car par les choſes qui ſont portees par cet ordonnance, & dont il ne ſe plainct poinct il apparoiſtra de ſon euidente calomnie. *Le vingt neufiefme Octobre, Euticles eftant gouuerneur, & la lignee Hippodontide eftant en tour de commander, Ctefiphon fils de Leoftenes Anaphlyftien a dit: D'autant que Demofthene fils de Demofthene Payanien, qui eftoit commis pour faire rebaftir les murs, a donné du fien dixhuiƐt mil efcus, outre ce que la ville luy auoit mis en main pour y employer, & qu'eftant commis au maniement des deniers du theatre, il a augmenté la part & portion qui en reuenoit à chaque lignee pour employer aux facrifices, le Senat & le peuple ont ordonné, qu'en recognoiffance de fa vertu & de l'amour qu'il a toufiours porté au public il fera loué publiquement, & honoré d'vne couronne d'or, que la proclamation s'en fera au theatre és ieux de Bacchus pendant que les nouueaux Tragiciens ioueront, & que celuy qui a l'intendance des ieux aura le foing de faire faire la publication.* Or en cela vous ne m'accufez pas de ce que i'ay donné au public, mais de l'honneur que le Senat à ordonné qu'il m'en feroit fait recompenfe. C'eft en bons termes dire que i'ay fait iuftement de donner, & que l'on a faiƐt iniuftement de m'en fçauoir gré. Or pour deferire vn homme de tout poinƐt mefchant, ennemy des dieux, & vrayement enuieux, dites moy au nom de Dieu, de quelle nature voudriez-vous vous l'imaginer? Ne feroit-il pas comme celuy-la? Quand à la publication qui fe doit faire au theatre, ie laiffe que cela a efté fait pour mille & mille autres : que moy-mefme i'y ay efté cy-deuant couronné. Mais ie vous prie Efchines, eftes vous fi mal habile, & fi hebeté, que vous ne puiffiez comprendre que la couronne en quelque lieu qu'elle fe proclame, apporte vn mefme honneur qu'à celuy qui la reçoit, & que la proclamation fe faiƐt au theatre en faueur de ceux qui la donnent: car outre que ceux qui l'entendent font excitez à feruir le public, ils loüent plus la reconoiffance de ceux qui donnent la couronne, qu'ils ne font le merite mefme de celuy qui la reçoit. Et pour cefte occafion à l'on publié cefte loy-cy en cefte ville, Que l'on la life. *Si les autres peuples donnent des couronnes à quelques-vns, que la proclamation s'en faffe au pays mefmes de ceux qui les donnent : Si c'eft le peuple d'Athenes qui les donne, elle fe pourra faire au theatre durant les ieux de Bacchus.* Entendez vous bien Efchines, comme la loy diƐt clairement que fi c'eft le peuple ou le Senat d'Athenes qui donne les couronnes, comme lors elles peuuent eftre proclamees au Theatre? Pauure miferable, dequoy donc me calomniez-vous? pourquoy nous faites-vous tant de comptes? que

ne prenez-vous vn peu d'ellebore pour vous purger le cer-
ueau ? vous qui ne chargez celuy que vous accufez d'aucun crime, mais feulement de voftre enuie. Vous fuppofez les loix
les vnes pour les autres, ne prenant qu'vne partie de celles qu'il
falloit lire tout au long, & mefmes à des Iuges qui ont faict ferment de iuger felon les loix. Et toutesfois vous gouuernant de cefte façon là, vous difcourez quel doit eftre vn homme amateur du
pays, de mefme façon que vous feriez auec vn imager, à qui vous
marchanderiez de faire faire vne ftatuë, à qui vous diriez quand
il vous l'apporteroit, elle n'eft pas faicte comme portoit noftre
marché, & en parlez tout ainfi que fi vn homme fe monftroit populaire par paroles & difcours, & non par de belles actions. Cependant vous criez à pleine voix, & dites, & ce qu'il faut dire, &
ce qu'il faut taire. Vous dites chofes qui conuiennent plus au lieu
dont vous eftes forty, que non pas à moy à qui vous les obiectez.
Les conuices Seigneurs Atheniens font en cela differents des accufations. L'accufation obiecte quelque faute que les loix veulent
eftre punie, & les conuices ne font que des mefdifances, que les
ennemis fe reprochent les vns aux autres, chacun felon fon naturel. Or ne prefumeray-je pas quant à moy, que nos majeurs ayent
dreffé ceft auditoire, afin que quand vous feriez icy affemblez &
deftournez de vos affaires particulieres, vous vous difiez honteu-
fement les vns aux autres chofes indignes d'eftre dites, mais afin
de faire chaftier ceux qui auroient en quelque chofe offenfé le public. Et bien qu'Efchines fçeuft cela auffi bien que moy, il n'a pas
laiffé d'entreprendre de me venir icy brauer & iniurier, au lieu de
m'accufer. Et vrayement il ne feroit pas raifonnable qu'il s'en al-
laft hors d'icy, fans que l'on luy rende la pareille. Ie viendray
maintenant à ce poinct apres que ie luy auray feulement demandé vne chofe. Voulez-vous Efchines, que l'on vous tienne pour
mon ennemy ou pour ennemy du public? il y a apparence que
vous voulez eftre tenu pour le mien. Pourquoy donc auez-vous
laiffé le moyen que vous auiez de m'accufer felon que les loix
vous le permettroient? fi i'ay failly en quelque chofe, vous pouuiez venir lors que ie rendois compte, vous me pouuiez intenter
telle accufation ou action que vous euffiez voulu. Vous me venez trauerfer fur vn fubiect où ie fuis entierement innocent, &
où les loix, le temps, les preiugez, me deffendent, & dont il a efté

Q iij

ja donné plusieurs iugemens,sans que iamais i'aye esté conuaincu
d'auoir rien faict contre le public. Que si la ville veut selon qu'il
est raisonnable,que ie reçoiue vn peu d'honneur du maniement
que i'ay eu des affaires publiques , vous-vous y opposez.Prenez
garde que vous ne vous monstriez vray ennemy de ces Seigneurs
cy,faisant semblant d'estre le mien. Puis doncques que ie vous ay
monstré ce que vous pouuiez iustement ordonner, il faut Messieurs,ce me semble (bien que la nature m'ait faict fort aliené des
conuices & des iniures) qu'en contr'eschange de tant de menson-
ges & impostures qu'il a desgorgé contre moy,ie die quelques ve-
ritez necessaires pour le subiect de ceste cause, & que ie vous fasse
cognoistre quel il est, & de quelle race de gens,dont il a appris à si
bien & si promptement mesdire de tout le monde, & pourquoy
il reprend aussi mes paroles, luy qui dict des choses qu'il n'y a
homme d'honneur qui n'eust honte de les entendre. Car quand
ce seroit Æacus,Radamantus,ou Minos , qui m'accuseroient &
non pas vn petit causeur, vn chicaneur,vn miserable griffonneur,
comme cestuy-cy , si n'vseroit-il pas de tels termes , ny de paroles
si griefues qu'il faict. Il crie & s'exclame, comme s'il ioüoit vne
tragedie.O terre,ô Soleil,ô vertu,& choses semblables,& puis inuoque l'intelligence, & la science, par lesquelles les choses bonnes & mauuaises sont cogneuës:Car vous vous souuenez comme
il disoit cela. Comme si, vilain que vous estes,vous ou les vostres
auriez iamais sçeu que c'est que de vertu, de bien, n'y d'honneur, ou de leurs contraires. Où l'auriez-vous appris ? où
l'auriez-vous pesché ? vous est-il loisible à vous de parler de
science, veu mesmes que ceux qui en ont acquis quelqu'vne,
n'en voudroient pas faire semblant, & si vn autre mesme leur en
parle, il en ont quasi honte:Mais ceux qui comme vous les igno-
rent, & neantmoins feignent d'y auoir beaucoup profité ne gai-
gnent autre chose sur ceux qui les oyent sinó qu'ils les ennuyent,
sans les pouuoir persuader qu'ils soient tels qu'ils veulent paroistre. Or n'ay ie pas faute de subiect pour parler de vous & des vostres, ie suis seulement en peine par où ie dois commencer. Et si
ie dois premierement dire comme Tromes,vostre pere estoit serf
d'Elpias, & monstroit la Grammaire pres le Temple de Thesee,
auec vn gros billot de bois attaché aux pieds, & comme vostre
eustes esté bien informez du faict, vous luy fistes donner la que-

mere qui gaignoit sa vie à la sueur de son corps, en vn petit bourg
qui est pres le temple du Heros Calamites, a vous esleué, comme
vne belle statuë, & vn grand athlete, pour luy seruir de tiers au
mestier dont elle se mesloit, mais c'est chose que chacun sçait, &
que ie ne veux point dire. Que diray-ie donc? comme le flusteur
Formion qui estoit seruiteur de Dion Phrearien, la retira de ce
beau mestier-là? mais bon Dieu ie dois craindre qu'en voulant dire choses dignes de vous, ie ne die chose indigne de moy. Ie lais-
feray donc cela, & parleray du commencement de la vie que cé-
stuy cy a menee. Car ce n'a pas esté vn homme commun, mais tel
qu'il a tousiours esté en abomination à tout le peuple. Il s'est aduisé sur le tard, le tard dis-je, car ce n'est que d'hier, & tout nouuellement, de se faire citoyen d'Athenes, & Orateur, adioustant
deux syllabes au nom de son pere, qui s'appelloit Tromes, il l'a
nommé Atrometus, & quant à sa mere il luy a donné ce braue
nom de Glaucothea, au lieu qu'auparauant elle se nommoit Em-
pousa, pour ce qu'elle faisoit & enduroit tout ce que l'on vouloit.
Car pour quelle autre cause l'eust-on ainsi appellee? Mais vous e-
stes Eschines, si ingrat, & si meschant de nature, que combien que
ces Seigneurs-cy vous ayent faict de serf libre, de pauure riche,
neantmoins vous ne leur en sçauez nul gré, mais vous laissant gaigner par argent, vous faites tout à leur desauantage. Ie ne parleray point des choses que l'on peut doubter, si c'est pour le bien
de la ville que vous les auez faictes; mais seulement represente-
ray-ie celles que vous auez euidemment faictes en faueur des ennemis. Qui est celuy de vous Messieurs, qui ne sçait, que Anti-
phon le banny estoit venu en ceste ville, ayant promis à Philippe
de mettre le feu en vos vaisseaux? Quand ie l'eus pris, caché
qu'il estoit au port de Pyree, & mené deuant vous, cet enuieux-
cy commença de crier que ie faisois des choses contre la liberté
publicque, que i'offençois de pauures citoyens affligez, & que
i'allois foüiller dans les maisons des bourgeois sans ordónance: &
fit tant qu'il le fit eschapper. Si le Conseil des Areopages n'eust
bien senty l'importance de cest affaire; cogneu quelle faute vous
faisoit faire vostre ignorance, n'eust faict soigneusement rattrap-
per ce compagnon-là, & ne vous l'eust ramené, cest homme-cy
l'eust sauué, & par ses brauacheries l'eust tiré d'entre les mains de
la iustice, & garenty de la peine qu'il meritoit. Mais quand vous

ſtion, & puis l'enuoyaſtes au gibet, comme vous y deuiez enuoyer quant & quant ceſtuy-cy. Les Areopages bien aduertis de
tout cecy, ie dis de la façon dont ceſtuy-cy s'eſtoit comporté en
ceſt affaire, lors que vous l'euſtes eſleu pour eſtre protecteur du
Temple de Delos, ce que vous fiſtes par meſgarde, comme beaucoup d'autres choſes, qui ont eſté fort preiudiciables à vos affaires,
auſſi toſt que vous leur euſtes donné l'authorité de pouruoir aux
affaires, ils le chaſſerent de la charge comme vn traiſtre, & com-
manderent à Hyperides de prendre la deffenſe du Temple. Ce
qui fut faict ſolemnellement chacun ayant iuré ſur les autels, auparauant que de dire ſon aduis. Et neantmoins ce pauure miſera-
ble-cy n'euſt pas vne ſeule voix pour luy, & qu'il ſoit ainſi qu'on
appelle les teſmoins qui y eſtoient preſens.   *Tous ceux-cy depoſent
pour Demoſthene, Callias Sumnien, Zenon phlyen, Cleon phalerien, De-
monique Marathonien, teſmoingnons que le peuple ayant eſleu Eſchines protecteur du temple de Delos, pour le deffendre au Conſeil des Amphictions,
nous en ayans deliberé, auons eſté d'aduis que Hyperides feroit
plus dignement ceſte charge, & plus à l'honneur de la ville.* Et de
faict Hyperides y a eſté enuoyé. Quand doncques le Conſeil a reietté celuy-cy qui faiſoit eſtat de plaider pour le temple, il
a bien monſtré pour qui il le tenoit, ceſt à dire pour vn traiſtre &
mal affectionné au public. Voyla vn des traicts de ce ieune homme qui ſe veut comparer à moy, mais il ne me peut pas rien reprocher de ſemblable, ſouuenez-vous d'vn autre. Quand Philippe enuoya Pyton de Byſance, & auec luy les Ambaſſadeurs de
tous ſes alliez, penſant diffamer noſtre ville, & faire entendre
que nous auoins violé le droict des gens, ce Pyton penſoit auec
ſon eloquence nous accabler, comme par vn torrent: mais ie
m'y oppoſay, & me leuant ie le rembarray brauement: Ie ne me
teus point & n'abandonnay point la cauſe publicque, ains ie mon-
ſtray ſi clairement le tort que Philippe nous faiſoit, que ſes confederez meſmes ſe leuant le confeſſerent. Au contraire ceſtuy-cy
deffendoit Philippe, & portoit teſmoignage contre ſon propre
pays, & contre la verité. Non content de cela, il fut trouué quelque temps apres à la maiſon de Thraſon, communiquant auec vn
eſpion de Philippe nommé Anaxime. Or celuy qui conferoit ſeul
à ſeul auec vn homme enuoyé par l'ennemy, & negotioit auec
lui, ne peut dire qu'il ne feuſt lui meſme eſpion de l'ennemy, voire ennemy du pays. Pour moſtrer que ie dis en cela la verité, ap-

pelle

pellez les tefmoins qui y eftoient prefens. Voicy leur depofition.
*Meledemus fils de Cleon, Hyperides fils de Calefchre, Nicomachus fils de
Diophantus, apres ferment prefté entre les mains des generaux de l'armee,
depofent pour Demofthene. Qu'ils fçauent qu'Efchines fils de Attroneius
Cotholidien, eft entré de nuict en la maifon de Thrafon, & a communiqué
auec Anaxime, qui eft recogneu pour eftre efpion de Philippe. Fait du teps de
Nicius, pendant le facrifice de cent bœufs le quatriefme de Iuin.* Il y a mille
autres chofes que ie pourrois dire de lui, que ie laiffe. Car il y en a
beaucoup par lefquelles ie pourrois môftrer qu'en ce mefme téps
l'on a defcouuert comme il feruoit les ennemis, & femoit des calomnies contre moy. Mais ce font chofes dôt vous n'auez pas efté
foigneux de vous fouuenir, & vous en reffentir comme il euft
efté befoin, ains par vne mauuaife accouftumance vous permettez
à qui le veut, de calomnier & defchirer ceux qui propofent les
chofes qui vous font falutaires, changeant le plaifir que vous deuriez receuoir de bien faire vos affaires, au plaifir que vous rece-
uez d'ouïr mefdire & iniurier. Et pource eft il toufiours plus af-
feuré de feruir vos ennemis, & prendre argent d'eux, que fuiure
le confeil qui feroit plus vtile à voftre conferuation. C'eftoit certes vne grande mefchanceté, que de fupporter apertement Philippe, auparauant mefmes que nous lui euffions denôcé la guerre. Dieux immortels qui peut nier cela. C'eft faire contre fon propre pays. Or prenez que ce fuft chofe permife, donnez-luy cela.
Mais depuis le temps que Philippe eut euidemment vollé nos
vaiffeaux, qu'il euft deftruit la Cheronee: qu'il fut entré dans
l'Attique, il n'y auoit plus lieu de doubter, la guerre eftoit toute
declaree. Que peut monftrer cet enuieux, ce faifeur de pafquils,
qu'il ait faict ou propofé de tout ce temps là, qui vous peut de rien
feruir? Il ne fçauroit faire apparoir d'vn feul decret, ou grand
ou petit qu'il ait publié pour voftre bien. S'il dict qu'il y en ait,
qu'il le cotte ie luy quitteray la place, & le temps que vous m'a-
uez prefcrit pour parler. Mais il n'y en a rien du tout. Il faut de
deux chofes l'vne, ou que ne trouuant rien à redire à ce que ie
faifois, il n'ait fçeu rien propofer au contraire, ou que fauorifant
les ennemis il n'ait pas voulu defcouurir ce qu'il fçauoit qui fe
pouuoit faire de mieux. Mais quand il falloit faire quelque
chofe à voftre defauantage, ne parloit-il point; ne propofoit-
il rien. Alors il n'euft pas laiffé parler vn autre. Et certainement la ville euft peut-eftre fupporté ce qu'il faifoit en cachet-

te: Mais Seigneurs Atheniens, entre plusieurs choses il en a faict
vne qui peut seruir à couronner toutes les precedentes, pour laquelle desguiser il vous a faict de grands discours, de ce que les
Amphissiens & Locriens auoient accordé entre eux, pensant par
ce moyen destourner de vostre veuë la verité. Or cela n'est point
ainsi, & comment le seroit-il ? il s'en faut bien, Vous ne vous sçauriez lauer de ce que vous auez faict en cet affaire, quelque chose
que vous nous puissiez dire. Seigneurs Atheniens, j'inuoque en
vostre presence tous les Dieux & Deesses qui sont en l'Attique, &
Apollon Pythien qui est comme pere de ceste ville, & les prie
tous que si ie vous dis la verité comme i'ay fait autresfois, lors
que i'ay parlé en public de ce que ie m'estois apperceu, que vouloit faire ce paillard-cy, (Car ie m'en apperceus incontinēt) qu'ils
me soyent en ayde, & me fassent prosperer: Si au contraire ie luy
mets sus rien de faux, ou par haine ou par enuie particuliere, ils me
priuēt de tous les biens que ie puis iamais esperer. Pourquoy fais-
ie de telles imprecations, & auec telle vehemence ? Pource qu'encore que i'aye des pieces en vos registres, pour vo⁹ mōstrer ce que
ie vous diray, & que vous ayez la memoire toute fresche de ce qui
s'est passé, neantmoins ie crains que vous l'estimiez trop petit cō-
pagnon, pour auoir faict de si grādes meschancetez. Ce qui est des-
ia arriué vne autre fois, quand il fut cause de ruiner les pauures
Phocenses, par le faux rapport qu'il fit de son ambassade. Car il fut
cause de la guerre contre les Amphictions, pour laquelle Philippe
descendit en Elatee, fut esleu chef par les Amphictiōs, & ruina toute la Grece. Bref on peut dire que lui seul est cause des plus grāds
mauxque nous ayós point enduré. Ie protestois assez lors à toutes
les assemblees, & criois, Eschines que pēsez vous faire? vous nous
iettez icy la guerre en l'Attique, vous nous mettez en guerre auec
les Amphictions . Mais ceux qui estoient attirez pour cet effect
m'empeschoient de parler, d'autres s'estonnoient & pensoiēt que
pour quelque querelle particuliere ie le calomniasse. Or que c'e-
stoit que tout cela Seigneurs Atheniens, & à quoy il tendoit puis
que vous fustes lors empeschez de l'entendre, oyez-le maintenant.
Car vous verrez comme c'estoit vne partie bien dressee, & entendrez des choses qui vous seruiront beaucoup, pour vous esclair-
cir de la verité de ce qui s'est passé, & cognoistre combien Philippe est vn dangereux ennemy . Philippe ne sçauoit par quel
bout sortir de la guerre qu'il auoit auec nous , sinon qu'il trou-

uaſt moyen de vous rendre ennemis les Thebains & Theſſaliens. Bien que nos Capitaines luy fiſſent la guerre auec peu d'a-
dreſſe, & auſſi peu de bonne fortune, toutesfois la guerre de ſoy-
meſme & les coureurs lui faiſoient infinis maux. Car il ne pouuoit
rien tirer hors de ce qui y croiſt, ni y faire apporter rien de ce
qui y faiſoit beſoin. De ſorte qu'il n'eſtoit plus maiſtre de la mer,
& ſi n'auoit plus de moyen de deſcendre en l'Attique, n'eſtant
point ſuiui des Theſſaliens, & les Thebains ne lui donnans plus
de paſſage. Et bien qu'il lui feuſt arriué d'eſtre le plus fort en ceſte guerre, & quelques mauuais Capitaines que vous euſſiez peu
enuoyer contre lui, car de cela ie n'en parle point, neantmoins
il euſt eſté fort incommodé & endommagé par la nature du lieu,
& la condition des affaires de l'vn & l'autre party. Que s'il euſt
penſé perſuader aux Theſſaliens ou Thebains de vous faire la
guerre pour l'inimitié qu'ils vous portoient, ils n'y euſſent iamais conſenti : mais prenant le pretexte de leur intereſt commun
pour ſe faire declarer chef de ceſte guerre, il eſperoit qu'il pourroit partie par tromperies, partie par perſuaſions, obtenir ce
qu'il vouloit. Vous voyez donc bien quel eſtoit ſon deſſein. C'e-
ſtoit de faire la guerre aux Amphictions, & mettre toute l'aſſem-
blée de Pylles en trouble. Car il penſa bien que pour faire tout
cela on rechercheroit ſon ſecours. Et neantmoins iugea bien
que ſi quelqu'vn de ſes deputez ou de ſes alliez propoſoient ce
faict là, qu'il le rendroit ſuſpect, & que les Theſſaliens & les
Thebains, & tous les autres s'en prendroient garde. Mais le faiſant faire par vn Athenien, & par vous qui lui eſtiez contraire,
ſon deſſein eſtoit fort aiſé à couurir, comme il eſt arriué. Or comment l'a-il faict? il gaigna Eſchines, perſonne ne pouruoyant à
ce faict ny ne s'en prenant garde, comme il arriue ordinairement
en vos affaires. Ceſtuy-cy ayant eſté eſleu par l'aduis de trois ou
quatre qui le nommerent, fut enuoyé orateur au conſeil des
Amphyctions, ainſi ayant le nom & l'authorité de ceſte ville, il
s'y en alla, où laiſſant tout autre affaire, il s'employa pour effectuer
ce qu'il auoit marchandé de faire. Et agençant de belles parolles,
& contant comme le terrouër de Cyrrhee auoit eſté conſacré à
Apollon côtrouuant vne infinité de choſes, & faiſant des côptes à
plaiſir, il perſuada de bonnes gês qui n'eſtoient pas accouſtumez
d'ouyr ces diſcours là, & qui ne preuoyoient rien de ce qui en deuoit aduenir, de ſe trâſporter ſur les terres leſquelles les Amphiſ-

R ij

siens labouroient côme pretendâs leur appartenir, & que cestui-ci
au contraire soustenoit auoir esté consacrees, bien que les Locriēs
ne nous en fissent aucune instance, & que le pretexte que cestui-ci
veut prendre ne fust aucunemēt veritable. Et cela vous le iugerez
aisément par ce que ie vous vais dire. Les Locriēs ne pouuoiēt pas
obtenir iugement côtre nous sans nous faire appeller. Qui est-ce
qui nous a iamais adiourné, & par le mandement de qui ? Dites-le
nous, môstrez-le nous: mais vous ne sçauriez. Ce sont toutes bourdes dôt vous pésez nous amuser, par vne vaine apparēce. Les Amphyctions doncques allant reuisiter ceste côtree, les Locriens sur-
uindrēt, & peu falut qu'ils ne le missent tous en pieces. Ils prindrēt
mesmes quelques-vns des côseillers & deputez. Or côme à cause
de ce faict se fust meuë la guerre côtre les Amphissiēs, du cômen-
cemēt Cottyphus l'vn des Amphyctiôs eut la côduitte de l'armee,
depuis les vns ne venāt point, les autres venās & ne faisans riē, à la
prochaine assemblee d'apres quelques vns atiltrez, mesmes des
Thessaliens qui n'ont iamais rien valu, prenāt leur pretexte sur la
negligēce des autres villes, firēt deferer la tharge de ceste guerre à
Philippe. Car ils disoiēt qu'il falloit ou que chacū côntribuast à la
nourriture des soldats estrāgers, & que l'on condānast à l'amende
ceux qui en seroiēt refusās, ou biē qu'on esleust Philippe. Que faut
il tant de parolles? en fin il fut esleu general par ces gens-là, & apres
cela amassant des forces, & venant droit passer par la Cirree, laissant là & la Cirree & les Locriens il s'empara d'Elatee. Que si les
Thebains ne se fussent incôtinēt rauisez & ralliez auec nous, tout
cela fust venu côme vn torrent accabler nostre ville. Mais ceux-là,
ou plustost la faueur des dieux enuers ceste ville, l'arresterēt vn peu
pour l'heure. Ioint la diligence que i'y mis, qui y seruit de tout ce
que le labeur d'vn hôme y pouuoit seruir. Que l'on lise les decrets
qui en furent faits, & les registres de ce tēps-là, afin que vous voyez côbien ce miserable a excité de troubles, sans en auoir encore
esté puny. Voicy celui des Amphyctiôs. *Clinagoras estant Pontife, au*
conseil tenu au printemps, les deputez & côseillers des Amphictiôns ont ar-
resté, que puis que les Amphissiens sont descendus en la terre sacree, qu'ils
l'ont semee & fait paistre par leurs bestes, les deputez & conseillers descen-
droient sur les lieux, planteroyent des bornes pour distinguer les terrouërs, &
feroyent deffenses aux Amphissiens d'y plus aller à l'aduenir. Voicy
l'autre decret. *Du temps que Clinagoras estoit Pontife, au conseil tenu*
au printemps, les deputez & côseillers des Amphictions ont arresté, puis que

les Amphißiens auoient occupé le terrouer qui auoit esté consacré, y auoient mis paistre leur bestial & iceluy labouré & s'estoient trouuez en armes, pour s'opposer par force au conseil des Amphictions, desquels ils en ont blessé quelques-vns. Que Cottyphus esleu general des Amphictions, ira en Ambassade vers Philippe pour le prier de secourir Appollon & les Amphictions, & ne permettre pas que l'honneur de ce Dieu soit ainsi violé par les Amphissiens gens pleins d'impieté, & pour cet effect tous ceux qui ont voix deliberatiue au Conseil des Amphictions, l'ont esleu pour chef. Monstrez-moy d'auantage le registre de ce qui s'en est passé, car c'est le registre du temps qu'Eschines estoit deputé pour assister au Conseil des Amphictions. Voicy la date. Mnesitide estant Preuost le quatorziesme iour de Nouembre. Monstrez-moy aussi la lettre que Philippe escriuit aux autres villes du Peloponesse sur le refus que les Thebains faisoiet de luy obeyr, afin que par icelles vous cognoissiez clairement que quelque pretexte qu'il print, la verité estoit que toute ceste entreprise se faisoit par luy contre toute la Grece, contre les Thebains, contre vous mesmes; dont il pensoit venir à bout, faisant semblant de faire les affaires communes des Amphictions. A quoy faire Eschines luy a donné les occasions & les commoditez. Philippe Roy de Macedoine, à tous les Gouuerneurs, Conseillers, & autres associez des villes du Peloponesse, Salut, Puis que les Locriens nommez Ozolains, qui habitent à Amphisse ont violé le Temple d'Apollon à Delphes, entrant en armes dans le terrouer qui luy auoit esté consacré, & saccageant ce qu'ils y ont trouué, ie veux auec vous aller au secours & chastier ceux qui sont si hardis de violer ce qui a esté vne fois consacré à Dieu. Venez doncques au deuant de moy en armes iusques en la Phocide, portans des viures pour quarante iours, & vous y rendez au mois d'Aoust: ceux qui ne se trouueront point armez au moins nous seruiront de conseil, nous nous seruirons de ceux qui nous viendront trouuer, & quant aux autres qui ont seance au Conseil des Amphictions, qui ne viendront pas, nous les chastirons comme il appartient. Dieu vous conserue en posperité. Voyez comme il déguise les causes particulieres qui le menoient, & se sert de l'authorité des Amphictions. Or qui est-ce qui luy a preparé ce chemin? qui luy a donné ce pretexte? Qui est la principale cause de tous les maux qui en sont arriuez? est ce pas Eschines? ne dittes plus doncques côme vous auez accoustumé, en vous promenant, que c'est vn seul homme qui a mis la Grece en ce miserable estat. Car bon Dieu ç'ont esté plusieurs meschans hommes de chacune ville, du nombre desquels est ce

ſtui-cy , & duquel ſi i'oſois dire la verité , ſans rien craindre, ie le
pourrois vrayement appeler la ruine, & la peſte des hommes, des
villes , & des contrees qui ont eſté depuis perduës. Car c'eſt luy
qui a ietté la ſemence de tant de maux , & eſt cauſe que nous les a-
uons depuis veu germer & croiſtre, comme de fortes plantes. Ie
m'eſtonne certes,comme quand vous les voyez, vous ne le chaſſez d'autour de vous , mais il y a d'eſpeſſes tenebres qui vous eſ-
bloüiſſent les yeux,& vous cachent la verité. En fin vous racon-
tant les choſes que ceſtui-cy a negocié pour ruiner ſon pays, ie
ſuis venu en vn endroit,où il faut que ie vous die ce que i'ay faict
pour voſtre ſeruice, en reſiſtant aux deſſeins de telles gens. Vous
deuez auoir agreable de l'entendre pour pluſieurs raiſons, mais
principalement pour ce qu'il ne ſeroit pas honneſte , que vous ne
vouluſſiez pas prendre la peine d'entendre ſeulement le diſcours
de ce que i'ay eu tant de peine de faire pour voſtre conſeruation.
Comme ie m'apperceuz que les Thebains & vous-meſmes eſtiez
tellement ſeduits par ceux d'entre vous qui faiſoient les affaires
de Philippe, & qui auoient eſté corrompuz par luy , que vous ne
vous ſouciez nullement de le voir croiſtre en force tous les iours,
bien que ce fuſt la choſe du monde que vous deuſſiez plus craindre , & à quoy vous deuſſiez plus prendre garde , & d'autre coſté
que vous eſtiez tous les iours en querelle les vns contre les autres , & touſiours preſts à vous entre-harceler, pour obuier à ce
mal ie faiſois tout ce qu'il m'eſtoit poſſible,ne iugeant pas par mõ
ſeul aduis , combien cela vous importoit, mais voyant Ariſtophon & Eubulus,qui s'employent iournellement à conſeruer entre vous l'amitié & la concorde , & leſquels bien qu'entr'-autres
choſes ils fuſſent ſouuent contraires entr'-eux , s'accordoient
touſiours en cela. Ce ſont ceux Eſchines , que vous ſuyuiez de
leur viuant, les flattant & careſſant,& maintenant qu'ils ſont
morts , vous n'auez point de honte meſchant que vous eſtes, de
les blaſmer & deſchirer. Car en ce que vous m'accuſez pour le
fait des Thebains , vous leur faites plus de honte qu'à moy. Car
ils ont eſté d'aduis deuant que moy , de faire alliance auec eux. Ie
retourne maintenant au temps que ceſtui-cy nous eſmeut la guerre contre les Amphiſſiens , & que les autres negociateurs vous
mirent en querelle auec les Thebains.Philippe lors ſe voulut ruer
ſur nous , & pour cet effect ceux qui eſtoient attirez par luy y excitoient les autres villes. Que ſi vous ne vous fuſſiez vn peu reſ-

ueillez, vous ne vous en fussiez iamais releuez, si bien ils auoient auancé cet affaire. Or en quels termes vous estiez les vns auec les autres, escoutant ce decret & les responses de Philippe vous l'apprendrez, que l'on les prenne & qu'on les life. *Herophytus estant gouuerneur le vingt-vniefme de Feurier, la lignee Erecteide estant en tour de commander, par l'aduis du Conseil & des Capitaines a esté ordonné ce qui s'ensuit, pour ce que Philippe prend les vnes des villes voisines, ruine les autres, & veut en fin descendre au pays d'Attique, ne faisant aucun compte des traittez qu'il a faict auec nous, rompant la paix & violant la foy qu'il nous a iuree, le Senat & le peuple d'Athenes ont arresté d'ennoyer des Ambassadeurs par deuers luy, pour traitter, & l'exhorter à conseruer la bonne intelligence, & les pactions qu'il a auec nous. Sinon qu'il donne à ceste ville quelque temps pour aduiser à le contenter, & qu'il fasse trefue iusques en Auril. Suinus Anagirassien, Eutydemus Phlyasien, Bulagoras Alopetien, ont esté deputez du Conseil.* Voicy l'autre decret. *Herophitus estant Gouuerneur le dernier iour de Feurier, par l'aduis du General de l'armee, pour ce que Philippe essaye de nous rendre les Thebains contraires & se prepare d'entrer és places qui sont voisines du pays d'Attique, contre les traittez & conuentions que nous auons ensemble, le Conseil & le peuple ont arresté de luy enuoyer vn Heraut & des Ambassadeurs pour le prier & exhorter de nous accorder quelques trefues, afin que le peuple aduise au plustoft qu'il sera possible à ce qu'il doit faire. Car pour le preset il n'a pas esté d'aduis d'enuoyer aucun secours pour peu que ce soit. L'on a choisi du Conseil Noarchus Sosinome, Policrates Epiphrone, & du peuple pour Heraut, Eunomius Anaphliftien.* Or lisez maintenant la responfe de Philippe. *Philippe Roy de Macedoine au Conseil & peuple d'Athenes, Salut. Ie n'ignore pas de qu'elle volonté vous auez esté enuers moy des le commencement, & combien vous auez pris de peine pour diftraire d'auec moy les Theffaliens, Thebains, & Beotiens. Maintenant que vous voyez qu'ils ont esté plus aduisez & ne se font voulu accommoder à voftre volonté, mais se sont tenus à ce qui leur eftoit plus vtile, vous changez de dessein & m'enuoyez des Ambassadeurs & Herauts pour me ramenteuoir les pactions que nous auons ensemble, & me demander des trefues, bien que ie ne vous aye point encore attaqué. Apres auoir ouy vos Ambassadeurs, ie suis content de m'accorder à ce qu'ils m'ont demandé, & suis preft de vous accorder trefues, pourueu que vous chaffiez de voftre ville auec notte d'infamie, ceux qui vous donnent ces mauuais conseils là. Dieu vous conserue.* Voicy la responfe qu'il fit aux Thebains. *Philippe Roy de Macedoine au Conseil & peuple de Thebes, Salut. I'ay receu voftre lettre, par laquelle vous*

renouuellez la paix & amitié qui estoit des-ia entre nous. Ie suis aduerty que les Atheniens vous promettent beaucoup de faueur, pourueu que vous vous rangiez à ce qu'ils desirent. Ie pensois par le passé que vous suiuriez les esperances qu'ils vous presentoient, & consentiriez à leur volonté. Mais maintenant ie cognois que vous desirez le bien de vostre ville, & preferez la paix, & vostre repos aux opinions & conseils des estrangers. Dequoy ie vous loue grandement tant pour veoir que vous sçauez choisir ce qui vous est plus seur & vtile, que pour ce qu'en cela vous me rendez l'amitié que vous me deuez. I'espere que vous l'esprouuerez fructueuse, tant que demeurerez en ceste resolution. Dieu vous conserue. Philippe ayant ainsi disposé les villes l'vne enuers l'autre, & se tenant fier de ses decrets-là, & de telles responses. Il vint auec force, & prist Elatee; s'asseurant que quelque chose qui aduint vous ne vous accorderiez iamais auec les Thebains pour l'empescher. Or vous-vous souuenez assez quelle rumeur il y eust lors en vostre ville, toutesfois prenez la patience de m'entendre, pendant que ie vous en diray ce qui est necessaire pour le faict qui se presente. Il estoit des-ia tard quand il arriua vn homme qui venoit aduertir les Gouuerneurs que Elatee estoit prise. Aussi tost les vns qui estoiét lors à table se leuerent, & chasserent les Artisans qui estoient à la place à leurs estaux, & y mirent le feu. Les autres enuoyerent querir les Capitaines, & firent sonner la trompette, la ville estoit toute pleine de tumulte. Le lendemain les Gouuerneurs assemblerent le Conseil au lieu accoustumé, vous allastes à l'assemblee, & deuant que l'on eust tenu le Conseil & en haut & en bas, tout estoit ja plein de peuple. Apres cela le Conseil estant entré, les Gouuerneurs proposerent ce qui estoit arriué, & presenterent celuy qui auoit apporté les nouuelles. Comme il vous eust faict entendre ce que ie vous ay des-ja dict, le Heraut se leua, & demanda s'il y auoit quelqu'vn qui voulust parler, personne ne comparut, & bien que le Heraut demandast par plusieurs fois si personne ne vouloit rien dire, personne ne se leua, combien que tous les Capitaines & tous les Harangueurs fussent là presens, & que la voix commune de tout le pays excitast à parler ceux qui desiroient le salut de cet estat. Car quand le Heraut parle par le commandement des loix, il faut estimer que c'est la voix commune de tout le pays. Que s'il falloit que ceux qui desirent la conseruation de vostre ville se presentassent, vous autres & tout le reste des Atheniens estiez là venus à ceste assemblee. Bien sçay-ie que
vous

vous defiriéz tous la conferuation de voftre ville. Que fi c'eftoit
aux plus riches à parler, il y en auoit plus de trois cens. S'il falloit
que ce fuft à ceux qui auoient plus de biens & plus d'affection au
public, c'eft dóc à ceux qui depuis ont fait tant de magnificéces &
diftributions au peuple. Car il a fallu qu'ils ayent eu de l'affectió &
du moyé pour le faire. Mais cefte faifon à mó aduis, & cefte iour-
nee ne requeroit pas feulement que celui qui parloit fuft opulent
& bien affectionné, ains qu'il fuft fort nourri aux affaires, & euft
bien obferué ce qui s'eftoit paffé: afin de pouuoir entendre à quel
deffein Philippe faifoit tout cela, & à quoy il pretendoit. Car celui qui en euft efté bien informé auec vne fort exacte diligence,
pour riche & affectionné qu'il euft efté enuers vous, n'euft pas
fçeu pour cela ce qui eftoit à faire, & quel confeil il vous falloit
prendre pour ce fubiect. Ie fus dóc celui qui me prefentay ce iour
là, & me leuát ie vous dis des chofes que ie vous prie d'entédre diligemment pour deux raifons, l'vne affin que vous cognoiffiez
que ie fus feul qui parlay lors, qui mis ordre aux affaires, & qui ne
manquay iaffiais de volonté à vous feruir, ains aux plus perilleu-
fes occafions ay toufiours recherché ce que ie deuois pour voftre falut. L'autre, afin que par ce peu de temps que vous donnerez à entendre ce qui s'eft paffé, vous en foyez plus inftruits à ce
qui fe prefentera à l'aduenir. Ie dis donc lors, que ceux qui fe tour-
mentoient ainfi, comme fi les Thebains euffent efté bons amis de
Philippe, n'entendoient nullement l'eftat des affaires, car fi cela eftoit difois-ie, nous n'oyrions pas maintenant les nouuelles que Philippe eft en Elatee, il feroit pieça entré dans vos terres, mais ie fuis bien informé qu'il n'eft venu là que pour faire fes
preparatifs, affin d'executer les deffeins qu'il a fur les Thebains,
& qu'il foit ainfi, efcoutez ce que ie vous diray. Il a à fa deuotion
tous ceux qu'il a corrompu par argent, ou qu'il a gaigné par fi-
neffes. Quant à ceux qui dés le commencement luy ont efté contraires, il ne s'y peut en façon quelconque fier. Que veut il donques faire & pour quel fubiect s'eft-il emparé d'Elatee? afin d'a-
uoir fubiect de tenir fon armee pres de Thebes, & faire monftre de fes forces, par ce moyen confirmer fes amis, & efton-
ner fes ennemis, & les ranger ou par crainte ou par force, à ce
qu'ils ne lui ont iufques auiourd'huy voulu accorder. Si doncques difois ie lors, vous voulez en cefte occafion vous reffentir des indignitez dont les Thebains ont vfé enuers vous, &

vous deffier d'eux, & les tenir comme ennemis : vous ferez ce
que Philippe defire & demande tous les iours aux Dieux. Ie
ctains que lors ceux qui lui font maintenant contraires ne le reçoiuent en amitié, & le fauorifent tous d'vne mefme volonté,
& ne fe ruent enfemble fur nous. Que fi vous me voulez croire & apporter à cet affaire la confideration que vous deuez,
fans vous amufer à debattre & contredire, ie vous diray le confeil qui vous eft neceffaire, & m'affeure que ie preferueray cefte ville du danger qui la menace. Que dis-je donc ? Premierement qu'il faut leuer la crainte que nous auons de nos affaires,
la transferer à celle des Thebains, & craindre pour eux. Car ils
font bien plus pres du danger, & feront les premiers pris, & puis
que vous tous cheualiers & autres qui eftes en aage de porter les
armes alliez à Eleufine, vous prefenter en armes, afin que ceux
qui tiennent voftre party à Thebes, ayent occafion de dire librement ce qu'ils eftiment iufte & raifonnable, & cognoiffent que
comme ceux qui ont vendu leur pays à Philippe ont des forces
en Elatee pour les fouftenir, auffi ceux qui voudront combattre
pour la liberté, nous trouueront prefts pour les fecourir, fi
quelqu'vn les veut violenter. Apres cela ie veux que vous elli-
fiez des ambaffadeurs qui ayent telle puiffance qu'ont les Capitaines generaux, & puiffent faire defcendre là & fortir les foldats
quãd bon leur femblera. Or quand vos ambaffadeurs feront arriuez à Thebes, ie vous veux aduertir de ce qu'il vous faudra faire,
n'vfez point pour tout de priere enuers les Thebains, car la faifon
n'y eft point : mais declarez leur que s'ils veulent vous eftre
prefts de les fecourir comme perfonnes qui font en extreme danger, lequel vous preuoyez mieux qu'eux, afin que s'ils nous cro-
yent & acceptent nos offres, nous faffions ce que nous auons deliberé, & le faffions auec l'honneur & dignité, qui eft feante à la
grandeur de cefte ville. Si au contraire nous n'y pouuons rié profiter, qu'ils s'accufent eux-mefmes des fautes qu'ils font maintenant, & que l'on ne nous puiffe reprocher que nous ayons rien
faict de lafche n'y d'abiect. Apres auoir dict cela & plufieurs chofes femblables ie defcendis. Or chacun loüant & approuuant ceft
aduis, & perfonne ne difant rien au contraire, non feulement ie dis
cela, mais i'en fis le decret, ie n'en fis pas feulement le decret,
mais ie fis la legation : ie n'en fis pas feulement la legation, mais ie
le perfuaday aux Thebains : ie ne le perfuaday pas feulement aux

Thebains, mais par degrez ? & pied à pied ie conduifis ceft affaire de fon commencement à fa fin, & me voüay à toutes fortes
de dangers qui menaçoient lors cefte ville, afin de la pouuoir conferuer. Que l'on apporte le decret qui en fut lors faict, & qu'on
voye Efchines, fi ce iour vous paruftes tel que vous vous dites, &
moy tel que vous me dépeignez auiourd'hui. Car de la façon dôt
vous me calomniez, ie ne fuis qu'vn Batalus, & vous vn grand
preux, non pas des premiers venus mais vn Crefphontes, tel que
les Poëtes le décriuent, ou vn Creon, ou Oenomaus que vous re-
prefentaftes fi mal aux ieux que vous ioüaftes à Colyte. Ie me
monftray donc ce iour-là, pauure Batalus Peanien que ie fuis,
bien meilleur citoyen, & qui meritois beaucoup plus que cet Oenomaus Cotocidien: car vous ne profitaftes de rien au pays, &
moy au contraire ie fis tout ce que deuoit faire vn bon citoyen.
Que l'on life le decret. *Du temps du Gouuerneur Naufìcles, la lignee*
d'Aiax, eſtant en tour de gouuerner, le quatorzieſme iour de May, De-
moſthene Peanien a dit, que Philippe Roy de Macedone à cy deuant violé
les conuentions que le peuple Athenien auoit faict auec luy, rompu le trait-
té de paix fauſſant ſon ſerment, & tranſgreſſant ce qui auoit eſté trou-
ué iuſte par l'aſſemblee de tous les Grecs, s'emparant des villes où il n'a-
uoit aucun droict, & deſquelles les vnes appartenoyent aux Atheniens,
qui ne luy ont faict aucun tort ne deſplaiſir, & s'accroiſt de iour en iour
par violence & cruauté, mettant des garniſons en quelques villes de la
Grece, changeant le gouuernement des autres, reduiſant les autres en capti-
uité, les ruinant & demantelant, & meſmes en faiſant habiter quelques
vnes par des barbares & eſtrangers, leur donnant les temples & ſepulchres
des Grecs. En quoy il faict choſe digne de ſon pays & de ſes mœurs, abu-
ſe intemperamment de ſa bonne fortune, s'oublie ſoymeſme, & ne ſe
ſouuient plus comme de petit compagnon il eſt deuenu deſeſperément
grand. Quand il ruinoit les villes barbares & qui luy eſtoient propres, le
peuple d'Athenes penſoit n'auoir pas grande occaſion de s'en formaliſer,
mais maintenant qu'il veoit que des villes de Grece, les vnes ſont igno-
minieuſement traittees, les autres ſont entierement ruinees, il eſtime
choſe fort griefue à porter, & indigne de la gloire de ſes predeceſſeurs,
de veoir autour de ſoy les villes de la Grece aſſeruies. Et pource le con-
ſeil & le peuple d'Athenes ont aduiſé de faire des ſacrifices aux dieux &
Heros tutellaires de ceſte ville, & de toute la contree, & encouragez
par la vertu de leurs anceſtres, qui ont eſtimé plus chere la liberté de tou-
te la Grece, que le bien de leur propre pays, ont ordonné que l'on mettra

deux cens vaisseaux en mer, que le general de la mer fera voile vers les Termopyles, & le general de terre ferme conduira la cauallerie & l'infanterie vers Eleusine, & que l'on enuoyera des ambassadeurs vers les autres villes de Grece, premierement vers les Thebains pour estre leur pays le plus pres des forces de Philippe, pour les exhorter de ne se point estonner des menaces de Philippe, conseruer genereusement leur liberté, & celle de toute la Grece, & les asseurer que si les villes se sont cy deuant en quelque chose offensees les vnes les autres, le peuple Athenien le veut oublier, & secourir celles qui seront assaillies de forces, de deniers, de munitions, & d'armes, iugeant qu'il est honorable aux Grecs de disputer entre eux pour la preeminence & le commandement, mais que se laisser commander par vn estranger, & estre priuez de leur authorité, c'est chose indigne de la gloire des Grecs, & de la vertu de leurs predecesseurs. Et quãt aux Thebains le peuple d'Athenes ne les estime point autrement que ses parens, alliez & confederez, se souuenant assez combien ses ancestres les ont aymé & fauorisé. Car les enfans d'Hercules ayans esté chassez de leur estat par les Peloponessiens, il les restablist ayant rompu à force d'armes ceux qui s'y vouloyent opposer. Et quand Edipus fut chassé, nous le receumes luy & les siens, sans vne infinité d'autres bons offices que nous auons fait aux Thebains. Et pource que nous n'oublierons point encore auiourd'huy l'honneste affection que nous auons tousiours porté au bien des Thebains, & de toute la Grece, & pour leur en donner plus d'asseurance, ceux qui y seront enuoyez, feront alliance auec eux, contracteront des mariages, donneront & receuront le serment. Les ambassadeurs deputez sont Demosthene fils de Demosthene Payanien, Hyperides fils de Cleander Spisitien, Mnisitides fils d'Antiphanes Phrearien, Democrates fils de Sophile Phlyen, Calleschre fils de Diotime Cotocidien. Voyla quel a esté le commencement des affaires qui ont esté negociees auec les Thebains & leur premier establissement. Car auparauant les villes estoient en haine & defiance les vnes des autres. Ce decret destourna lors comme vn nuage le danger qui menaçoit ceste ville. Or s'il se pouuoit riẽ faire de mieux en cet affaire, c'estoit à ceux qui se disent bons citoyens de le proposer lors, & non pas le reprendre auiourd'huy. Car bien qu'vn bon conseiller & vn calomniateur ne se ressemblent en rien, si different ils principalement en cela, celuy là auant que l'on entreprenne vn affaire en dict son aduis, & offre à ceux qui le suiuront de respondre de l'euenement que la fortune & les occasions pourront apporter. Ce-

luy-cy s'estant teu lors qu'il falloit parler, vient puis apres à
blasmer ce qui n'a pas heureusement reüssi. C'estoit doncques
comme ie dis lors la saison qu'il falloit qu'vn homme qui faisoit
profession d'aimer le public se monstrast, & s'il auoit quelque
bon conseil qu'il le fist entendre. Or voyez à quoy ie me soub-
mets : ie dis encore auiourd'huy, que s'il y a quelqu'vn qui puisse vous donner vn meilleur aduis, ou vous proposer quelqu'autre
moyen de pourueoir à cet affaire, que celui que i'ay tenu, ie me
confesse coulpable enuers vous. Car s'il y a quelqu'vn qui sçache
ou puisse proposer auiourd'huy quelque chose qui se deust lors
faire en cet affaire, ie l'ay deu sçauoir lors. Que s'il ne s'en trouue
point, & s'il n'y en a iamais eu, qu'à peu faire vn bon Conseiller
autre chose que de ce qui se presentoit en choisir le meilleur ? Or
cela ie l'ay faict Eschines, le Heraut a crié, *Y a-il quelqu'vn qui*
vueille haranguer, personne ne veut il discourir de ce qui se presente ? Per-
sonne ne veut il respondre de ce qui deuoit arriuer ? Vous estes demeuré tout ce temps-là en l'assemblee, ie me suis leué & ay parlé. Mais
puis que vous-vous estes teulors, au moins parlez à cet heure.
Ay-ie oublié aucun moyen, ou laissé passer occasion quelconque
de seruir cet Estat ? Y a-il alliance, y a-il practique qui puisse estre
plus vtile à ceste ville que celles que i'ay faict ? & toutesfois ce n'est
pas la façon de deliberer des choses passees, & ne voyons personne qui s'amuse à en donner conseil, ce qui est present ou aduenir
c'est ce que desire l'office & le soin d'vn bon Conseiller. Il y auoit
donc lors des dangers qui nous menaçoient à l'aduenir, il y en a-
uoit de presens & pressans, c'est en ceux-là qu'il faut examiner mon
affection, & non pas calomnier les euenements des choses passees. L'issuë des affaires faict paroistre la faueur de la fortune, mais
le commencement du dessein monstre la sagesse de celuy qui en
donne l'aduis. Ne m'imputez donc point s'il est arriué que Philippe ait gaigné la bataille. Car c'estoit vn euenement qui estoit en la
main de Dieu, & non pas en la mienne. Mais reprenez moy &
m'accusez si de tout ce où le discours de l'homme peut atteindre,
i'en ay oublié quelque chose, si ie ne l'ay practiqué auec toute la
diligence, & toute la peine qu'il est au monde possible, plus que
la puissance humaine ne semble pouuoir porter, si i'y ay rien commis de honteux & indigne de ceste ville, reprenez-men. Que si l'o-
rage & la tempeste a esté plus grâde que moy ny pas vn des Grecs,

n'eust peu preuoir, qu'en puis-je mais, si vn patron de nauire auoit
freté & equippé vn vaisseau de tout ce qui luy est necessaire, pour
le conduire à sauueté, & que puis apres la tourmente le vint ac-
cueillir, & qu'elle rompist & brisast tous ses instrumens, l'accuse-
roit-on d'estre cause du naufrage? Il respondroit, ie n'auois plus de
puissance sur mon nauire. Et moy aussi ie dis, ce n'estoit pas moy
qui menois les armees, ie n'estois pas maistre des batailles, ains la
fortune qui commande à tout le monde. Mais considerez vne chose, & voyez si le destin portoit qu'estant ioincts auec les Thebains,
nous eussions ceste aduenture, que deuions nous attendre s'ils
n'eussent point esté auec nous, & se fussent ioincts auec Philippe,
qui pour ce faire a faict & dit tout ce qu'il a peu? Si la bataille donnee à trois iournees de nous, a apporté tant de danger & d'eston-
nement à ceste ville, qu'eust-ce esté si cet accident fust arriué à nos
portes? Pensez-vous que nous eussions eu le loisir non pas de
nous releuer, non pas de nous soustenir, mais seulement de respi-
rer.   Vn ou deux ou trois iours, nous ont donné beaucoup de
moyen de pouruoir au salut de ceste ville. Il n'est besoin de dire de
quels mal heurs nous garantit lors vne speciale faueur des Dieux,
& ceste alliance que vous auez voulu blasmer. Or tout ce grand
discours-là, est pour rendre raison à vous qui estes assis pour iuger, & à tous les assistas, de la façon dont ces choses se sont passees.
Si ce n'estoit que pour respódre à ce scelesé cy, ie le pourrois faire
en vn mot. Car Eschines si vous seul auiez cognoissance de ce qui
deuoit arriuer, ne deuiez vous pas lors que l'ó deliberoit de cet affaire le predire: si voº n'é auiés point de cognoissáce, vous estes res-
pósable de vostre ignoráce aussi bié que les autres. Pourquoy vou-
lez-voº que i'é sois plustost blasmé que vous? car ie me suis en cela
móstré meilleur citoyen que vous, en ce que és affaires dót ie viés
maintenant de parler (car ie ne parle point encore du reste) ie me
suis employé pour le seruice de la ville, & me suis exposé à tous
les dangers qui se sont présentez. Quant à vous, vous n'auez rien
proposé de meilleur, autrement mon conseil n'eust pas esté suiuy
& n'auez rien faict pour le seruice de la ville. Mais bien auez vous
faict, ce que l'on eust peu attendre du plus meschant & furieux
homme de la ville, qui est de calomnier les euenemens des affaires. Il se trouue qu'en mesme temps Aristrate & Aristolaus ennemis de ceste ville, accusent l'vn à Naxe, l'autre à Thasse les amis
des Atheniens; & Eschines à Athenes Demosthene. Et neant-

moins il seroit bien plus iuste de faire mourir celuy qui met en re-
serue les infortunes des Grecs pour en triompher, que non pas de
luy permettre d'accuser les autres. N'estant point croyable que celuy qui veut faire son profit du bon heur de nos ennemis, desire la
prosperité de son pays. Et cela le monstrez-vous bien par la façon
dont vous viuez & par vos actions, vous meslant tantost du gouuernement, tantost vous en retirant. Se faict-il quelque chose de
ce que vous iugez Seigneurs Atheniens, estre pour vostre bien.
Eschines est muet comme vn poisson : Y a-il quelqne rumeur ? se
faict-il quelque chose qui ne se deuroit pas faire ? le voyla qui paroist : comme les fractions & ruptures qui se font sentir au corps
si tost qu'il commence à s'esmouuoir. Mais pour ce qu'il s'attache
aussi aux euenements : ie diray vne chose qui semble estrange. Ie
vous prie au nom de Dieu, que personne ne s'estonne de ce que
ie diray, bien qu'il semble exceder toute creance, mais plustost
qu'il l'examine diligemment. Or dis-je que quand l'on eust peu
preuoir ce qui deuoit arriuer, que chacun l'eust sceu, que vous Eschines l'eussiez predict, & que vous eussiez crié & protesté aussi
bien que vous n'en auez pas dict vn mot, neantmoins pour cela le
peuple Athenien ne deuoit pas laisser de faire ce qu'il a fait, si tant
est qu'il eust, deuant les yeux son honneur, celuy de ses predecesseurs & de sa posterité. Car à cest'heure on ne peut dire autre chose, sinon qu'il a receu vne infortune, qui est chose commune à tous
hommes, quand il plaist à Dieu de leur enuoyer. Mais s'il eust fait
autrement & que luy à qui appartient le commandement & la
preeminence entre les Grecs, se fust retiré pour laisser emparer
Philippe de la Grece l'on l'accuseroit auiourd'huy d'auoir trahy
& liuré à Philippe tous les peuples voisins. Car si volontairement
nous eussions abandonné ce pour la deffence dequoy nos ancestres eussent voulu courir toutes les fortunes du monde, qui est-
ce Eschines, qui ne vous eust maintenant craché au visage. Ie ne
parle pas de la ville ny de moy, car nous n'y eussions iamais con-
senty. Auec quels yeux eussions-nous regardé ceux qui fussent venus en nostre ville, si les choses estans arriuees au poinct où elles
sont, Philippe se fust rendu Seigneur de toute la Grece, sans que
nous-nous fussions mis en deuoit de l'en empescher, & que les
autres sans nous s'y fussent opposez, veu que par le passé ceste
ville n'a iamais preferé ceste honteuse seureté, aux dangers qu'il a
fallu subir pour conseruer son honneur. Qui est celuy des Grecs

ou des barbares qui ne sçache que les Thebains & Lacedemoniens lors qu'ils estoient les plus forts de la Grece, & le Roy de
Perse mesmes n'eussent accordé tres-liberalement aux Atheniens
de viure en repos en leur ville, auec tels droicts qu'ils voudroient,
& sans rien diminuer de ce qui leur appartient, pourueu qu'ils eussent permis qu'vn autre eust eu le commandement en toute la
Grece? Mais ce n'estoit pas chose ny propre ny naturelle, ny tolle-
rable aux Atheniens, ausquels rien n'a iamais peu persuader de se
ranger auec les plus forts, qui vouloient entreprendre quelque
chose iniustement, & preferer la seureté à la liberté. Mais au contraire ils ont perpetuellement combatu auec hazard pour la preeminence, pour l'honneur & pour la gloire. Et cela, Seigneurs, vous
l'auez tousiours estimé si magnifique & louable, & si selon vos
mœurs, que ce sont les louanges ordinaires dontvous celebrez la
memoire de vos ancestres, & auez raison. Car qui n'admireroit la
vertu de ces hommes-là, qui ont abandonné leur ville & leur pays
pour monter sur les galleres, de peur d'estre submergez & asser-
uiz. Ils choisirent pour Capitaine & general Themistocles, qui
leur auoit donné ce conseil, & luy obeyrent. Et au contraire ils lapiderent Circylus qui les en vouloit destourner, & non seulement
luy, mais vos femmes lapiderent la sienne. Car ils ne cherchoient
pas lors des Capitaines ny des Orateurs, qui leur donnassent
moyen de seruir heureusement, ains ils n'estimoient pas qu'il leur
fust honneste de conseruer leur vie, s'ils perdoient la liberté. Ils a-
uoient tous ceste opinion, qu'ils n'estoient pas seulement enfans
de leurs peres, & de leurs meres, mais aussi de leur pays. Quelle
difference me direz vous, y a-il en cela? C'est que celuy qui pense n'estre n'ay que pour les parens, attend la mort, telle que la nature & le destin luy doiuent apporter; mais celuy qui pense deuoir sa vie à son pays, desire de mourir plustost que de le veoir re-
duict en seruitude, & n'estime rien plus à craindre que la honte &
l'ignominie que son pays receuroit s'il estoit asseruy. Si ie commençois donc à vous dire, que i'ay esté le premier qui vous ay excité à reprendre le courage de vos ancestres, il n'y a personne qui
m'en peust iustement blasmer. Mais ie dis & soustiens que s'ont e-
sté tousiours là vos desseins, & qu'auant que ie fusse nay, ceste ville viuoit en ceste resolution, laquelle i'ay aydé à executer, autant
qu'il m'a esté possible aux affaires qui se sont presentees. Et quant
à celuy qui a blasmé toutes les actions des autres, & qui vous veut
induire

induire à me vouloir mal, comme ayant esté cause de mettre vostre ville en hazard, pendant qu'il se plaist à me priuer de l'honneur que l'on m'a ordonné, il vous priue quant & quant de toute la loüange & la gloire que vous deuez attendre de la posterité. Car si vous condamnez auiourd'huy Ctesiphon, pource que vous iugez que ie ne me suis pas comporté comme i'ay deu au gouuernement de la chose publique, vous iugerez quant & quant que les fortunes qui vous sont arriuees ne sont point procedees de vostre malheur, mais de vostre faute. Cela n'est point, cela n'est point Seigneurs Atheniens, & ne vous peut on imputer à faute si vous auez hazardé quelque chose pour la liberté & le salut commú. Cela n'est point ie vous le iure & vous le iure par les cendres de ceux qui ont si vaillamment hazardé la bataille de Marathon, donné celle de Platee, & combattu en mer à Salamine, pres Artimisium & autres endroits, lesquels gisent dans les sepulchres publics. Personnages pleins de bonté, & de vertu, desquels la ville a celebré les obseques à ses despens, & les a enseuely en vn commun tombeau, pour les honnorer comme ils meritent. Non seulement Eschines ceux qui estoient demeurez vainqueurs ont esté estimez heureux, mais generalement tous, & iustement. Car toutes leurs actions estoient telles, qu'elles deuoiét estre de gens de bien & de valleur, & leur fortune telle qu'il a pleu à Dieu de l'ordonner. Or miserable brouillon & chicaneur que vous estes, pour m'oster l'honneur que l'on me deffere auiourd'huy, & empescher que ces honnestes Seigneurs n'vsent enuers moy de leur humanité & liberalité, vous-vous estes mis à discourir des anciés faits d'armes & trophees de nos predecesseurs & tout cela à quel propos? Mais puis qu'ainsi est, & que la valeur & le courage de ceux-là estoit tel, ie vous demáde pauure farceur, quel conseil deuois-ie donc donner à ces Seigneurs cy, quand ie me suis presenté pour dire mon aduis d'vn affaire qui s'offroit, où il alloit de leur honneur & dignité? Quoy! eusse ie proposé quelque chose indigne de leur vertu? Ils m'eussent assommé, & iustement. Il ne faut pas, Seigneurs Atheniens, iuger les causes publicques, auec les mesmes reigles & considerations que vous iugez les priuees. Pour iuger ce qui regarde les actions particulieres, & les contracts qui se font entre les hómes, vous deuez regarder les loix qui en sont escrites. Mais pour iuger les conseils que vous prenez pour les affaires publiques, il vous faut conformer à la vertu

T

de vos predeceſſeurs,& eſtimer qu'auec la verge & la balotte que
vous prenez en main,chacun de vous prend & veſt l'eſprit, & le
courage de toute la republique,afin qu'en ordonnant des affaires
cōmunes,vous ne faſſiez riē qui ne ſoit digne de ceux qui ont eſté
deuāt vous.Ce diſcours m'a mené à parler des actions de vos predeceſſeurs, qui ont toutesfois fait & dit beaucoup de choſes que
i'ay laiſſé,pource que ie veux reuenir au propos dōt ie m'eſtois de-
ſtourné. Donques comme nous fuſmes arriuez à Thebes,nous y
trouuaſmes là les ambaſſadeurs de Philippe, des Theſſaliēs & autres villes,nos amis & partiſans tous eſtōnez, & ceux de Philippe
au contraire fort aſſeurez.Et afin que l'on ne pēſe point que ie die
cecy à poſte,& pour m'en ſeruir en ceſte occaſion,que l'on liſe les
lettres que nous qui eſtiōs lors en ceſte ambaſſade,en eſcriuiſmes,
ſi toſt que nous fuſmes arriuez. Car cet homme-cy me calomnie
auec vne telle impudence,que ſi i'ay fait quelque choſe à propos,
il l'impute au temps & à l'occaſion,& ſi quelque choſe a mal reuſ-
ſi, c'eſt moy & ma mauuaiſe fortune qui en ſommes cauſe; & ſemble à l'ouyr dire, que l'on ne doiue pour rien compter ce que
i'ay moyenné par diſcours & bon conſeil, & au contraire que ie
ſois ſeul reſponſable de toutes les meſaduantures qui ſont arriuees au faict de la guerre,& conduite des armees. Y euſt-il iamais
vn plus cruel & plus abominable impoſteur que celuy-là? Qu'on
liſe nos lettres. *Les lettres defaillent.* Les Thebains ayant aſſemblé
leur conſeil, firent entrer les ambaſſadeurs de Philippe les premiers,pour ce qu'ils les tenoient pour leurs confederez. Ils firent
leur propoſition, où ils loüerent hautement Philippe, & nōus
blaſmerent à bon eſcient, nous r'amenant tout ce que iamais nous
auions faict contre les Thebains. La concluſion eſtoit qu'ils deuoient ſçauoir gré à Philippe des bons offices qu'il leur auoit fait,
& ſe venger des iniures qu'ils auoient receü de vous, où luy donner paſſage pour entrer ſur vous, où ſe ioindre à luy pour deſcendre en Attique: & s'efforçoient de monſtrer que par le moyen du
conſeil qu'ils leur donnoient, que tout le beſtail & les eſclaues
d'Attique, & autres biens qui y ſont, viendroient fondre en la
Beoce. Qu'au contraire ce que nous leur voulions propoſer, ſeroit cauſe de la ruyne & du rauage de la Beoce,& beaucoup d'autres choſes qui reuenoient toutes là. Or ce que nous reſpondiſmes
de noſtre coſté, il n'y a rien en ce monde que ie deſiraſſe tant, que
de le vous rapporter par le menu. Mais ie crains que l'occaſion en

eſtant paſſee, & s'eſtant faiɔt depuis comme vn deluge en la Grece, vous ne trouuiez mauuais que ie vous en rompe d'auantage la teſte, ſeulement vous prieray ie de voir ce que nous leur perſua-daſmes, & ce qu'ils nous reſpondirent; Venez, prenez cela, & le liſez. *La reſponce defaut.* Cela faiɔt il vous prierent de venir, & en-uoyerent vers vous. Vous ſortiſtes & allaſtes pour les ſecourir, & afin de laiſſer ce qui aduint entre deux, ils vous receurent fort courtoiſement. De ſorte que combien que leur infanterie & caua-lerie fuſt dehors, ils logerent neantmoins vos forces dans leur ville, & dans leurs maiſons, où eſtoient leurs femmes & leurs en-fans, & ce qu'ils auoient de plus precieux. Ce iour là les Thebains vous donnerent la gloire des trois plus loüables choſes qui ſoient au monde, l'vne de vaillance, l'autre de iuſtice, la troiſieſme de temperance. Car quand ils ont pluſtoſt choiſi de faire la guerre auec vous que contre vous, ils ont iugé que vous eſtiez plus gens de bien que Philippe, & que vous deſiriez plus la iuſtice que luy, & depoſant leurs femmes & leurs enfans en voſtre garde, ils ont iugé que vous eſtiez tres-fidelles & tref-temperans. En quoy l'euenement a bien monſtré qu'ils ne s'eſtoient pas trompez. Car depuis que vous fuſtes entrez en leur ville, il n'y eut iamais vne ſeule plainte de vous. Et s'eſtant faiɔt deux montres generales, l'vne aupres de la riuiere, & l'autre pres du lieu qu'on appelle d'Hyuez, non ſeulement vous n'y auez rien perdu de voſtre hon-neur, mais outre vous vous y eſtes rendus admirables, par le bel ordre, le bon equipage, & la reſolution que vous monſtraſtes. Dont les eſtrangers vous loüerent grandement? & quant à nous qui eſtions demeurez icy, nous fiſmes des ſacrifices aux Dieux, & des proceſſions pour voſtre proſperité. Ie demanderois volon-tiers ſi lors que ce faiſoient toutes ces prieres publicques là, & que toute la ville eſtoit pleine d'vn million de reſiouyſſances, & de loüanges, Eſchines eſtoit à ſe reſiouyr, & ſacrifier auec les autres? ou ſi triſte, faſché & enragé de voir le bon ſucces de vos affaires, il eſtoit caché en ſa maiſon. S'il eſtoit auec les autres faiſant ce que chacun autre faiſoit, auec quel front peut-il demander au-iourd'huy, que vous qui auez proteſté les dieux auant que de ve-nir icy, vous condamniez ce qu'il a luy meſme approuué, en pre-nant & appellant les dieux à teſmoins? Que s'il ne s'y eſt pas trouué, ne merite il pas de mourir cent fois, s'il s'eſt deſpleu & ennuyé du bien qui rendoit tous les autres ioyeux & contens?

Lifez moy vn peu ces decrets-là . *Les decrets des facrifices defaill-lent* . Vous faifiez donc lors des facrifices, & les Thebains atten-doyent de vous tout leur falut: Bref les chofes en eftoyent ve-nues-là, que ceux à qui vous euffiez efté contraints de demander fecours, fi l'on euft laiffé faire ces gens-cy, vous le venoient demã-der. Voylà ce que vous profita de me croire . Or quels propos te-noit lors Philippe, & en quelles alteres cela le mit, vous le iugerez par les lettres qu'il efcriuit à ceux du Peloponeffe. Prenez les & les lifez, afin que vous entendiez ce qu'ont profité mon affiduité, mes voyages, mes peines, & tant de decrets que ceftui-cy a voulu ca-lomnier. Il y a eu deuant moy Seigneurs Atheniens, beaucoup de grands & celebres orateurs en cefte ville, comme Califtrate , Ari-ftophon, Cephale, Thrafibule, & mille autres, mais il n'y en eut ia-mais pas vn qui fe foit entierement voué à vn affaire, & ait entre-pris de le mener a fin; ains fi quelqu'vn d'eux faifoit vne propofi-tion, il n'en faifoit pas l'ambaffade: s'il en faifoit l'ambaffade, il n'ẽ faifoit pas la propofition. Ils fe donnoient relafche, & fe rendoiẽt par le moyen les vns des autres les affaires faciles à executer, ou les fautes faciles à executer. Quoy donc me dira quelqu'vn ; fur-paffez vous tellement les autres, en force & en courage, que vous puiffiez tout faire vous feul? Ie ne dis pas cela. Mais ie dis que i'e-ftimois le danger qui menaçoit cefte ville fi grãd, qu'il ne me don-noit pas loifir de pourueoir à mes affaires particulieres, & à la feu-reté des affaires publiques, & me fembloit que tout ce qu'on pou-uoit defirer, c'eftoit de pouruoir à qui fe prefentoit, fans y rien oublier. Or m'eftois-ie perfuadé follement peut eftre , que nul autre n'euft peu ny mieux ordonner ce qu'il falloit faire en cefte occafion , ny le negocier plus à propos, ny faire cefte am-baffade auec plus d'affection ; & plus de l'egalité, & pource ie me mettois à tour. Lifez donc les lettres de Philippe. *Les lettres de-faillent.* Voyla Efchines où ie reduifis Philippe par mon gouuer-nement: en fin ie luy fis lafcher cefte parole, à luy qui auoit auparauant tant braué cefte ville de parolles , en recompenfe dequoy ces Seigneurs m'ont iuftement decerné l'honneur de la couronne , à quoy vous ne contrediftes pas lors , bien que vous fuffiez prefent. Diotidas depuis m'en voulut accufer, mais il n'euft pas feulement la cinquiefme partie des voix. Or pour cela il ne faut que lire les decrets pour lefquels l'on ne m'a iamais voulu condamner, & Efchines ne m'a pas feu-

lement osé accuser. *Les decrets defaillent.* Ces decrets-là Seigneurs Atheniens, sont couchez en mesmes termes, & mesmes
syllabes que ceux qu'Aristonicus cy deuant, & Ctesiphon depuis
ont dressé à mon honneur, & de ceux-là iamais Eschines n'en a
faict aucune pourfuitte, ny ne s'est ioinct à celuy qui s'en est rendu
accusateur. Et toutesfois s'il dict vray, il eust eu lors plus de raison d'accuser Demonicles & Hyperides qui auoient faict publier
ceux-là, qu'il n'a pas d'accuser Ctesiphon pour cestuy-cy. Pourquoy? Pour ce que Ctesiphon lui peut obiecter l'authorité des
choses iugees, & qu'il n'est pas receuable à l'accuser, veu qu'il n'a
pas accusé les autres qui ont publié des decrets semblables à celuy dont il se plaint auiourd'huy; & que ce n'est pas chose dont la
loy le reprenne, & beaucoup d'autres choses semblables. S'il l'eust
faict lors, l'on eust iugé la question auant que ce que-i'ay dict cy
dessus y eust faict aucun preiudice. Mais volontiers il n'eust pas eu
moyen de faire lors, ce qu'il fait maintenant, qui est d'aller recher-
cher des choses du temps passé, & choisir entre des vieux decrets,
dont personne ne se souuient plus, & dont on n'entend plus parler, quelque mot pour le calomnier, changer les dattes & suppo-
ser de faux faicts, afin de donner couleur à ce qu'il veut dire. Il n'y
eust pas eu lors de moyen, la verité estoit trop cogneuë, vous a-
uiez encore la memoire toute fresche, de ce qui s'estoit passé, &
les affaires estoient quasi encore entre vos mains. C'est pourquoy n'osant entreprendre de blasmer les actions qui estoient
lors presentes, il l'a remis à vn autre temps: pensant à mon aduis
que ce seroit icy vn combat d'Orateurs & non pas vne recherche
de la façon dont les affaires publicques ont esté maniees, vn iugement où l'on examineroit quelles sont les plus belles paroles, &
non pas qu'elles sont les plus belles actions & plus vtiles au public. Et là-dessus il vous apporte de belles sentences: & dict que
vous deuez deposer l'opinion que vous auez apporté icy de mon
merite & de mes seruices: vous deuez faire ce dict il, comme
quand vous oyez le compte de celuy à qui vous pensez deuoir de
reste si par le calcul il se trouue que la despense esgalle la recepte,
vous-vous en allez quittes, De mesme en ceste cause vous ne deuez faire estat que de ce qu'il apparoistra par l'issuë de ce iugement
apres auoir tout bien examiné. Or considerez ie vous prie comme les choses iniustes & desraisonnables se descouurent & dé-
mentent elles-mesmes. Car par ceste belle similitude ce sage Sei-

gheur-cy recognoiſt, que vous auez des-ja preiugé, que mes harangues ont touſiours recherché le bien du pays,& les ſiennes celuy de Philippe : pour ce qu'il ne ſe mettroit pas en peine de vous
oſter ceſte opinion,s'il ne iugeoit que vous l'euſſiez des ja en vos
eſprits.Mais que ce qu'il vous diɛt pour vous oſter ceſte opinion,
ſoit ſans apparence,ie le vous monſtreray clairement, non pas a-
uec les jettons côme il veut faire, car telles affaires ne ſe iugēt pas
par là,ains en vous repreſentât en peu de mots,côme les choſes ſe
ſont paſſees,& vous priant de m'en eſtre teſmoins.Par le moyē de
ce que i'ay negotié&dôt ceſtui-cy m'accuſe,i'ay fait qu'au lieu que
les Thebains ſe fuſſent ioints auec Philippe pour entrer en vos terres,ils ſe ſôt ioints auec vo⁹ pour l'ē repouſſer:au lieu que la guerre euſt eſté dâs le cœur de l'Attique elle en a eſté diuertie,elle s'eſt
faite en Beoce, & en a eſté eſloignee de plus de 30. lieuës, au lieu
qu'ils no⁹ euſſêt emply le pays de larrôs & de fourrageurs qui fuſſent deſcendus d'Eubee, vous auez eu toute l'Attique paiſible, &
la guerre ne s'eſt faiɛte que par mer:& au lieu que Philippe faiſoit,
eſtat ayant pris Biſance, de tenir tout l'Heleſpont, vous auez eu
les Biſantins ioinɛts auec vous,pour luy faire la guerre.Que vous
ſemble Eſchines ? le iugement des aɛtions des hommes ſe faiɛt-il
comme vn calcul de compte? Eſt-ce choſe où on puiſſe mettre &
leuer à volonté, ou certaine & aſſêuree, & dont la memoire demeure à perpetuité?A cecy ie ne veux poinɛt adiouſter que les autres ont experimenté la cruauté dont Philippe a vſé à l'endroit de
ceux qui ſe ſont vne fois ſoubmis à luy. Quant à la feinte douceur
& humanité dont il pare le reſte de ſes affaires, & dont il vous a
apaſté, ſi vous en auez eſprouué les effeɛts il n'a eſté que bien employé. Mais ie laiſſe tout cela. Bien oſeray-ie dire que celuy qui
voudra examiner les aɛtions d'vn Orateur comme il faut, & ne le
point calomnier,il ne l'accuſera pas de ce que vous me reprochez
maintenant, en forgeant des exemples, vous attachant à des paroles,& contrefaiſant mes façons de parler (car ce n'eſt pas en cela que conſiſte le bien des affaires de la Grece, ſi i'vſe de ce mot-
cy ou de celuy-là, ſi i'ay tourné la main deçà ou delà :) mais il eſ-
pluchera mes aɛtions en ſoy , & conſiderera qu'elles occaſions ſe
ſont preſentees à la choſe publicque, & quels moyens elle auoit
lors que ie ſuis venu au maniement des affaires , quelles commoditez ie luy ay acquiſes depuis que i'en ay eu l'intendance, & en
quel eſtat eſtoient les ennemis. Si vous trouuiez que les affaires

fe fuffent empirees entre mes mains, vous auriez fubiect de me
l'imputer, fi elles y eftoient amendees vous ne m'en deuriez pas
calomnier, Puis que vous ne l'auez pas voulu faire, ie le feray. Et
vous Seigneurs iugerez fi ie dis vray ou non. Nous auions lors
pour nous les Ifles, mais non pas toutes, ains les plus foibles, car
Chio, Rhodes, Corphou, ne tenoient pas noftre party. Tout l'E-
ftat des finances fe pouuoit monter à vingt-quatre mil efcus, qui
eftoient des-ia leuez. De gens de guerre, de pied ne de cheual,
nous n'en auions pas vn, que de la ville : & ce que nous deuions
plus craindre que tout le refte, nos aduerfaires auoient mis ordre, que tous nos voifins d'Eubee, de Megare, & de Thebes,
nous vouloient plus de mal que de bien, voyla ce qui eftoit à la
ville, & perfonne n'y fçauroit rien adioufter. Quant à Philippe à
qui nous auions affaire, confiderez quelles eftoient fes forces. Premierement il eftoit fuiuy de fes fubiects, qui eft vn tref grand aduantage à la guerre, d'eftre Seigneur de ceux dont on fe fert. C'e-
ftoient gens qui eftoient nez les armes aux mains ; il auoit outre
cela grand fond de finance, commandoit abfolument, & n'eftoit
pas contrainct de publier des decrets, & par là euenter fes deffeins quand il auoit enuie de faire quelque chofe : il n'eftoit pas
fubiect aux cenfures des calomniateurs, & à eftre accufé d'auoir
tranfgreffé les loix, ny obligé à rendre compte de fes actions à
autruy, mais fouuerain maiftre, Capitaine & Seigneur de tous
ceux qui le fuiuoyent. Et moy au contraire qui m'oppofois à
luy, qu'eftois-ie ? c'eft ce qu'il faut regarder : dequoy eftois-ie Seigneur ? de rien. Car premierement la puiffance de haranguer n'e-
ftoit pas à moy feul, vous la donniez égallement à tout le monde : ceux que Philippe auoit gaigné à beaux deniers comptans, a-
uoient cefte mefme liberté, & bien fouuent qu'ils faifoient ce
qu'ils vouloient, ils vous faifoient ordonner des affaires au defir
& à l'aduantage de voftre ennemy. Et neantmoins auec tout ce
defaduantage là, ie vous ay premierement confederé les Eubeens,
Acheens, Corinthiens, Thebains, Megariens, Leucadiens &
Corciriens, qui vous ont faict quinze mille hommes de pied, &
deux mille cheuaux, fans les commoditez des villes. Des deniers
i'en ay leué autant que i'ay peu. Que fi vous venez icy difcourir
des droicts des villes, & de ce que deuoient porter les Thebains,
les Bifantins, les Eubeens, & de l'egalité qui y deuoit eftre gar-
dee. Premierement ie vous remonftreray que lors que toute la

Grece assembla trois cens galleres, ceste ville seule en deffrayoit deux cens, & neantmoins elle ne s'estimoit en cela mesprisee, & ne blasmoit pas ceux qui la conseilloient ny ne s'en faschoient pas contr'eux. Aussi eust il esté indigne, Mais au contraire elle loüoit & remercioit Dieu, qui luy auoit donné le moyen de contribuer deux fois autant de forces que tous les autres, pour le salut commun de la Grece, au danger qu'elle estoit. Vous perdez bien vostre temps, de penser gaigner la bonne grace de ces Seigneurs-cy, en me calomniant. Car à quoy est bon de dire maintenant, il falloit faire cecy ou cela, ne le falloit il pas dire lors que vous estiez present à la deliberation? si l'occasion le pouuoit porter, à laquelle nous sommes contraincts de nous accommoder, & ne pas faire beaucoup de choses que nous voudrions bien. Nous auions lors en teste vn homme qui ne demandoit qu'à acheter ceux dont nous ne voudrions poinct, & qui tendoit les bras à tous ceux que nous reiettions, & y mettoit enchere. Que si l'on m'accuse maintenant de m'estre ainsi gouuerné, qu'eust-ce esté, si i'eusse voulu obseruer si exactement toutes choses, que les villes se fussent retireees d'auec nous & iointes à Philippe, & qu'il se fust rendu tout d'vn coup maistre des Thebains, Eubeens & Bisantins? qu'eussent dict lors ces meschans hommes cy? Que ie les auois trahy, que i'auois mesprisé nos voisins lors qu'ils desiroient de se ioindre auec nous, & en ce faisant auois esté cause que Philippe auoit esté faict maistre de l'Helespont, & gaigné tous les passages par où les viures se portoient en la Grece: que cela nous auoit excité à nos portes vne dure & fascheuse guerre contre les Thebains, & que la mer auoit esté renduë deserte à cause des pirates de l'Eubee? n'eussent ils pas dict tout cela, & infinies autres choses? C'est Seigneurs Atheniens, vne meschante race de gens que les calomniateurs, ils sont pleins d'enuie & de contention, ce sont des gens qui soubs la face d'vn homme, portent des cœurs de chiens, ils n'ont rien de bon ny d'ingenu. Tel est ce singe de Theatre, c'est Oenomaus de village, ce braue Orateur cy. Doù vient Eschines, que vostre grande Eloquence ne s'employe point pour le public? Vous nous venez maintenant discourir des affaires passees, comme vn Medecin qui allant veoir vn malade fort tourmenté, ne luy donneroit poinct de remede pour le guerir, & puis quant il seroit mort viendroit à son conuoy, & discourroit sur la fosse ce qu'il falloit faire, pour empescher

qu'il

qu’il ne mouruſt. Pauure eſtourdy, eſt-ce pas ce que vous faites auiourd’huy ? Mais puis que miſerable que vous eſtes, vous vous reſiouyſſez & orgueilliſſez de ce dont vous deuriez plorer, qu’on conſidere vn peu ſi la fortune qui nous eſt arriuee eſt aduenue par ma faute. Conſiderez premieremēt ſi en quelque endroit que vous m’auez enuoyé en ambaſſade, les ambaſſadeurs de Philippe ont rien gaigné ſur moy, ſoit en Theſſalie, ſoit en Ambracié, ſoit en Illirye, ſoit vers les Rois de Thrace, ſoit en Biſance, ou en quelque autre endroit que i’aye eſté, meſmes à Thebes la derniere fois. Philippe a gaigné par force les villes que i’auois gaigné par negociatiōs ſur ſes ambaſſadeurs. C’eſt ce que vous m’imputez auiourd’hui, & vous desbordez de telle façon à vous mocquer, que vous demandez pourquoy moy ſeul ie n’ay vaincu Philippe auec toutes ſes forces. Voylà où vont vos diſcours. Car que pouuois-ie faire autre choſe que ce que i’ay faict? auois-ie en main le courage de ceux qui ont cōbattu? pouuo s-ie tourner à mō plaiſir la fortune? commandois-ie aux armees deſquelles vous me voulez faire reſponſable, tant vous eſtes faſcheux & importun? Ie n’empeſche point que vous ne me faſſiez rendre raiſon de tout ce à quoy vn orateur eſt obligé; or qu’eſt-ce? c’eſt de preueoir les affaires qui ſe preſentent, & y pourueoir. Ie l’ay faict. Prendre garde que la longueur, pareſſe, ialouſie, & autres deſordres qui arriuent ordinairement au gouuernement ne preiudicient aux affaires, & au contraire ramener le peuple à vnion & amitié, & l’exciter à faire ce qui eſt de beſoin. Ie l’ay fait, & n’y a homme au monde qui me puiſſe imputer d’en auoir rien obmis. Que ſi quelqu’vn demāde comment eſt-ce doncques que Philippe eſt ainſi venu à bout de ce qu’il a entrepris: tout le monde reſpondra, à viue force, en donnant, en cōrrompant par argent ceux qui auoient charge des affaires des Grecs. Or ie ne commandois point aux forces, ie n’eſtois point Capitaine, & par conſequent ie ne ſuis pas tenu d’en reſpondre. Mais en ce que ie ne me ſuis point laiſſé corrompre par argent, ie puis dire que celuy qui achepte quelque choſe, a vaincu quand il l’emporte à l’enchere: Auſſi peut-on dire que celuy qui ne s’eſt point laiſſé gaigner par argent, a vaincu celui qui le luy offroit. De ſorte qu’entant qu’en moy eſtoit, la ville n’a receu aucune perte. Voyla ce que i’ay faict pour voſtre ſeruice, outre pluſieurs autres choſes, pour leſquelles Cteſiphon a eu occaſion de dreſſer le decret dont eſt queſtion. Ie vous en conteray ſeulement quelques vnes, dont vous me ferez tous tefmoins. Incontinent apres la bataille, le peuple fçauoit & auoit veu tout ce que i'auois faict, & quels extremes dangers i'auois couru, c'eft pourquoy lors que l'on euft trouué moins eftrange fi beaucoup de gens m'euffent voulu mal, l'on confirma tous les aduis que i'auois donné pour la conferuation de la ville, & tout ce que i'auois faict pour la garde & feureté d'icelle, les gardes furent pofees, les tranchees releuees des deniers ordonnez pour la refection des murs, felon que ie le propofay. Puis quand il fut queftion d'ordonner du faict des viures, ie fus feul elleu pour y pouruoir. Ceux qui auparauant en auoient la charge fe rallierent enfemble, pour me faire de la fafcherie, ils m'accuferent, me demanderent compte, non pas en leur nom, mais fous le nom d'autres, penfant que l'on ne fe douteroit point d'où cela venoit. Bref vous vous fouuenez qu'il n'y auoit quafi iour, qu'il ne me falluft deffendre. On n'y efpargnoit ny la defefperee audace de Soficles, ny les impoftures de Philocrates, ny l'impudence de Diondas, ny la furie de Melanus, ny autre chofe dont on fe peuft aduifer. Or de tous ces dangers-là i'en fuis, Dieu mercy & vous efchappé, & iuftement. Car de bons iuges, & qui auoyent Dieu, & le ferment qu'ils auoient prefté deuant les yeux, ne pouuoient iuger autrement. Lors doncques que ie fus par vous abfous, de ce que l'on m'imputoit, & mes accufateurs n'eurent pas feulement la cinquiefme partie des voix pour eux, ne iugeaftes vous pas que i'auois faict ce que doit faire vn tres-bon citoyen? Quand ie fus abfous d'auoir contreuenu aux loix, ne iugeaftes vous pas que ie n'auois rien iamais propofé ny decerné que legitimement. Quand vous tintes mon compte pour clos, ne declaraftes vous pas que ie m'eftois loyalement comporté en la charge que i'auois eu, fans auoir iamais receu prefents de perfonnes quelconques? Cela eftant ainfi, comme vouliez vous que Ctefiphon parlaft de mes actions, & quel nom vouliez vous qu'il leur donnaft? Quel autre, dy-ie que celui que le peuple leur auoit donné? quel autre que celui que les iuges iurez leur auoient impofé? quel autre que celui que la verité, parlant par la bouche commune de tout le peuple leur donnoit? Mais ce dit-on, Cephalus a bien eu plus d'honneur, de n'auoir iamais efté accufé, & encores plus d'heur certes. Pour cela, celui qui a efté fouuent accufé & iamais conuaincu, en fera il à blafmer? Et neantmoins ie puis dire pour le regard

d'Eſchines? que ie n'ay iamais eſté accuſé. Car il ne ſe trouuera
point qu'il m'ait iamais deferé, de choſe dont les loix permettent
l'accuſation. De ſorte que ie me puis en cela comparer à Cephalus. Ce qu'il propoſe contre moy n'eſt qu'vne calomnie, laquelle
ſe deſcouure en beaucoup de choſes, & principalement en ce
qu'il veut faire vn crime de mõ infortune. Car i'eſtime pour moy,
que celuy qui eſtant homme reproche à vn autre ſon malheur, n'a
ne ſens ny entendement. Si celui qui s'eſtime bien-heureux, & pé-
ſe auoir la fortune fauorable, ne ſe peut aſſeurer de l'auoir telle
iuſques au ſoir, comme s'en peut-il glorifier, où reprocher à vn
autre qu'il n'eſt pas ſi heureux que luy? Mais pource que ceſt hõme a mal parlé de ma fortune, comme il faiɕt de toutes autres
choſes, auec paroles pleines de brauerie, & inſolence, oyez au contraire, Seigneurs Atheniens, combien ie parleray plus vrayement,
& plus reuereɱment de la ſienne. Ie penſe que la fortune de ceſte ville eſt heureuſe: ie vois & que l'oracle de Dodone, & Appollon Pythien l'ont ainſi declaré. Mais ie croy que la fortune generalement de tous les hommes qui viuent auiourd'huy eſt faſcheuſe & miſerable. Qui eſt celui des Grecs ou des barbares qui
ne ſouffre beaucoup en ce temps? Mais d'auoir touſiours choiſi ce
que l'honneur nous commandoit, & veoir que nos affaires ſe portent encore mieux que celles de ceux qui ſe ſont ſeparez de nous
pour ſe penſer mettre en ſeureté, ie prens cela pour vn bon heur
à ceſte ville. Et quant à ce que nous auons eſté frappez de quelques accidens, & que nous ne ſommes pas venus à bout de tout ce
que nous auions deliberé, j'impute cela à la fortune commune de
tous les Grecs, dont ceſte ville a eu ſa part. Quant à la condition
particuliere & de moy & d'vn chacun de vous, il la faut examiner
par nos affaires priuees. Voylà donc comme ie penſe qu'il faut
parler de la fortune, ie croy que c'eſt ce qu'on en peut dire auec
verité, & m'aſſeure que vous eſtes tous en cela de mon aduis. Or
ceſtui-cy veut faire ma fortune particuliere plus puiſſante que celle de tout ceſt eſtat, ma fortune, dy-ie, baſſe, & faſcheuſe, plus
puiſſante que la voſtre grande & heureuſe, & comme ſe peut faire
cela? Si vous eſtes deliberé d'examiner ainſi de tout poinɕt ma cõ-
dition, Eſchines, examinez vn peu la voſtre, & ſi vous trouuez
que la mienne ſoit de beaucoup meilleure, ceſſez de la calomnier.
Prenez dés mon commencemẽt, mais pour l'honneur de Dieu,
que perſonne ne m'en eſtime point plus mal habile homme pour

cela: car pour moy ie n'eſtimeray iamais que celuy-là ait l'entendement bien faiſt, qui reprochera à vn autre ſa pauureté, ou qui ſe glorifiera pour auoir eſté nourry entre les biens & les delices. (Les faſcheuſes & calomnieuſes iniures de ceſt homme-cy me iettent en ce diſcours, auquel ie garderay toutesfois toute la moderation que ie pourray.) I'ay eu ceſt heur, Eſchines, qu'eſtant ieune i'ay eſté honneſtement entretenu aux eſtudes, & eu tout ce qui eſt neceſſaire pour garder vn homme de mal faire par pauureté. Sortant de là i'ay continué vne honneſte façon de vie, i'ay faiſt iouër des jeux à mes deſpens, i'ay eu charge de galere, i'ay fait deſpence pour la ville, ſans laiſſer paſſer occaſion aucune, ny en public, ny en particulier de me monſtrer homme d'honneur,& de profiter à mon pays & à mes amis. Quand i'ay commencé à me meſler des affaires publiques, ie me ſuis employé à choſes dont i'ay receu de grands teſmoignages d'honneur, & de ma ville & de toute la Grece, auec tant de raiſon, que iamais nos ennemis n'ont oſé s'y oppoſer, ny blaſmer mes actions. Voylà quelle a eſté ma fortune. I'en pourrois dire beaucoup d'auantage, ſi ie ne craignois d'eſtre ennuyeux, en me glorifiant trop. Quant à vous venerable Seigneur, qui denigrez ainſi les autres, ſongez vn peu quelle a eſté la voſtre. Eſtant enfant vous auez eſté nourry auec beaucoup de neceſſitez , vous eſtiez pres de voſtre pere qui tenoit eſcolle, vous ſeruiez à faire de l'encre, à frotter les bancs, à balloyer la claſſe faiſant l'office d'vn valet, & non d'vn enfant de bonne maiſon. Eſtant plus grand vous ſeruiez à diſter des liures à voſtre mere qui les tranſcriuoit, la nuiſt vous habilliez ceux qui ſe mettoient de la confrairie de Bacchus, pintant & yurongnant auec eux : vous les nettoyez auec la paſte & le ſon, & apres les auoir ainſi qualifiez, & fait chanter la chanſon. *I'ay fuy le mal, & trouué le mieux.* Vous vous glorifiez de crier plus haut que pas vn, & cela peut-on bien croire : Car celuy qui crie en parlant doit entonner bien haut quand il crie. Le iour vous meniez les danſes de Bacchus par les ruës, portant ſur voſtre teſte des Thiaſes où eſtoyent des ſerpens pariens entortillez dans du fenoüil, & les fucilles de peuplier, en criant *Euoé, Sabohe,* & danſant la chanſon, *Hyas attas attas hyas,* les vieilles qui vous ſuiuoient vous appelloiēt le Prince, le Capitaine, le porte lierre, le porte-fanal, & d'autres ſemblables nōs. Et pour recōpenſe, vous auez des goffres, du gaſteau, de la tourte, & autres drogueries, pour leſquelles qui

eſt-ce qui vous pourroit eſtimer bienheureux,& louër voſtre fortune. Depuis vous eſtant fait enrooller au nombre des bourgeois, ie
ne veux pas dire par quel moyen la meilleure vacation que vous
peuſtes choiſir, ce fut de vous faire clerc du Greffe de quelques
petits iuges ſoubs l'orme. Ayant laiſſé ce meſtier vous vous miſtes à faire tout ce que vous reprochez auiourd'huy aux autres. A
la verité, par ce que vous fiſtes depuis vous n'auez point ſoüillé
l'honneur que vous auiez acquis auparauant, vous auez touſiours
veſcu d'vne façon. Car vous vous loüaſtes à ces farceurs que l'on
nommoit les Criards, & ſeruiſtes d'aide à ioüer à Symmycas &
Socrates. Puis vous vous miſtes à ramaſſer les oliues & les raiſins
és champs des autres, comme ſi vous euſſiez eſté loüé pour faire
leurs vendanges, à quoy vous gaignaſtes plus de coups que vous
n'en euſſiez eu en vn combat, où il euſt eſté queſtion de voſtre
vie. Car vous auiez (ſans qu'elle vous fuſt denoncee) touſiours
vne guerre implacable auec les meſſiers, deſquels ayant tāt & tant
receu de coups, vous auiez raiſon d'appeller timides ceux qui ne
ſont pas accouſtumez à ſupporter telle aduenture. Mais paſſant
ce qu'on peut imputer à la pauureté, ie parleray ſeulement des vices qui procedent de vos mauuaiſes mœurs. Depuis qu'il vous
print fantaiſie de vous meſler des affaires publicques, voyez la façon de viure que vous choiſiſtes. La ville eſtant lors floriſſante
vous eſtiez poureux comme vn liéure, touſiours tremblant, atten-
dant quelque eſtrillade, comme voſtre conſcience iugeoit que
vous le meritiez. Mais quand il eſtoit arriué quelque diſgrace à
quelqu'vn, il n'y auoit rien ſi fier que vous, on ne voyoit rien que
vous. Combien meriteroit d'eſtre puny par les viuans, celuy qui
s'eſt reſiouy de la mort de mille de ſes citoyens. Ie vous pourrois
dire beaucoup d'autres choſes de luy, que ie paſſeray ſoubs ſilen-
le. Car ie n'eſtime pas à propos de vous reciter toutes les ordures
& vilenies que ie ſçay de luy, mais ſeulement celles deſquelles ie
puis parler ſans rougir. Et pour ce Eſchines prenez la peine doucement & ſans aigreur, de comparer nos vies l'vne auec l'autre. Et
puis demandez à ces Seigneurs-cy, laquelle des deux chacun d'eux
voudroit pluſtoſt choiſir. Vous monſtriez à lire aux enfans, &
i'auois vn maiſtre qui m'inſtruiſoit, vous ſeruiez à dreſſer ceux
qui ſe mettoient aux confrairies, & i'eſtois des confreres : vous
iouyez les ieux & i'en faiſois les frais : vous eſtiez Greffier, & ie
haranguois: vous eſtiez lutteur, & i'eſtois ſpectateur : vous fail-

liez,& ie fifflois:vous faifiez au gouuernement de la ville les affaires des ennemis,& moy le feruice du pays : ie paffe le refte. Auiourd'huy , par ce que l'on m'a ordonné vne couronne vous ef-
pluchez ma vie, chacun confeffe qu'il n'y a rien à redire : mais
quant à vous, outre que l'on vous cognoift pour vn calomniateur
vous courez fortune de n'eftre iamais receu à accufer perfonne,
& d'eftre chaftié de voftre temerité , n'ayant pas pour vous feulement la cinquiefme partie des voix. Iugez Efchines, fi voftre fortune n'eft pas belle, pour me venir reprocher la mienne. Qu'il me
foit donc permis maintenant de produire les tefmoignages de
tous les facrifices ou i'ay efté employé , & que luy vous life en
recompenfe les vers qu'il a gafté en les mal prononçant.

Laiffant du grand Pluton les demeures obfcures,

   Ie viens vous annoncer de triftes aduentures.

Que puiffiez-vous miferablement perir,mefchant, traiftre citoyen , & villain farceur que vous eftes. Qu'on life la depofition
des tefmoins. Voyla comme ie me fuis comporté és affaires pu-
blicques.Quant à mon particulier , vous fçauez tous comme i'ay
efté accoftable & officieux , & preft à feruir tous ceux qui ont eu
befoin de moy. C'eft pourquoy ie m'en tairay. Ie ne me mettray
iamais en peine de vous faire plus grande preuue ny vous produire d'autres tefmoins,pour vous monftrer fi i'ay rachepté mes concitoyens de l'ennemy,ny fi i'ay aydé à marier les pauures filles, ou
fait autres chofes femblables. Car i'eftime que c'eft à celuy qui reçoit vn bien-faict de s'en fouuenir à iamais , s'il ne veut eftre tenu
pour ingrat , & à celuy qui le faict de l'oublier auffi toft , s'il veut
eftre tenu pour homme d'honneur. Rememorer les plaifirs que
l'on a faict à quelqu'vn , c'eft ou peu s'en faut les luy reprocher.
Chofe que ie ne feray iamais , & à quoy rien ne me fçauroit contraindre,ie me contente de l'opinion que vous en auez tous con-
ceuë , & veux changeant aucunement de propos , vous dire feulement vn mot de ce que i'ay faict pour le public. Efchines fi vous
me pouuez trouuer vn homme de tous ceux que le Soleil regarde
auiourd'huy , foit Gréc, foit eftranger , qui fe foit peu garantir de
la puiffance de Philippe & d'Alexandre , ie vous accorderay que
ma fortune ou mon mal-heur,appellez-les comme vous voudrez,
font caufe de tout le mal qui nous eft arriué. Mais fi ceux qui ne
m'ont iamais veu,ny ouy,ont enduré vne infinité de maux, non
feulement en leur particulier,mais les villes, les Prouinces , & les

nations toutes entieres, n'eſt-il pas bien plus raiſonnable de penſer que c'eſt le malheur commun de tous les hommes, & vn deſa-
ſtre vniuerſel auquel nous auons eſté compris; Et neantmoins
laiſſans ceſte cauſe, vous vous adreſſez à moy ſeul, qui ay eu
quelque part au gouuernement des affaires, bien que vous voyez
qu'vne grande partie du reproche que vous me faictes, retombe
ſur tous les citoyens de ceſte ville, & ſur vous meſmes. Si i'auois
eſté ſeul commandant & diſpoſant de tout à ma volonté, les autres Orateurs auroient occaſion de m'accuſer. Mais puis que vous
eſtiez tous preſens aux deliberations qui ſe faiſoient, que la ville
permettoit à tout le monde de propoſer ce qu'il eſtimoit plus vti-
lé, & que ce que i'ay propoſé a ſemblé à tous & à vous meſmes le
mieux qui ſe pouuoit faire, pourquoy m'en blaſmez-vous maintenant ? Car ce que vous vous y accordiez lors, n'eſtoit pas
pour me complaire, ou pour eſperance de recompenſe que vous
attendiſſiez de moy, ou pour honneur que vous en puiſſiez receuoir: Ce que ie faiſois lors me promettoit bien cela à moy, mais
pour vous c'eſtoit que vous eſtiez vaincu par la verité, & que vous
ne pouuiez rien dire de mieux. Pourquoy doncques m'en accuſez vous auiourd'huy, puis que lors vous n'auiez rien à dire de
mieux? Ie voy qu'entre tous les hommes du monde le droict & les
loix ſont de ceſte façon. Quelqu'vn faict-il vne iniure à ſon eſcient, la vengeance & la peine s'en enſuit. Faict-il vne faute ſans y
penſer, au lieu de le punir on luy pardonne, Mais ſi ſans qu'il y ait
ny de ſa malice, ny de ſa faute, il faict ce que chacun eſtime eſtre
le plus à propos, & qu'il ne luy reüſſiſſe en tout, comme il deſiroit,
il n'y a point de raiſon de le blaſmer & diffamer, ains pluſtoſt de
ſe condouloir auec luy. Or cela n'eſt pas ainſi ordonné ſeulement
par les loix, mais la nature meſmes l'a ainſi imprimé au ſens commun des hommes, en leurs mœurs, & en leurs couſtumes. Comment eſt-ce doncques qu'Eſchines a de tant ſurpaſſé tous les autres hommes en cruauté & impoſture, que de me vouloir accuſer
de ce que luy meſmes recognoiſt eſtre coups de fortune, & meſ-
aduentures (& qu'elle autre façon de faire eſt celle-là ? pour ſem-
bler vous eſtre fort affectionné, vous admoneſter de vous garder
de moy comme d'vn trompeur, d'vn charlatan, d'vn ſophiſte.
Comme ſi pour dire le premier à vn autre les iniures qui con-
uiendroient mieux à celuy qui les dict, ceux qui les eſcoutent
eſtoient empeſchez de conſiderer quel il eſt. Pour moy ie ſçais

bien que vous cognoiſſez aſſez cet homme-cy , & iugez que c’eſt
bien pluſtoſt à luy qu’à moy , que telles choſes ſe doiuent reprocher. Et quant à l’Eloquence qu’il m’impropere , ie ſçay certainement que la gloire en deſpend pour la pluſpart de ceux qui nous
eſcoutent , car ſelon que vous recueillez gracieuſement ceux qui
parlent deuant vous, les aymez & cheriſſez, ils acquierét opinion
d’eſtre diſerts & Eloquens. Ie veux qu’il y en ait quelque choſe en
moy, mais vous trouuerez que tout ce que l’vſage & experience
m’en ont acquis, a touſiours eſté employé pour le bien & ſeruice
de vous tous, iamais contre vous , non pas meſmes contre pas vn
particulier d’entre vous. Eſchines a faict tout au contraire. Car il
n’a pas ſeulement fauoriſé les affaires des ennemis , mais ſi quelqu’vn de vous en particulier lui a deſpleu, ou l’a offenſé, c’eſt à s’en
venger qu’il s’eſt ſeruy de ſon bien dire. De ſorte qu’il ne s’en eſt
ſeruy ny ſelõ les loix, ny au bien de voſtre ville. Car il eſt tres-mal
ſeant que celuy qui faict profeſſion d’homme d’honneur , & bon
citoyen, eſmeu par haine ou par colere , induiſe les Iuges qui ſont
aſſemblez pour les affaires publiques, à venger ſes querelles particulieres, au lieu de faire ce pourquoy ils ſont deſtinez, ſon naturel
doit eſtre tout au contraire à cela , & ſi la neceſſité quelquefois
le contrainct d’accuſer quelqu’vn , il le doit faire auec toute douceur & moderation. Quand eſt-ce donc qu’il faut
qu’vn Orateur ſe monſtre vehement ? où le public eſt en hazard , & où le peuple a affaire à ſes ennemis. C’eſt là l’office d’vn
braue & genereux citoyen. Mais celuy-cy qui ne m’a iamais accuſé de faute que i’aye faict contre le public, & ne s’eſt pleint d’of-
fenſe particuliere qu’il ait receuë de moy, vient auiourd’huy pour
me rauir par vne calomnie l’honneur d’vne couronne qu’on m’a
ordonnee : ſes belles paroles monſtrent aſſez qu’il n’eſt pouſſé
que d’vne haine particuliere , d’vne enuie & baſſeſſe de cœur, &
qu’il n’a aucune marque d’homme de bien. Certes auoir paſſé
toutes les occaſions de s’attaquer à moy , & le faire maintenant
ſur le ſubiect qui ſe preſente, monſtre bien vne grande laſcheté &
meſchanceté. Ce n’eſt pas Eſchines ie le vois bien, pour obtenir
quelque condemnation que vous auez entrepris ceſte accuſation,
ains pour faire monſtre de voſtre belle voix. Mais la loüange d’vn
Orateur ne conſiſte pas en paroles , ny à la voix , ains à dire choſe
qui ſoit trouuee bonne par la pluralité des auditeurs, & à monſtrer
que l’on ayme ou hait ceux qui ſont agreables ou odieux au pays.

Celuy

Celuy qui a cefte voloté-là, n'eft pouffé à parler que par vne bien-
veillance. Mais celui qui courtife & honore ceux defquels le peuple fe craint, ne court pas la fortune publique, & n'attend pas la
feureté du falut commun. De moy comme vous pouuez veoir, ie
n'ay iamais rien pourfuiui que ce que i'ay eftimé eftre profitable
au public, & à ces Seigneurs-cy, ie n'ay iamais eu de deffein particulier. Dites vn peu fi vous en auez faiét de mefmes, & cóment incontinent apres la bataille vous allaftes en ambaffade vers Philippe, qui eftoit la feule caufe de tous les maux qu'enduroit le pays?
Vous dy je, qui auparauant auiez toufiours refufé cefte charge.
Or qui eft celui qui trompe fon pays, eft-ce pas celui qui dit d'vn &
penfe d'autre? Qui eft celui que le herault peut iuftement detefter,
eft-ce pas vn tel homme? Que peut-on reprocher à vn orateur de
plus mefchant, finó qu'il dit autre chofe qu'il ne penfe? Vous eftát
trouué tel, comment ofez vous parler & regarder en face tant de
gens de bien? Penfez-vous qu'ils ne fçachent pas qui vous eftes?
Auriez vous opinion qu'ils ayent dormy vn fi profond fommeil,
ou qu'ils foyent enfeuelis en vne fi grande oubliance, qu'ils ne fe
fouuiennent plus de ce que vous nous prefchiez, iurant & dete-
ftant que vous n'auiez aucune accointance auec Philippe: & que
c'eftoit moy qui vous impofoit cefte calónie, pour l'inimitié particuliere que ie vous portois? Mais auffi toft que les nouuelles de
la bataille furent arriuees, ne vous fouciant plus de ce que vous
nous auiez diét, vous confeffaftes ingenuement, que vous auiez
amitié iuree, & droiét d'hofpitalité auec Philippe. Ainfi changiez
vous de propos, felon qu'il y auoit à gaigner. Car quelle apparence de raifon y auoit-il, que Philippe fuft amy & familier d'Efchines, fils de la Meneftriere Glaucothea? De moy ie ne le compréns
pas, finon que vous euffiez efté gaigné & appointé par luy, pour
ruiner les affaires de ces Seigneurs-cy. Et ainfi, bien que vous foyez clairement conuaincu d'auoir trahy le pays, & que és rencontres furuenues vous vous foyez vous mefmes defcouuert, neantmoins vous m'accufez & iniuriez de ce dont tous les autres feroient pluftoft caufe que moy. Cefte ville a faiét beaucoup de belles & grandes chofes par ma conduitte, defquelles elle n'a point
perdu la memoire. Ie n'en veux point d'autre argument, finon
que quand apres la bataille eftant queftion d'eflire quelqu'vn pour
loüer ceux qui y eftoient morts, elle ne vous vouluft pas choifir,
bien que l'on vous euft nommé, & que vous euffiez vne belle

voix. Ne demandez point, qui a nouuellement faict la paix; ce
n'a esté ny Egenon, ny pas vn de vous autres, mais moy seul. Et
bien que vous & Pytocles vous fussiez leuez, & m'eussiez cruelle-
ment & impudemment accusé de tout ce que vous m'auez reproché auiourd'huy, le peuple perseuera en son affection, plus que
deuant. Vous n'en ignorez pas la raison, toutesfois ie vous la diray. Le peuple cognoissoit l'vn & l'autre, & l'affection que i'ay
tousiours eu au bien de ses affaires, & vostre malice & meschanceté. Car ce que vous auiez renié auec sermet lors que les affaires
estoyent en bon estat, vous le confessiez & aduoüyez, apres que
vous vistes la ville auoir receu vne grande infortune. Or iugeoit-
il que ceux à qui le malheur public donnoit lors asseurance de faire entendre leurs desseins, estoient de long temps ses ennemis,
bien qu'ils ne se fussent point descouuers iusques alors, & pensoit qu'il ne falloit pas que celuy qui deuoit celebrer la memoire
de ceux qui estoyent morts à la bataille, fut familier & confederé
de ceux contre qui ils auoyent combattu. Et que celui qui s'estoit
resiouy auec nos ennemis, & les meurtriers de nos citoyens, &
auoit chanté le chant du triomphe, & sacrifié aux Dieux auec,
estant de retour par deçà, eust la charge de rendre à nos citoyens
le dernier honneur, & fist semblant auec des larmes feintes de de-
plorer leur fortune; ains que ce fust personne qui en eust compassion, en son ame, comme le peuple auoit de sa part, & voyoit
que i'auois de la mienne, & que vous n'auiez nullement de la
vostre. Et pour ce m'esleurent ils, & non vous. Or ce n'est pas
seulement le peuple qui a faict ce iugement là, mais les peres &
freres des deffuncts qui auoient esté esleus pour auoir soin des obseques. Que firet ils? Ayaçà faire le festin qu'on a accoustumé faire chez vn des parens des deffuncts, ils le voulurent faire chez
moy, non sans raison. Car bien qu'entr'eux ils fussent en particulier plus proches parens des deffunctes que moy, neantmoins
il n'y en auoit point en general qui leur fust plus proche, & plus
allié d'amitié & d'affection que i'estois. Et est à croire, que celui
qui auoit plus d'interest à leur conseruation, auoit le plus participé à la douleur de leur infortune. Que pleust à Dieu qu'ils l'eussent eschappee. Lisez donc l'epitaphe, que la ville ordonna estre
grauee sur leur tombeau, afin que vous cognoissiez par là, Eschines, que vous estes vn ingrat, vn calomniateur, & vn maudict
homme.

Ceux-cy pour le desir de deffendre leur terre,
Ont soustenu l'effort d'vne cruelle guerre,
Ils ont vaincu la peur, mais non pas le destin,
Qui leur laissant l'honneur de sa fatalle main,
Leur a l'ame rauye. Ils l'ont gayement laissee,
Pour deliurer du joug la Grece menacce :
La Grece qui leurs os dans son sein a receu.
Puis qu'ainsi l'ordonner aux grands dieux il a pleu.
Il n'appartient qu'aux dieux de tousiours heureux estre,
L'homme suit le destin, c'est son souuerain maistre.

Entendez vous Eschines par là, comme il n'appartient qu'aux dieux de ne faillir iamais & venir à bout de toutes choses. Ce n'est pas ceux qui donnent le conseil, que ceste inscription charge de l'euenement des combats, mais les Dieux, qui peuuent tout. Pourquoy doncques m'en calomniez vous & m'objectez des meschácetez, que les Dieux feront ; & ie les en prie, retomber sur vostre teste? O Seigneurs Atheniens, entre beaucoup de choses dont ie me suis estonné d'Eschines en ceste accusation pleine de tant de calomnies, & d'impostures, principalement ay-ie admiré qu'estant venu à faire mention des fortunes & calamitez qui sont arriuees à ceste ville, il n'a monstré aucun ressentiment & compassion d'vn bon & affectionné citoyen, il ne luy est pas tombé vne larme des yeux, il n'a monstré en auoir regret du monde. Ains esleuant sa voix plus haut, se resiouyssant & rengorgeant, il a pensé m'accuser, & au contraire, il s'est luy mesme conuaincu de n'auoir aucune part à la douleur de tout le peuple, en ceste calamité commune. Certainement celui qui fait profession d'aimer les loix & la iustice, comme fait celui-cy, au moins s'il ne fait autre chose doit-il se resiouïr, & douloir de semblables occasions que les autres citoyens, & ne monstrer pas és affaires publiques, de suiure ce qui est plus agreable aux ennemis. Ce que cestui-cy semble euidemment auoir faict quand il a dit qu'a mon occasion la chose publique estoit tombee en ceste calamité. Car chacun sçait que ce n'a point esté ny par mon gouuernement, ny par mon aduis que vous auez commencé de secourir les Grecs, lors qu'ils ont esté oppressez. Que si vous me voulez donner ceste loüange, d'auoir esté celui qui se soit le premier opposé aux forces que l'on preparoit pour subjuguer la Grece, ie l'estimeray plus precieuse que faueur que vous ayez iamais fait à homme. Mais ce n'est pas chose dont ie me vante, car ie vous ferois tort, & si ie cognois assez que vous ne me l'accorderiez iamais. Si celui cy vouloit bien faire, il ne diffameroit pas, pour me penser nuire, le plus grand honneur que vous ayez au monde. Mais pourquoy m'offence-je de cela, veu qu'il m'impute infinité d'autres choses plus fauces & plus fascheuses? O terre, ô ciel, il m'accuse d'auoir fauorisé Philippe! Que ne dira-il point apres cela? ô Hercules, & vous autres Dieux, qui voyez de là haut les impostures des hommes, & recognoissez ceux qui pour assouuir leur mal-vueillance calomnient les autres! qui est celuy qui voudra diligemment examiner, comme les choses se sont passees, qui ne iuge incontinent, que ce sont les semblables de cestui-cy, qui en toutes les villes ont esté cause du malheur qui est arriué, & qui lors que les forces de Philippe estoiét encores petites, que nous proposions de bons & saincts moyens de nous y opposer, & que nous vous y exhortions de tout nostre pouuoir, ont preferé leur profit particulier, & vn villain & sale gain au bien public de toute la Grece? Ils trompoient & seduisoient les habitás des villes, afin de les reduire en seruitude, c'est à sçauoir, Doachus, Cinea, Thrasideus les Thessaliens: Cercidas, Hierosme & Eucalpidas les Arcadiens: Mirtis, Teledemus & Minaseas les Argiens: Euxiteus, Cleotimus, Aristhemus les Heliens: Neon & Thrasilocus enfans de ce meschant Philiades les Misseniens: Aristrate & Epicrate les Sicyoniens: Dynarchus & Demartus les Corinthiens: Pteodorus, Elixus & Pyrolaus les Megariens: Timolaus, Theogitó, Anemetes les Thebains: Hyparchus, Sosistratus, & Clitarchus les Eubeës: Le iour me faudroit si ie voulois nómer tous les traistres. C'ont esté ces gens-là, qui ayant part au conseil de leurs villes, comme ces scelerez ont eu à celuy de la vostre: gens, dy-je, meschans, flatteurs, naiz pour tourmenter le monde, ont miserablement deschiré leur pays, & vendu au commencement à Philippe, & depuis à Alexandre la liberté de la Grece: mesurant leur felicité au plaisir de leur ventre & de leurs salles voluptéz, & renuersant les reigles & resolutions des anciens Grecs, qui mettoient leur souuerain bien en la liberté, & à n'estre cómandez de personne. Doncques l'on ne peut imputer à ceste ville, ny ceste ville à moy, les effects de ceste infame & celebre conspiration & meschanceté, laquelle nous ne pouuons appeller autrement qu'vne vraye trahison. Sinon que nous voulussions nous mocquer de nostre propre misere & captiuité. Et maintenant

Eschines,vous me demandez en vertu dequoy ie pretends meriter l'honneur qui se presente. Ie vous dis que c'est, pour ce que bien que tous les autres Gouuerneurs de la Grece, à commencer par vous mesmes, se soient laissez corrompre par Philippe, & depuis par Alexandre, iamais ny le temps, ny les douces paroles, ny les belles promesses, ny les esperances, ny la crainte ne m'ont rien faict rabattre de ce que i'ay estimé iuste & profitable à mon pays: & si i'ay conseillé quelque chose,ie n'ay pas faict comme vous qui mettiez tout à la balance, & vous laissiez emporter au gain:mais i'ay conseillé ce qu'vne saine conscience, & droict iugement m'ont suggeré: & bien que i'aye eu de plus grands & plus importans affaires à gouuerner qu'homme de mon aage,toutesfois ie m'y suis tousiours comporté sainement & droitement. Ie pense en meriter quelque honneur. Et quant à la refection des murs,& releuement des tranchees,dont vous vous estes voulu mocquer de moy,ie crois que l'on m'en doit sçauoir quelque gré,& m'en loüer. Pourquoy non? Toutesfois ie ne veux pas conter cela entre les seruices que i'ay faict à mon pays. Ie n'ay pas remparé la ville de pierres ou de bricques, ce n'est pas chose dont ie fasse cas.Mais si vous voulez veoir au vray qu'elles sont les fortifications que i'ay faict, vous trouuerez que ie luy ay acquis des armes,des villes, des places, des ports, des nauires, des cheuaux & des hommes pour s'en seruir au besoin. Voyla dont i'ay remparé l'Attique autant que par discours humain l'on sçauroit desirer.Voyla la muraille dont i'ay fermé toute ceste Prouince, & non pas seulement la ville, & le port de Piree: Ie n'ay point esté trompé par les discours de Philippe, il s'en faut beaucoup; ny par ses preparatifs:mais les Capitaines de nos confederez, & nos forces ont esté vaincus par sa fortune. Quelle preuue en voulez vous?elle est bien claire & apparente,considerez-là. Que falloit-il que fist vn bon citoyen pour gouuerner son païs, auec toute prudence,affection & iustice?Ne falloit-il pas du costé de la mer courir l'Attique de la prouince d'Eubee, & du costé de la terre de la Beoce?Pouruoir que du Peloponesse l'on eust commodité de faire apporter viures en seureté iusques dans le port de Piree? Conseruer ceux qui nous estoient ja acquis, comme le Proconnesse, le Cherronnesse,Tenedos,leur enuoyât du secours,parlant & escriuant par tout en leur faueur;faire amitié & alliance auec les autres de Bisance, Abidus & Eubee? destournant d'auec l'ennemy les

principales forces qu'il euſt? & faire prouiſion à la ville de ce qui
y faiſoit beſoin? Voila donc ce que i'ay faict par mes decrets, & par
mon gouuernemēt. Ie m'aſſeure que celuy qui les cōſiderera ſans
enuie, trouuera que ie me ſuis comporté cōme ie deuois, auec toute iuſtice, ſans auoir laiſſé paſſer aucune occaſion de bien faire, ſoit
par ignorance, ſoit par infidelité, ny rien obmis de ce où l'eſprit
d'vn homme pouuoit atteindre. Que ſi ou quelque mauuais
demon, ou la fortune ou la laſcheté de nos Capitaines, ou la
meſchanceté de ceux qui ont trahy les villes, ou tout cela enſemble, a gaſté les affaires, voire ruiné tout à faict, qu'a en cela failly
Demoſthene? Que s'il y euſt eu en chacune ville de Grece, vn
homme qui euſt faict comme moy, ou ſeulement que la Theſſalie
en euſt eu vn & l'Arcadie vn autre de meſme courage que moy il
n'y auroit pas vn homme en toute la Grece, ny dedans ny dehors
les portes qui enduraſt les maux que chacun endure. Mais tous ſe
roient libres & gouuernez par les loix de leur pays, habiteroient
leurs maiſons en ſeureté, ſans aucune crainte, ſe reputans bien
heureux, & ſe tenans fort obligez à vous, de leur auoir conſeillé
ce bien-là par mon moyen. Or afin que vous voyez que mes a-
ctions ſont de beaucoup plus grandes que ie ne les faicts par mes
diſcours, de peur d'encourir enuie, que l'on me liſe l'eſtat des forces qui ont eſté aſſemblees, par mon ordonnance. Voila Eſchines,
ce qu'il falloit faire, & comme il le falloit faire. Que ſi cela euſt
bien reüſſi, ô terre, ô ciel, ſans doute nous euſſions eſté grands, &
ſans faire tort à perſonne. Mais puis qu'il eſt arriué autrement, au
moins cela nous demeure-il, que chacun a bonne opiniō de nous,
& que perſonne ne peut blaſmer nôſtre ville, ny nos deſſeins, ſeulement la fortune, qui a donné telle iſſuë aux affaires. Voila ce que
que doit faire vn bon citoyen, non pas obmettant à faire ſeruice
au public quand il en a moyen, ſe laiſſer corrompre par les ennemis, leur vendre les occaſions qui ſe preſentent, les ſeruir au lieu
du pays, & calomnier & tirer en enuie ceux qui ont eſté employez
aux affaires, qui ont dit & eſcrit ce qu'il falloit. Si quelqu'vn vous
a offenſé en particulier, vous vous en pouuez reſſentir, obſeruer
ſes actions, non pas comme vous faictes, demeurer la pluſpart
du temps à rien faire, auec vn eſprit plein d'enuie & malignité. Il
y a de verité vn repos qui eſt honneſte & vtile au public, auquel ie
vois que la pluſpart des citoyens ſe donnent. Mais il n'eſt pas
ſemblable à celuy qui affecte cet homme-cy, il s'en faut beaucoup.

Il se retire quand il luy plaist des actions publiques, & cela luy plaist souuent. Puis quand il void que vous commencez à vous lasser de quelqu'vn, qui parle ordinairement deuant vous, où qu'il est arriué quelque aduersité, ou quelque chose de mal à propos comme les affaires humaines sont pleines de tels accidents, voicy venir incontinent mon homme, lequel quittant le repos paroist comme vn vent qui se leue, & auec vne voix fort canore, des paroles bien agencees, vous vient faire de beaux discours tout d'vn haleine lesquels ne sçauroient profiter de rien, ny apporter rien à personne, mais bien de la honte à celuy à qui ils touchent, & de l'infamie à tout le public. Or si vos actions Eschines sortoient d'vne ame pure & nette, elles porteroient des fruicts genereux & honnestes, elles produiroient des confederations des villes, des contributions de deniers, des estappes, des publications de loix necessaires, des moyens pour s'opposer aux ennemis declarez? Car voila ce que l on estoit empesché à trouuer le temps passé. Il s'est offert cy deuant beaucoup de belles occasions où vn homme de bien & d'honneur se pouuoit faire paroistre, mais vous ne vous y estes iamais presenté, ny le premier, ny le second, ny le troisiesme, ny le quatriesme, ny le cinquiesme, ny le sixiesme. Bref on ne vous y veist iamais. Iamais le païs ne s'est ressenty de vostre trauail. Quelle côfederation auez vous negocié pour ceste ville? quel secours lui auez vous moyenné? quelle amitié? quel honneur? quel Ambassade auez vous faict? quelle charge administré, par laquelle la ville en ait esté plus honnoree? Y a il quelqu'vn, où des particuliers, ou des peuples de la Grece, de qui les affaires se soient bien portees par vostre conduite? Quelles galleres auez vous armé, quel apprest auez vous faict, on d'armes, ou d'equipage de nauire? quel endroit de muraille auez vous remparé? quelle cauallerie auez vous assemblé? A quoy auez vous esté employé? De quoy auez vous seruy ou aux riches, ou aux pauures? Quand auez vous secouru la ville de deniers? Iamais. Pour le moins si vous n'auez rien faict de tout cela, que vous eussiez monstré vne bonne & prompte volonté. Mais quand fut-ce? Fut ce vous? (ô homme le plus meschant qui fut oncques) que tous ceux qui iamais auoient parlé en public contribueront pour le salut commun; & que Aristonicus donna tout l'argent qu'il auoit assemblé pour faire quelque magnificence. Iamais vous ne comparustes, iamais vous ne donnastes rien. Ce n'estoit pas que vous n'en eussiez. Car comment?

Vous auiez amendé plus de trois mille escus de la succession de
Phyllon voſtre beau pere, vous auiez eu plus de douze cens escus
de preſens des Capitaines des galleres, pour auoir faict abroger la
loy des galleres. Mais de peur qu'vn propos ne me porte à vn autre, ie paſſeray cela, me contentant que l'on cognoiſſe par là, que
ce n'a pas eſté par faute de moyens que vous n'auez point contri-
bué, mais de crainte de faire choſe qui preiudiciaſt à ceux, au gré
deſquels vous auez touſiours gouuerné les affaires publiques. En
quelle choſe donc eſt-ce que vous faites paroiſtre voſtre vigueur,
& voſtre magnificence? Quand il faut parler contre ces Seigneurs
cy, c'eſt lors que ceſte braue voix s'entend, que ceſte grande memoire ſe monſtre, que vous ioüez bien voſtre perſonnage, que
vo⁹ faites le tragicque, & paroiſſez vn vray Theocrines, & au bout
de là vous nous venez faire des côtes des grãds hômes qui ont veſcu par le paſſé. Vrayement vous faites bien. Toutesfois Seigneurs
Atheniés il n'eſt pas raiſonnable qu'il emprunte la faueur & bien-
veillance que vous portez à ceux qui ſont decedez, afin que com-
parant à eux, moy qui ſuis viuant entre vous, il me tire enuie. Car
qui eſt-ce qui ne ſçait que tous les hommes qui viuent au monde ſont ſubiects à eſtre enuiez, les vns plus, les autres moins: & les
morts au contraire ne ſont pas meſmes mal voulus de leurs propres ennemis. Si cela eſt, faut il que l'on me iuge par comparaiſon
de ceux qui ſont decedez? non certainement. Cela ne ſeroit Eſchines, ny iuſte ny raiſonnable.   Mais tant qu'il vous plaira par
comparaiſon de moy à vous, & de ceux qui gouuernent les affaires publicques, comme vous. Conſiderez d'auantage s'il faut &
s'il eſt honneſte pour ceſte ville, que pour les ſignalez ſeruices
qu'ont faict les deffuncts, deſquels on ne ſçauroit dire combien
ſont grands les merites, les viuans qui ont trauaillé pour le public
demeurent ſans recompence, & ſoient iniuriez & diffamez, ou au
contraire que tous ceux qui ſeruent ces Seigneurs-cy auec affection, reçoiuent d'eux de l'honneur & de la courtoiſie. Et certainement ſi ie ſuis contraint de le dire, mes actions & comporte-
mens au maniment des affaires ſe trouueront, à qui les conſiderera de pres, ſemblables à ceux de ces grãds perſonnages là, & auoir
eu meſme deſſein que les leurs, & les voſtres ſemblables à ceux
des calomniateurs qui les deſchiroient de leur viuant! Car il n'y a
nulle doute qu'il y auoit de leurs temps des gens qui blaſmoient
ceux qui viuoient lors, & loüoient ceux qui auoient eſté auparauant.

uant. Qui est vne chose bien laide, & pleine d'enuie, laquelle
neantmoins vous faites maintenant. Et bien vous dittes que ie ne
ressemble pas à ces grands hommes là, C'est peut estre vous Eschines qui leur ressemblez: C'est peut-estre vostre frere, ou quelqu'autre de nos orateurs. Ie dis asseurément qu'il n'y en a pas vn
qui leur ressemble. Mais venez çà, ô homme de bien que vous
estes, cela dis-ie afin de ne dire autre chose, comparez moy auec
qui vous voudrez des viuans, comme l'on faict en toutes autres
choses. S'il falloit iuger des Poëtes, ou des lutteurs, l'on ne refu-
sera pas la couronne à Philammon, pour ce qu'il n'est pas si vaillant champion que Glaucus Caristien, & autres qui ont vescu deuant lui : mais au contraire pour ce qu'il a vaincu ceux qui sont
entrez en lice contre lui, il seroit couronné & proclamé. Faites
le semblable de moy. Conferez moy auec vous, ou auec tel autre
que vous voudrez des orateurs de ce temps. Ie ne cederay à pas
vn de ceux à qui vous me voudrez apparier. Quand il s'est presenté occasion de deliberer des affaires, & que chacun a peu monstrer à l'enuy l'affection qu'il auoit au bien public, ie l'ay faict
courageusement, les loix que i'ay publié, les decrets que i'ay
dressé, les ambassades où i'ay esté, ont estayé, maintenu & con-
serué cest estat. Or ne voyoit-on lors pas vn d'entre vous, sinon
quand il falloit calomnier quelqu'vne de mes actions. Comme
quand le malheur nous est arriué, & qu'on ne cherchoit plus de
fidelles Conseillers, mais des gens qui fissent profession de seruir
nos ennemis, & voulussent loüer leur langue pour ruiner leur
pays, & flatter honteusement les vainqueurs, vous & vos semblables vinstes incótinent en place. Ce n'estoit que grandeur & magnificence. I'auois lors peu de moyens, ie le confesse, mais plus
d'affection que vous tous de seruir mon pays. Il y a deux choses,
Seigneurs Atheniens, que doit obseruer vn bon & modeste citoyen (Ie croy que ie me puis attribuer ce nom-là sans enuie,) la
premiere qu'en tout endroict où il a commandement, il conserue
ce qui est de la noblesse, de l'honneur & prééminence de sa ville, la seconde qu'en toutes les occasions qui se presentent, & en
toutes ses actions, il monstre combien il ayme le public. La premiere depend aucunement de la fortune. La seconde de nous &
de nostre nature. Vous trouuerez s'il vous plaist de le considerer,
que i'ay soigneusement obserué ceste-cy, & n'ay iamais rien rab-
batu de l'affection que ie vous dois, prenez-y garde, soit que i'aye

Y

esté accusé, soit qu'on m'ait fait deferer aux Amphictions, soit qu'on m'ait menacé, soit qu'on m'ait promis des faueurs, soit qu'on ait lasché contre moy, comme bestes sauuages ces maudites gens-cy, iamais ie n'ay laissé de vous aimer & cherir de tout mõ cœur. Car dés le commencement que ie vins aux affaires, ie me proposay ce chemin, comme celui seul qui estoit droict & iuste, de seruir de tout mon pouuoir à augmenter vostre honneur, croistre vostre puissance, estendre vostre reputation, & ne vouloir viure qu'aussi long temps que cela vous demeureroit entier. On ne me veoit point plus fier quand il est arriué quelque bonne fortune aux ennemis, ie ne me vais point promener sur la place, tendant la main à ceux qui se presentent, & contant des nouuelles à ceux que ie pense les deuoir rapporter aux estrangers à qui elles sont fauorables : ny au contraire quand i'entends qu'il est aduenu quelque bonne fortune à ceste ville, ie ne grince pas les dents en l'oyant raconter, ie n'en pleure pas, ie ne m'en afflige pas, ce que font ces meschans-là, qui mesdisent de ceste ville, & la diffament : comme si en ce faisant ils ne se deshonoroient pas eux-mesmes. Ils ont tousiours l'œil au dehors, & si vn estranger fait son profit du malheur des Grecs, ils en loüent les dieux, & disent qu'il faut faire en sorte que cela continue. O dieux immortels, qu'aucun de vous n'exauce de si meschantes & abominables prieres : mais plustost inspirez vn meilleur aduis, & donnez vne meilleure ame à ces gens-là. Que si leur malice est incurable perdez-les, confondez-les, exterminez les eux seuls de dessus la face de la mer & de la terre, & à nous qui resterons, donnez-nous vne prompte deliurance des maux & des terreurs qui nous menacent, & nous mettez en pleine seureté.